▮▮BLITOS

La Casa Editrice di nuova generazione

Titolo
Broken Time Hotel

▮▮BLITOS

Visita il nostro catalogo
www.blitos.it
Autrice
Ilaria Simonini
Grafica e Impaginazione:
Simona de Pinto/Purple Books&Design
Copyright © Ilaria Simonini, 2022
ISBN: 979-12-80553-60-7

2022, Blitos Edizioni - tutti i diritti sono riservati
Prima edizione: Novembre 2022

BROKEN TIME *Hotel*

SCENA 0
Capita un giorno

Capita un giorno che ti svegli la mattina, e ti rigiri nel letto con addosso il fastidio della luce che trapela dalla veneziana mezza aperta e dalla tenda che non copre abbastanza il giorno già sveglio. E ti guardi attorno.

La camera con le pareti grigie, chissà poi perché di quel colore smorto, il letto alto con la testata in legno chiaro e il piumone con la stampa marina che metti ogni volta d'autunno. Da quanto, dieci anni ormai? Le cassettiere color mogano, che ti porti dietro da troppi traslochi. La libreria, piena di volumi colorati.

Capita che ti svegli una mattina come tante e la casa, la gente, i rumori non sono più quelli che conoscevi fino alla sera prima. Hanno un che di straniante anche se non esiste motivo. Ma così è.

Ti muovi lentamente fuori dal letto mettendo le pantofole, di cui non avevi mai notato la trama blu perché le metti sempre al buio, e ti dirigi in bagno. L'armadietto a specchi è colmo di cose, posizionate nello stesso disordine da sempre, vai a capire perché. Ci sarà stato un motivo primordiale per mettere sulla destra la crema per le mani, e a sinistra lo spazzolino nel bicchiere. Non che faccia differenza. Magari sarà stato il caso, come per la maggior parte delle cose che fai senza pensare, per semplificarti la giornata e lasciarti l'onere delle decisioni serie solo quando necessario.

Neanche c'è un motivo perché oggi sia diverso da ieri: che sia stato un percorso lungo e silenzioso fatto dal tuo inconscio mentre non ascoltavi, oppure una presa di coscienza fulminea di qualcosa che al momento ancora non ha nome, o la necessità di una pausa che impone il tuo corpo, senza essersi dato il disturbo di consultarti.

Silenzio: hai bisogno di silenzio per capire cosa siano una a una quelle cose che ti circondano e parlano di te; anzi, di te com'eri fino ieri, ma che oggi sono lì, mute, senza un significato tangibile.

Reset.

Ci vorrebbe un bel pulsante, in queste occasioni: *reset*. E tutto parte da capo. Pagina bianca: dimmi ciò che vuoi scrivere di te da oggi in avanti. Non badare a ciò che sei, che eri, a quello che gli altri vedono di te: ora la pagina è bianca e hai spazio per qualcosa che ieri non esisteva. Crealo, immaginalo, pensa se vorresti essere differente da quel che sei oppure no, se va bene anche così.

Accendi il portatile per forza d'abitudine e leggi le mail. *Spam*, qualche commento sui social, niente di diverso dal solito. Il mondo nel frattempo è ripartito, mentre tu eri a letto a guardarti attorno e, come sempre, non ti ha aspettato.

Non aspetta mai.

Ci sono cose che non puoi esimerti dal fare, filosofie del mattino a parte. Gli oggetti sconosciuti che ti fissano dall'alto della loro statica consapevolezza ti rinfacciano che magari tu stai perdendo la testa, ma loro no: loro sanno perché sono lì, loro sono un passo avanti e sei tu a essere ancora nel mondo dei sogni. Svegliati, il lavoro aspetta. La macchina è sotto casa, pronta a partire; la cucina è lì perché la usi, anche lei consapevole, preparata a fare il suo dovere come ogni santo giorno. Con l'acqua che bolle, il profumo di caffè, la tavola apparecchiata. E tu sei ancora lì? Il mondo gira per tutti, cosa credi, non c'è l'opzione di scelta tra scendere e salire. Allora parti, cosa aspetti?

Capita.

Capita che poi in ufficio qualcuno aveva organizzato una cena a casa di amici e te lo ricordi solo al pomeriggio: non ne hai voglia, ma ti tocca. Ti prepari indolente e vai. Un luogo conosciuto, l'odore peculiare di quell'ambiente che ti penetra le narici quando varchi la soglia e che riconosci familiare, ma diverso da quello di casa tua, o di qualsiasi altra casa. Ti dice di metterti comodo, anche se ti ricorda di nuovo che sei altrove rispetto al posto in cui ti rintani a fine giornata. Non che sia per forza un male: è solo diverso. Non è tuo. E oggi ti dà fastidio, chissà perché.

Ti siedi alla tavolata a cui hai partecipato portando il vino e ti estranei dal vociare delle persone sedute attorno. Visi che conosci, per la maggior parte. Discorsi sempre uguali: il lavoro, un viaggio in programma, la partita di ieri vista in TV. E poi le risate, che stasera stonano non per colpa loro, ma perché sei tu a sentirti in una bolla d'aria che ti allontana da lì e ti isola nel tuo mondo di pensieri senza capo né coda. Era stamattina? O è da più tempo che la testa ti sussurra qualche pensiero stonato, che non ti apparteneva fino a poco tempo fa?

La testa, o l'anima. O l'influenza in arrivo, ecco, può sempre essere quella! È da mettere in conto: uno sfasamento di testa a causa dell'influenza.

Mentre sei lì, con quel sorriso di facciata ad ascoltare l'ultima impresa del figlio di quello in fondo a destra, qualcuno, la persona a fianco, si gira verso di te e comincia a parlarti. Lo conosci? Vagamente: amico di amici, identifichi.

«Scusa, non ascoltavo, cos'hai detto?»

E quello si pone più affabile, paziente, anche se avrebbe potuto risentirsi: «Oh, niente di che, si parlava di quel progetto per la nuova sede, sai. Ma così, giusto per abitudine a tornar sempre sugli stessi discorsi. Alla fine, si parla solo di lavoro a queste cene», ride gentile. Ridi anche tu.

«Scusa, sono fuori oggi, non focalizzo. Oggi o ieri, o nei giorni scorsi, non ricordo da quando. Sai quando hai quel senso di... boh, estraniamento. Quasi stamattina non riconoscevo casa mia! Assurdo. Ma che so, sarà stanchezza: speriamo arrivi presto il weekend. Una dormita di due giorni aggiusta sempre tutto, no? Con qualche birra, magari.» Ridi smorzando le parole: con un discorso del genere fatto a un estraneo, è già tanto che quello non si allontani dicendoti di sì, come si fa coi matti. E cambi discorso.

Lui intanto è rimasto immobile a guardarti, con la stessa espressione di prima: cordiale e appena un poco pensosa.

«Capita» dice poi, proteso in avanti, di un niente più del necessario, quel tanto che ti provoca un fastidio indefinito per l'intimità non richiesta, per l'ingresso nel tuo spazio vitale. Un fastidio sottile. Cosa vuole questo?

«Capita di aver bisogno di una pausa a volte, non c'è niente di strano» continua. «Non serve per forza un motivo, sono periodi così. Succede a tutti, è successo anche a me. Basta assecondare l'istinto e riprendersi il proprio tempo. Tutto dopo torna nitido.»

«Qualche giorno dal lavoro, dici? Non sarebbe male.»

Inclina la testa. «Anche, sì, se è il caso. Dico che è uno sbaglio far finta di niente, se c'è qualcosa su cui devi far chiarezza. Se la testa ti dà un segnale, meglio ascoltarla. È salutare.»

«Mah, non so se ho qualcosa da chiarire, in realtà. Che poi, sicuramente è solo stanchezza; o sto covando una mezza influenza.» Ridacchi ancora, per respingere quella serietà inopportuna che è calata d'un tratto. *Ecco perché la gente si butta su discorsi di lavoro alle cene: per evitare strane intromissioni da parte di sconosciuti.*

Lui aspetta un attimo. Tentenna. Poi mette mano alla tasca dietro dei pantaloni, estrae dal portafoglio un biglietto, lo allunga sul tavolo. È un cartoncino avorio con delle lettere blu che riportano un indirizzo e un numero di telefono. Il disegno di una casetta stilizzata sopra, molto *naïf.*

«Broken Time Hotel?» leggi. «Nome particolare, mai sentito. Be', adesso si va tutto di grosse catene d'albergo: finisce che questi posticini di nicchia hanno meno visibilità, sui siti. Tu ci sei stato?»

Un tizio che ti propone un albergo. Viene il dubbio che sia un commerciale e abbia trovato il pollo per fare un po' di pubblicità estemporanea. Tornerebbe. Si dice che le cene siano il posto migliore per trovare nuovi contatti perché la gente è rilassata e propensa ad ascoltare. Abbassi la guardia un attimo e quello, *zac!* ti attacca in un momento di debolezza mentale. Furbo, l'amico!

«No, di certo questo non fa parte di una catena», interrompe i tuoi pensieri lui, con un sorrisetto sornione. «E non lo trovi su internet. È un alberghetto a conduzione familiare, mettiamola così: lo gestisce una signora con l'aiuto di qualche d'un altro, e la sua sola pubblicità è questo bigliettino da visita. Una chicca, no? Lo prendi quando vai e finisce che poi lo passi a qualcuno che ne ha bisogno, qualche tempo dopo. È un passaparola, via. D'altra parte, non ha neanche molte camere, saranno una decina al massimo. Non ha bisogno di molta pubblicità per riempirsi.»

Lo guardi. Prima lui, poi ancora il biglietto. «Non è un po'
insufficiente, come metodo pubblicitario nel duemila? Se nessuno lo conosce, come sopravvive?»

«Trova il modo. E anche chi vuole andare: trova il modo.»

Per essere un commerciale, questo è un po' scadente,
pensi. *Oppure punta a far breccia instillandoti curiosità: è un
metodo anche quello.*

«Prendilo. Se volessi andare per un paio di giorni, dai un
colpo di telefono alla signora.»

«Oh, non credo», esiti. Sai già che non ci andrai. Ma è solo
un pezzo di carta e non vuoi essere scortese. «Ok, grazie. Ci
penserò.» Ti rigiri fra le dita il biglietto con la casetta *naïf*.

«Non c'è una foto, cosa mi devo aspettare, un ambiente
moderno o stile B&B o… come?»

Lui ti guarda e sembra stia per descriverlo muovendo la
mano, poi ci ripensa e serra le labbra per un attimo. «È un
posto confortevole, vedrai. Quello che fa per te.»

Ma quanto fastidio dà la gente che pensa di sapere quello
che fa per te? *Neanche sai chi sono, tu sconosciuto a una
cena, non sai nulla di me! Su che basi lo dici?*

«Ok.» Mandi giù a forza. «Ma che posto è? Cioè, devo
andare in tiro, è di quegli agriturismi chic per ricconi che
vanno?»

«È difficile descriverlo, ognuno si porta dietro un ricordo
diverso. Magari uno nota certi particolari che un altro non
vede. Finisce che se si confrontano due che ci sono stati, ti
danno descrizioni totalmente diverse.» Ride da solo. Lo
guardi male: un albergo mutante. Forse dovresti solo allontanarti dicendogli di sì, come ai matti.

«Credimi, se puoi vai. Poi me lo descriverai e io ti darò la
mia versione. E comunque no, non serve che vai in tiro.»

Annuisci. Tanto non sapresti neppure come ricontattarlo per raccontargli dell'albergo. Anzi, a pensarci, non ricordi neanche il suo nome, se mai l'hai saputo.

«In ogni caso, io sono Gabe, piacere. Credo non ci abbiano ancora presentati.»

Appunto.

Stringi la mano che ora ti sta tendendo e sorridi.

SCENA 1

Ottobre di foglie

Arrivò al Broken Time Hotel in un pomeriggio d'autunno, a bordo della Cinquecento rossa comprata di seconda mano al suo arrivo negli States, come ricordo di una patria lasciata fra entusiasmo e timore. Si fermò a guardarlo da dietro al finestrino, in una di quelle giornate ottobrine in cui è difficile scegliere fra ripararsi dall'aria fresca di stagione o uscire in maniche di camicia per il troppo sole che ti batte addosso. Un piccolo trolley di vestiti e una quarantott'ore rigonfia di fogli bastavano per il soggiorno.

Si diresse all'ingresso, lo sguardo fisso su quell'edificio che già conosceva, col tetto grigio a spiovente sul fronte, i due piani raccolti su di sé e la mansarda a tre abbaini. I mattoni della facciata schiariti dal sole e dal tempo s'intonavano con le schegge di colore delle foglie di cui rimanevano ancora pieni gli alberi attorno. Sui lati del vialetto che si arrotolava in una piccola piazza, panchine in ferro e piccole statue che la proprietaria si divertiva a cambiare a seconda delle stagioni. Ottobre era il mese degli animali pronti al letargo: una vecchia tartaruga dentro al guscio, rane attorno a uno specchio d'acqua, mamma orso e il suo cucciolo rannicchiati contro un tronco d'albero.

Mise mano al portone in ferro, che con intrecci imperfetti disegnava sulle ante le parole *Broken* e *Time*. Ci si era soffermata anche la volta precedente, la prima in cui era stata lì per una notte, per poi ripartire con una sensazione d'irrisolto che l'aveva convinta a tornare. Allora come adesso si era chiesta se l'idea di un tempo *rotto* indicasse qualcosa di spezzato, oppure una feritoia aperta verso altro.

Poco importava, era solo un nome. Entrò, il grande tappeto dell'atrio copriva la maggior parte del parquet, di un bruno stridente rispetto al mobilio attorno. Ogni pezzo era buttato lì a sé stante in vari toni e intarsi di legno, senza un comprensibile senso estetico: era un susseguirsi di credenze, tavoli e sedie che rimanevano immobili a fissare il nuovo ospite entrare dalla porta, curiosi. Eppure, l'insieme dava un'aria di casa: veniva da entrare e togliersi le scarpe, come in un posto in cui non si debba chiedere il permesso per servirsi, se si fosse trovata una teiera fumante lasciata ad attendere.

Mentre poggiava a terra le due borse, con la coda dell'occhio si accorse che qualcuno la osservava e ancora china le venne da sorridere, sapendo chi aspettarsi: acquattato sul bancone della reception, in silenzio la fissava un gattone grigio dalla pelliccia burrosa, con occhi ambrati e indagatori.

«*Ehi kitty! How're you doing?* Sei tu di vedetta, oggi?»

Per tutta risposta, quello socchiuse gli occhi gialli e si accomodò meglio dentro la pelliccia rigonfia. Ciò che c'era da vedere lo aveva visto: la nuova arrivata non suscitava abbastanza curiosità da disturbarsi più di quanto non avesse già fatto. Tornò quindi al suo finto sonno d'allerta. E l'ambra scomparve piano in mezzo al pelo, orecchie ancora ritte, per approdare a quel sorriso cinese che fanno i gatti quando muso e occhi diventano linee sottili solo accennate.

Non si era ancora mossa dalla sua posizione quando si accorse che dietro al bancone era seduta Mrs. Wood, l'anziana signora che gestiva l'albergo.

«*Sorry ma'am*, non l'avevo vista.»

La donna alzò la testa, lenta. «*Good evening, sweetie. No problem*, non c'è nulla di cui scusarsi. È vero che il gatto è di vedetta, sai: io con la mia altezza da qui non vedo nulla e a malapena sono vista da chi entra.»

Le sorrideva con quell'espressione senza età propria di chi guarda senza giudicare e ciò che occorre sapere, già lo capisce al primo sguardo. Come il gatto.

Lei si avvicinò al bancone e la signora con calma mise da parte il libro di conti su cui era concentrata; l'aspettò mentre prendeva lentamente un altro libro, con scritto l'anno corrente, 2019, fino alla data del sette ottobre.

«Miss Nina?» chiese chiamandola confidenzialmente per nome. Per privacy, si sarebbe pensato, se solo nel posto ci fosse stato qualcun altro ad ascoltare.

«*Yes*. Ho telefonato un paio di giorni fa: credo abbia preso la chiamata un ragazzo, un signore, non so. Ho prenotato per una settimana.»

«Sì, è riportato che saresti arrivata oggi. Tutto in ordine. Abbiamo già i tuoi dati dalla scorsa volta quindi, a meno che non sia cambiato qualcosa, siamo a posto così.»

«No, non è cambiato nulla» rispose titubante. *Ma tu che ne sai*, pensò. *Nel frattempo, possono avermi congelato il conto per insolvenza, oppure sono diventata una serial killer; e tu, senza un computer davanti per verificare, come fai a fidarti?*

«Se poi vorrai prolungare il soggiorno» continuò Mrs. Wood senza badare alle sue elucubrazioni mentali, «basta che tu me lo dica.»

«Oh, grazie. Non credo, comunque.»

Diede un'alzata di spalle. «L'autunno è una stagione lenta, *you know*, bisogna prenderla così: non abbiamo molti clienti in questo periodo quindi la tua camera può rimanere a disposizione. Ti ho riservato quella della scorsa volta, spero ti averti fatto cosa gradita.»

«*Thank you so much*. In caso decidessi, l'avviserò per tempo.»

«*I'm in no hurry, sweetie*.» Sorrise di nuovo a testa bassa, mentre copiava i dati scarabocchiati da un'altra grafia su un post-it giallo. Prese quindi dal cassetto una chiave con un ciondolo che riportava in rilievo la scritta *Broken Time,* la stessa del portone e ugualmente imperfetta.

Nina considerò la fattura del portachiavi quel tanto che basta: in quel momento le interessava solo buttarsi in camera, stanca com'era. Il viaggio da Virginia Beach, dove abitava, era poco più di tre ore d'auto, forse quattro. Non così lungo, alla fine, per gli immensi spazi americani cui si stava abituando.

Non era però abituata a guidare da sola e la cosa le era pesata in termini di concentrazione, specie per quel paio di volte in cui si era dovuta fermare nel niente, col navigatore del cellulare in preda a labirintite. Di trovare qualche anima non c'era speranza: solo fattorie sparse e qualche fienile inesorabilmente rosso, annunciato a distanza da versi animali. E le mucche, si sa, non sono famose per dare indicazioni.

Numero otto, penzolava dal portachiavi.

Si diresse verso le scale mentre dalla porta arrivava un vociare di nuovi clienti: un uomo con un bambino per mano, avrà avuto cinque o sei anni. Il piccolo portava un trolley urlante di colori vivaci con rotelline rumorose e aveva una vocina acuta che non riusciva proprio a prendere fiato, stupita di qualsiasi cosa le si parasse davanti. Poco dietro, camminando lentamente e da solo, un signore anziano con dei fogli sottobraccio andò deciso verso un salottino opposto alla reception. Nina ricordava quella stanza, era un angoletto piacevole. Specie in quel periodo dell'anno in cui alberi rossi e gialli facevano sfoggio di sé dai vetri.

«Micio, che bello che sei! Vieni in braccio, ché non ti faccio niente! Ti accarezzo solo!» La vocina aveva catalizzato l'attenzione sul povero gatto, che era stato costretto a uno scatto indietro per evitare di sporcarsi il pelo con le manine certo non intonse del bimbo.

Il padre trasse a sé il figlio mentre era intento al check-in e quello bofonchiò qualcosa, che era tanto bello quel gatto e lo voleva solo accarezzare, mica fargli male. *Ma, sarà per un'altra volta: siamo appena arrivati, avrai occasione per giocare col gatto*, si era sentito rispondere. E aveva dovuto accettare la cosa seppur con mille obiezioni.

Al primo piano, la stanza numero otto era la seconda del corridoio. L'albergo si componeva di solo un altro piano mansardato: se ci fossero state sopra un altro paio di camere, forse si sarebbe arrivati a dieci in tutto. Nina posò le borse a terra e non fece a tempo ad aprire la porta, che un'ombra grigia schizzò nella stanza.

«Ehi, tu, dove corri? Non puoi mica stare qui!»

Ma all'intruso la cosa sembrava non interessare: con un balzo elegante il gatto fu sul letto e si acquattò, guardandola con aria di sfida. Quello al momento sembrava il luogo più sicuro dove stare e lì sarebbe rimasto: *fai tu: io resto*, diceva in silenzio, l'espressione strafottente e gli occhi fissi. Né d'altra parte Nina ci mise troppo ad arrendersi: il micio aveva individuato subito una preda facile.

«Tutte queste confidenze l'altra volta non te le sei prese, però. Hai deciso che sono il male minore?» gli chiese, neanche quello potesse risponderle. «Te ne approfitti perché sei bello. Vabbè, resta, non mi dai fastidio. Nasconditi per un po', più tardi poi ti riporto da Mrs. Wood, prima che si preoccupi e chiami lo sceriffo.»

Chiuse la porta, poggiando la chiave sul tavolino d'ingresso: in orizzontale l'otto disegnava un piccolo simbolo d'infinito. Sistemò il bagaglio nella cabina armadio mentre il gatto, ancora sul chi vive, aspettava seduto sulla coda e seguiva con gli occhi ogni suo movimento. Finché decise che poteva acciambellarsi e prendere possesso del suo nuovo spazio privato.

La stanza era arredata di pochi elementi essenziali in stile country, carta da parati e tessuti patchwork, con qualche quadretto delle città attorno: Lexington, Monticello, Massanutten. In tre anni che abitava in Virginia, ancora si divertiva a guardare gli arredi *kitsch* di certi alberghi. Questa, nonostante tutto, trasmetteva una sensazione calda di casa, la stessa che si respirava nell'atrio. Doveva essere volontà di quel posto, mettere gli ospiti a proprio agio.

Prese il telefono e scorse messaggi e telefonate.

«*Just arrived*. E non ho messo sotto nessun cervo! *See ya!*» digitò veloce.

Si sedette, lanciando il cellulare sul letto, senza aspettare risposta. Il sole dalla finestra era ancora alto, ma non aveva voglia di uscire: doveva controllare il lavoro in consegna per il giorno dopo e voleva farlo quanto prima, per togliersi il pensiero e potersi godere in pace la sua piccola vacanza solitaria. L'albergo non aveva un servizio ristorante, ma era dotato di una cucina comune al piano terra, di solito rifornita di qualche cibaria lasciata a disposizione: la cena non sarebbe stata un problema.

Nel corridoio intanto passavano voci e passi, che piano scomparvero nelle loro camere. Anche il gatto doveva averle sentite, perché aveva indirizzato un orecchio nella loro direzione e dischiuse gli occhi a metà. Quando di nuovo fu silenzio, si alzò e trotterellando leggero svanì tramite una porticina a ribalta alla base della porta, senza salutare.

«Non ci posso credere! Pure la gattaiola hanno messo! In una camera d'albergo? E se uno non lo volesse attorno, che fanno, ti costringono alla convivenza?»

Sporse la testa per guardare meglio e notò un gancetto in basso: evidentemente chi non avesse gradito, poteva impedire al gatto di entrare.

«I can't believe it...»

SCENA 2

Il lavoro degli altri

Il gatto grigio era entrato di buon mattino nella camera di Nina, la mattina dopo, ed era rimasto stupito di trovarla vuota. C'erano solo oggetti sparsi come tracce di lei in quel posto. Non che la cosa gli importasse troppo: è che sperava in uno spuntino, prima che la sua padrona ufficiale compisse il suo dovere quotidiano e lo sfamasse. Si sedette davanti all'ingresso, indeciso sul da farsi. Poi con tutta calma decretò che poteva concedersi un riposino sul letto disfatto, finché non avesse avuto prospettive migliori.

L'albergo era ancora avvolto nella nebbia, puntellata dagli alberi della vallata che si intravvedevano a tratti, e non si vedeva anima viva quando la Cinquecento rossa si era messa in moto prima delle sette del mattino per arrivare in tempo ad Alexandria.

Viaggiare con le montagne dello Shenandoah che facevano da merletto all'orizzonte dava a Nina una bella sensazione, abituata com'era a Virginia Beach, che, col suo lungo affaccio sull'Oceano, era in ogni dove una pianura terribilmente esatta, tanto che sarebbe risultata in bolla, se solo qualcuno avesse voluto verificare. Non che fosse male, Virginia Beach: era una cittadina spaziosa e verde, se con mezzo milione di abitanti si poteva ancora considerare *cittadina*; ma lo era secondo canoni americani, dove il piccolo non esiste. Era abbastanza turistica da non consentire il passaggio sull'*Oceanfront* da aprile a novembre causa invasione brulicante di vacanzieri in ciabatte; e abbastanza verde nella zona residenziale, da permettere camminate infinite nella sua natura atavica, senza incrociare un'anima per miglia, nonostante le tante case che si nascondevano dietro i loro steccati bianchi.

Insomma, non era New York o una delle metropoli di CSI, ma neanche la Cabot Cove di Jessica Fletcher. Era a misura d'uomo, con un'innata mania di grandezza negli spazi, ma serafica e piena di sole, e con scoiattoli e papere come unico serio intralcio al traffico.

Eppure, mancava qualcosa: non c'era, a perdita d'occhio, un indizio di montagna, una collina. Piattume totale.

Per lei che veniva dall'Appennino, e in un Paese come l'Italia, dove vuoi o non vuoi anche la Pianura Padana una sua varietà d'intenti geografici la può vantare, questa era una piccola sofferenza visiva. Al contrario la catena dello Shenandoah le faceva respirare una certa aria di casa.

Arrivò ad Alexandria senza intoppi e parcheggiò in uno spiazzo sul porticciolo in cui riecheggiava lo sciabordio di piccole imbarcazioni traballanti alle onde del fiume Potomac. Al fresco ancora piacevole del mattino, si fermò a prendere un cappuccino da bere per strada, dentro l'usuale bicchiere bianco e verde di Starbucks.

Adorava Alexandria: era una cittadina alle porte di Washington DC, tutta mattoncini rossi e alberelli vestiti di diverso colore a seconda della stagione. La *Old Town* poi era una delizia, coi suoi negozietti in affaccio su strada: alcuni conservavano decorazioni natalizie tutto l'anno, anche d'estate, altri erano talmente confusi che non si capiva neppure cosa esponessero. Era un piacere immergersi in quelle stradine all'ombra delle *townhouse*, con le voci sul molo nascosto che riportavano l'attività dei pescherecci. E tante volte aveva pensato di trasferirsi, ma non era ancora arrivato il momento.

Si fermò davanti all'ingresso della Madison Publishing in tempo per buttare il bicchiere ormai vuoto. Aperta la porta, i suoi pensieri solitari si frantumarono contro il vociare allegro degli uffici.

«Ehi, Nina, alla fine sei venuta! Potevi aspettare a portarcelo, non c'era fretta.»

La accolse una ragazza alta e mora, con la voce più squillante del necessario: Monica.

«*Hi*! Lo so, ma preferivo togliermi il pensiero. Così abbiamo il tempo per vedere se devo metter mano a qualcosa. Non ho voglia di corse all'ultimo minuto.» Entrò in redazione con una chiavetta usb in mano, da inserire in uno dei Mac per scaricare i vari documenti.

Lavorava per loro da un paio d'anni, come free-lance, da quando ancora frequentava il corso di *Visual Art* che l'aveva portata in America. Un lavoro collaudato, ormai. Monica era la caporedattrice: una ragazza poco più grande di lei che l'aveva accolta a braccia aperte con quello spirito leggero che tante volte Nina aveva ritrovato nel carattere americano. Fortunatamente, oltre ad essere una gran chiacchierona, era anche molto meticolosa sul lavoro e se ci fosse stato qualsiasi dettaglio da cambiare, lei lo avrebbe scovato.

Altre mani si alzarono in segno di saluto dalle loro scrivanie, tutte sommerse di fogli, schizzi, post-it e gli immancabili bicchieroni di bibite. Si respirava un ambiente sereno. Isterico, a volte, ma piacevole. Era bello passare del tempo lì, anche solo a vederli lavorare: c'è sempre da imparare dal lavoro altrui, significa vedere le cose da un diverso punto di vista, come diceva Robin Williams, buon'anima.

Di contro, la libertà che aveva lei lavorando in proprio era senza prezzo: poteva passare notti in bianco per arrivare in tempo a una consegna, e poi, il giorno dopo, girare senza pensieri alla ricerca di un bel paio di scarpe. Amava godersi quel raro privilegio di avere la città tutta per sé, mentre orde di persone, chiuse in ufficio, occhieggiavano smaniose l'orologio nel conto alla rovescia quotidiano fino alla pausa pranzo.

«So, Nina, what's up? Everything good?»

«Good. You?»

Monica era china a sbirciare i file appena scaricati, attenta a scovare se mancasse qualche elemento.

«I mean... tutto a posto?» la incalzò, un sopracciglio alzato. «Ho capito bene, ti sei presa una pausa e sei tornata in quell'alberghetto bizzarro dov'eri già stata poco tempo fa, è così?»

Le venne da ridere. «Non è bizzarro il Broken Time! O meglio, mah, forse un po' bizzarro lo è, pensandoci. Hanno pure un gatto che si intrufola nelle camere.»

«Come, un gatto nelle camere? Non è igienico! E chi fosse allergico come fa?» Monica alzò la testa dal video, occhi sbarrati e lei fece spallucce.

«Chiude la gattaiola.»

«C'è una gattaiola nelle camere d'albergo? In tutte?»

«Non lo so, non ci ho fatto caso. Stasera controllo. Magari la proprietaria ha alcune camere con accesso ai gatti, altre no. Tipo le stanze fumatori.»

«Non esistono più le stanze fumatori.»

«No? Be', il concetto è quello. È un posto rilassante però, è quello che ci vuole per staccare.» Giocherellava con l'usb in mano. «Dovresti venire anche tu una volta, sai. Se vuoi ti passo il contatto.»

«No, figurati, coi gemelli poi: e che gli faccio fare? Mi hai detto che è sperso nel niente, quelli sicuro il giorno dopo vogliono tornare a casa. E magari non funziona neanche la connessione o non hanno il Wi-Fi!»

«Ce l'hanno il Wi-Fi!»

Monica alzò gli occhi con sospetto. «E perché allora non hai spedito il lavoro, invece di farti due ore e passa di viaggio?»

«Ma così, te l'ho detto. Devo anche passare in amministrazione. E poi lo sai che adoro Alexandria. Mi rilassa passeggiare qui.»

«Potevi prenderlo qui un albergo, allora, invece di finire in mezzo al niente.»

«Come no, prendere un albergo vicino a te per rilassarmi! Mi saresti piombata in camera ogni mezz'ora!» Nina rise di gusto all'idea.

«Bella scusa. Allora ci ritiriamo in un eremo dello Shenandoah.»

Sventolò la mano, riprese la chiavetta. «Dai, fammi andare, sennò qui ci perdo tutto il giorno.» E uscì nel corridoio mentre sentiva ancora Monica che blaterava da sola. *Ho una suocera per collega*, pensò.

Intorno era una confusione di persone, scatoloni, libri e riviste. Camminava costeggiando la lunga teoria di porte, quando una delle segretarie la affiancò sorridente, brandendo un cucchiaio.

«Ehi, Nina! *Guess what?*»

«Shannon! Che ci fai con quello?»

«Roba italiana!» Sogghignò soddisfatta indicando avanti.

Su un tavolino imbandito da un lato c'era un'enorme barattolo di Nutella, con cucchiai e *waffle* a fare bella mostra di sé.

«Oddio, non ci credo! Ma è enorme! Dove avete recuperato quel coso?» Strabuzzò gli occhi, in una risata di pancia.

«Dieci libbre di Nutella! *Can you believe it*? L'ha portato ieri un fornitore, roba di lusso! Un regalo di Natale. In ufficio abbiamo scommesso se vedrà o meno la luce del giorno di domani. Io ho scommesso per il no.»

«Natale? Ma siamo a ottobre.»

«*Any problem?*»

«No, no, chi, io?»

«*Spoon?*» Le tese la mano.

«Dopo, grazie: prima devo passare da Mrs. Royal, in amministrazione. Sai se è impegnata?»

«Prima le ho passato una telefonata, ma non lo so, magari ha finito: la porta è socchiusa, quindi butta un occhio. Ti lascio qui il cucchiaio, *anyway*.»

«*Thanks*.» La guardò. «Comunque non ci arriva a domani.»

«*Doesn't it?* Lo dico anch'io!» esclamò, mentre già aggrediva il barattolo, *waffle* alla mano.

Vedi a esportare le nostre eccellenze all'estero. C'era stata una discussione tra colleghi, mesi prima, sulla crema della Hershey, la più famosa marca di cioccolato americana, e Nina aveva dato la sua versione dei fatti presentandosi la volta dopo con un vasetto di Nutella. Da quel giorno, li aveva drogati per sempre. *Ah, la soddisfazione di indirizzarli verso la retta via!*

Bussò alla porta socchiusa dell'ufficio e quando Mrs. Royal, ancora al telefono, le fece cenno con la mano di entrare, ne fu felice: non aveva mai azzeccato una fattura in vita sua e la povera amministratrice ogni volta doveva mettersi a rivedere tutti i conti per lei. Aveva invano tentato di insegnarle, accompagnandola nel favoloso mondo dei numeri, ma niente: non era mondo che facesse per lei. Così, quando Nina vide che era ancora attaccata alla cornetta, ne approfittò per buttarle sul tavolo le fatture e scappare: era la soluzione perfetta.

Sgusciò dalla porta mentre quella le faceva segni ampi con le braccia; richiuse la porta dietro di sé, sghignazzando, e si girò per trovarsi parata davanti Monica, anche lei armata di cucchiaio.

«Ma sei una stalker! Che ci fai qui?»

«Non abbiamo finito di parlare.»

«I'm pretty sure we did.»

Monica la affiancò mentre si dirigeva alla porta.

«E Dylan? È ancora via?» *Eccola: lì voleva arrivare, aspettava solo il momento giusto per colpire!*

«Sì, a Londra. Corso d'aggiornamento. Dovrebbe tornare a fine mese. *I guess.»*

«Ed è via da quanto?»

«Un paio di settimane. Tre, forse.»

Monica la guardò dall'alto verso il basso, con quell'espressione indagatrice che le disegnava sul naso un paio di occhiali immaginari, stile signorina Rottermeier.

«*Honey*, non si fanno mica corsi d'aggiornamento eterni, al giorno d'oggi. Adesso hanno i *workshop* che durano un week-end e via andare, non lo sapevi?»

«Sì, be', non è solo per il corso. È una cosa complessa. Ci sta che ne dipendano grandi cambiamenti, forse anche di zona. Lo sai come fanno queste grosse multinazionali.»

Monica continuava a fissarla con in testa pensieri che stava cercando di riordinare come un mazzo di carte scomposto. Alla fine, decise di lasciar cadere l'argomento, scoraggiata dai segni d'insofferenza sulla faccia dell'amica. Sbuffò.

«Magari un giorno ci vengo davvero a trovarti, all'alberghetto. Dici che ce l'hanno una camera per quattro?»

«Camere ne avranno: la signora diceva che è un periodo tranquillo, non c'è molta gente.»

«Andiamo bene, pure la zappa sui piedi si dà questa! Sicura che sia un albergo e non una copertura?»

«Una copertura! Una copertura per cosa?» rise.

«Mah, se ne sentono tante: un hotel isolato, che non trovi sul web, che si dichiara senza clienti, che fa girare gatti per le stanze, insomma come sopravvive? Solo di pulizia dei peli nelle lenzuola... *I mean: bleah*! Ma puliscono, sì? Perché se non puliscono, io non vengo!»

Era divertente l'idea che la vecchietta avesse affari loschi da nascondere. Una spacciatrice? Sì, certo, di erba gatta! E chissà se a questo punto convenisse guardare meglio nel pozzetto congelatore in cucina, alla ricerca di qualche cadavere. Doveva.

«Senti, dai, io vado. Tu fatti sentire una volta che hai dato un occhio alle pagine. E se sono pronti i nuovi testi, girameli.»

«Bella vacanza hai in mente, eh? Facevi prima a startene a casa.»

«E perdermi la bellezza di essere servita e riverita? No, grazie, non ho voglia di lavori domestici adesso», disse già verso l'uscita, sventolando saluti verso i colleghi, sempre chini al computer.

«E quali lavori, se sei da sola?»

«Monica, ti aspetto all'hotel, fammi uno squillo così prenoto per voi, quando siete liberi.»

E uscì, nella stradina pavimentata di pietre grigie che in una città come Roma si sarebbero chiamati sampietrini, ma lì in America, chissà come si chiamano. Salì sulla Cinquecento parcheggiata al molo, minuscola rispetto alle auto a fianco, e prese la strada del rientro cercando l'ingresso alla *highway* più vicina. Inondata da pensieri che giravano vorticosi su sé stessi, non si era accorta di avere ancora in mano il cucchiaio di Nutella, ma senza Nutella: lo aveva portato con sé e adesso restava come passeggero muto sul sedile a fianco.

Prima di rientrare all'albergo, passò da Charlottesville per un po' di spesa: la cucina non produce piatti da sola, senza materia prima. Era già tanto che la sera prima avesse racimolato un po' di pan carré e dei vasetti monoporzione di formaggio. Prese viveri vari in un *mall*: non troppa roba, tanto sarebbe tornata nei prossimi giorni a fare un giro in certi negozietti che la scorsa volta le erano sembrati interessanti. E insieme al resto, aggiunse una ciotola e dei croccantini per il gatto grigio.

Stava chiudendo il baule della macchina, quando una mano alzata, dall'altra parte della strada, attirò la sua attenzione. Un viso familiare le stava sorridendo: era Mrs. Wood, la proprietaria dell'albergo, che trascinava una borsa a rotelle dietro di sé. Pesante, a giudicare da come la muoveva. Nina restò interdetta, come chi non riconosce una persona tolta dal suo posto abituale nel mondo. Alzò la mano a sua volta, mentre la signora già girava la chiave nella toppa di una porta a vetri che dava sulla strada, adornata da un baldacchino tondeggiante che riportava una scritta a caratteri dorati: *Old Times*.

La luce all'interno del locale si accese mentre Nina rimaneva a guardare l'ombra della signora che si muoveva dietro il vetro. Se aveva le chiavi, doveva essere suo quel negozio. O no? Sembrava una specie di antiquariato, o modernariato, roba così, a giudicare dagli oggetti ammonticchiati in vetrina senza troppa connessione e ancora meno ordine, e visibili solo ora, con la luce appena accesa.

Se era lì, aveva lasciato incustodito l'albergo. Oppure c'era qualcun altro che badava alla reception mentre lei era via. Un socio? Qualche dipendente?

No, scoprì una volta rientrata: nessuno alla reception. Una coppia di mezza età uscì dalla porta mentre lei restava ferma a guardarsi attorno. Solo i mobili erano rimasti lì ad aspettarla pazienti, come tanti custodi muti.

«Ha ragione Monica: è proprio un alberghetto bizzarro.»

SCENA 3

Acque calme

In realtà, Nina scoprì nei giorni successivi che anche quando il Broken Time Hotel sembrava deserto, c'era sempre un signore seduto nel salottino a fianco all'atrio d'ingresso, intento a studiare fogli, scrivere, leggere. Silenzioso, quasi invisibile. Non si notava, se non a voler farci caso di proposito frugando con lo sguardo fra i divani e le poltrone. Non se ne avvertiva neanche la presenza, poiché raramente la sua testa era alzata a guardare chi fosse nell'atrio.

Ma era lì, sempre.

Nina andava e veniva dall'albergo, nelle sue passeggiate mattutine all'aria fresca d'autunno o nell'andirivieni dalle strade cittadine, da cui rientrava di continuo con qualche oggetto del desiderio appena scoperto. E da quando l'aveva scorto, ogni volta che passava di lì aveva preso l'abitudine di buttare un occhio, per vedere se l'anziano signore c'era. Diversamente, se non lo avesse notato la prima volta, sarebbe rimasto invisibile.

Le volte che non lo trovava al solito posto, a fianco alla vetrata che guardava gli alberi rossi di foglie, si spostava dondolando su se stessa per cambiare prospettiva e prima o poi lo trovava. A volte la sua testa, coperta da radi capelli bianchi, faceva capolino dietro una poltrona, altre volte era un cappello a tesa marrone che si lasciava intravedere poggiato su un tavolo, fermo lì a fare la spia al suo proprietario. Raramente lo trovava seduto fuori, sulle panchine di fronte all'albergo e mai per lungo tempo. Rimaneva in ogni caso una presenza fissa. Una sorta di rassicurazione che in qualsiasi momento lei avesse avuto bisogno di un altro essere umano, per quanto fragile e muto, lo avrebbe trovato.

Le venne il dubbio che fosse anche lui uno dei gestori dell'albergo, anche se non lo aveva mai visto alla reception né si era posto nei suoi confronti come farebbe un padrone di casa che accolga i clienti. Neppure era il caso di chiedere a Mrs. Wood, che per parte sua, si faceva vedere ben poco in albergo: era presente solo le volte in cui doveva accogliere nuovi ospiti o rifornire la cucina, per quanto questa venisse usata poco dagli ospiti, in effetti. Perlopiù ospitava pranzi da asporto già pronti, in confezioni di plastica che venivano scartate e subito buttate via.

Gli americani, aveva imparato Nina in quei pochi anni, non sono propensi a passare ore davanti ai fornelli, se non per un'occasione speciale o d'incontro fra amici: allora sì, tirano fuori un'attrezzatura e una volontà degne dei migliori cuochi. Ma era più una cosa a fini sociali, ecco, non per il mero piacere di stare in cucina o per sopravvivenza quotidiana. Allo scopo esistevano così tanti prodotti già pronti, là fuori.

La colazione, quella sì: a quella tenevano in particolar modo. Era il loro pasto principe e ci spendevano grandi energie. A meno che non preferissero passare in un *drive-thru* per un caffè lungo, li trovavi volentieri intenti a prepararsi un monte di cose, fra *pancake* con *maple syrup*, oppure *omelette* riempite di mille vegetali tagliuzzati, l'immancabile bacon, salsicce, wurstel e un delizioso miscuglio di patate che Nina doveva ancora imparare a preparare. Seriamente, un monte di cose! La mattina, anche presto. Roba inconcepibile per una mente italica.

Il suo stomaco non era riuscito ad abituarsi a questo rituale, e dopo i primi tempi in cui si era arreso al detto *a Roma fa' come i romani,* aveva urlato vendetta. Sara, sua compagna di ventura nel viaggio di studio all'estero, si era lanciata entusiasta alla scoperta delle usanze locali, e le prime colazioni erano state apocalittiche. Poi, per necessità di uscirne viva, si era opposta ed era tornata a più frugali tazze di caffellatte.

Nei locali del Broken Time, oltre la proprietaria a volte passava una cameriera a risistemare zone comuni e camere. Nina l'aveva vista spesso andar via prima di mezzogiorno dopo aver fatto il suo lavoro, assieme a grandi sacchi di lenzuola e asciugamani; e si era convinta fosse solo una collaboratrice, non propriamente parte dell'organico. Oltre questo, nessun altro. Sembrava tutto fosse diretto esclusivamente da Mrs. Wood, che peraltro non c'era quasi mai, impegnata com'era anche del negozio a Charlottesville.

Certo, il Broken Time era poco più di un B&B, non aveva bisogno di chissà quali cure, ma pur sempre una struttura ricettiva era. Possibile portasse avanti tutto lei? Da sola?

Con questi pensieri, Nina si avviò sul viottolo che raggiungeva fra gli alberi rossi uno specchio d'acqua poco lontano. Lo aveva scoperto durante il suo precedente soggiorno e le era tornato in mente proprio quel giorno. Un libro nuovo alla mano e il sole tiepido fra gli alberi ne facevano il pomeriggio perfetto per qualche ora di lettura in solitaria.

C'erano delle panchine su una sponda del laghetto, mentre l'altro lato era reso inaccessibile dalla boscaglia, troppo fitta per disegnare all'interno un passaggio. E lei si guardava bene dal buttarsi in quel groviglio di rami: chissà quali esseri a quattro o più zampe si nascondevano nel sottobosco. Per non nominare quelli senza le zampe: *brividi solo a pensarci*.

Gli unici animali accettabili a suo giudizio erano gli scoiattoli che correvano in alto fra le fronde. Erano sempre presenti, ovunque, anche a casa a Virginia Beach: alla guida occorreva stare attenti a non incrociarne uno che avesse deciso di colpo che l'altra parte della strada era quella giusta: erano colpi al cuore ogni volta!

In effetti, il bello dell'America, e della Virginia in particolare, era la natura strabordante di ogni essere vivente. Il brutto dell'America, e della Virginia in particolare, era la natura *troppo* strabordante di ogni essere vivente, tanto che non era raro trovarsi davanti un cervo, o anche un orso. L'anno prima nel suo quartiere era girata la foto di un bestione bruno che passeggiava nel backyard di una vicina di casa. E gli abitanti del quartiere avevano affrontato la notizia come cosa di poco conto, senza batter ciglio.

Bisognava usare cautela nell'inoltrarsi in un boschetto come quello: per quanto ne sapeva, avrebbe potuto incontrare un altro orso, oppure poteva essere un coyote, un boa. Un dinosauro! Che poi: a lei sarebbe bastata una rana a terrorizzarla, quindi partiva dal basso nelle probabilità di morire. Essere uccisa da qualche bestia feroce o d'infarto per un pericolo immaginario era indifferente ai fini del risultato. E non era neppure bello sapere di essere lì da sola, senza nessuno a raccogliere i suoi resti.

Fece per l'ennesima volta mente locale se in quel periodo bestie non gradite fossero già in letargo o le convenisse tornare indietro, ma non trovava a memoria la risposta esatta.

Decise di rischiare.

Non ci volle molto a raggiungere il laghetto: era più vicino di quanto ricordasse. Si sedette su una panchina e in silenzio si riempì gli occhi del panorama fresco di verde e acqua scura.

Appoggiò comoda le spalle e prese una boccata d'aria nell'aria frizzantina; ma l'idillio durò poco perché, mentre stava per mettere mano al libro, le si mosse a fianco qualcosa certo più grosso di uno scoiattolo, tanto da farla scattare in piedi rigida e terrorizzata, un urlo trattenuto per pudore.

«Ciao signora!» Un bimbo nascosto nell'erba, con un bastone in mano, la guardava serio.

L'adrenalina fluita alla testa doveva ancora trovare il percorso per tornare al suo posto, mentre cercava di ricomporsi in un contegno che non aveva. Cercare di metabolizzare il sollievo per lo scampato pericolo non era cosa da poco.

«Ciao! Non ti avevo visto, lì seduto. Mi sono *quasi* spaventata.» *Se posso usare un eufemismo*, disse tra sé.

«Per forza» rispose quello, «mi sto nascondendo, sennò i pesci mi vedono e non abboccano.»

Nina guardò meglio il bastone, da cui penzolava un filo che finiva in acqua, poi si guardò attorno, la pelle d'oca non ancora passata, per capire se quello fosse un laghetto artificiale, visto quanto sembrava fermo e piccolo. Non ricordava un corso d'acqua da quelle parti e in questo caso era plausibile fosse senza pesci. Ma importava poco perché, anche ce ne fossero stati, con un bastone e un filo magari senza esca, e lui coi piedi nell'acqua, che pesci voleva prendere?

«Hai ragione. Be', ti sei mimetizzato bene, allora. Bravo.»

«*Thank you. I just learned yesterday*. Ho messo anche una patatina attaccata al filo, così sentono l'odore e gli vien fame.»

L'esca c'era, quindi.

«Sei un pescatore provetto, vedo. E hai preso qualcosa nei giorni scorsi?»

«*Not yet*. Ma papà dice che ci vuole tanta pazienza.»

«Papà ha ragione, tanta. Qui forse più di altri posti, *trust me*. Sei qui con lui, allora?»

«Sì, è là, vedi?» disse indicando poco lontano un uomo al telefonino intento ad ascoltare l'altro capo del ricevitore. Era nell'ombra degli alberi e lei non si era accorta di lui, quand'era arrivata. Tale padre tale figlio.

Nina alzò la mano in segno di saluto, perché non le sembrava educato guardare uno sconosciuto senza farlo; ma lui non ricambiò, rimase fisso nella sua postura, concentrato sulla voce che gli parlava all'orecchio. Ecco chi erano quei due: il padre e il figlio che aveva visto entrare in albergo il giorno in cui anche lei era arrivata. Stranamente, non li aveva più incrociati in giro. Anche se, certo, venendo a rifugiarsi nel bosco per *pescare*, non era difficile le fossero sfuggiti.

Si sedette di nuovo sulla panchina, guardando il bambino che era tornato al suo lavoro paziente.

«Non ci sono altri bimbi con cui giocare, così papà mi ha detto che domani mi compra una canna da pesca vera e con quella sicuramente prenderò un pesce. Poi lo metterò in una boccia di vetro. Ma un po' più grande di quelle dei pesci rossi, perché lo so che nei laghi ci sono pesci più grossi dei pesci rossi.»

«Hai ragione» rispose lei, guardando la nuca di quel bimbo e i suoi ragionamenti lineari. Si era adattato a quanto poteva fare in un posto fuori dal mondo o, in caso fosse tanto lucido da non crederci neppure lui, quantomeno giocava a fare finta.

Poi ripensò al fatto che nel lago potessero non esserci affatto pesci. «Però aspetta a comprare la boccia, perché i pesci sono di varie dimensioni, quindi magari ne prendi uno piccolo, come un pesce rosso.»

«Sì. Ma se poi cresce e lui si è affezionato alla sua casa e non vuole che gliela cambio?»

Logica stringente. Come contraddirlo?

«Hai ragione, non ci avevo pensato.»

«Perché tu non peschi: sei una signora.»

Le scappò un sopracciglio. «Sì, è vero, non pesco, ma non chiamarmi signora, mi fai sentire vecchia: ho solo ventisei anni! Mi chiamo Nina.»

«Ok, signora Nina.»

«Nina e basta, grazie. E tu ti chiami?»

«Colin.»

«*Nice to meet you*, Colin.»

Un sorriso e il bimbo tornò alla sua pesca col bastone, deciso che non gli servisse altra conversazione.

Il padre da dietro aveva cominciato a rispondere al suo interlocutore, a bassa voce, il tono nervoso. Dava fastidio star lì in silenzio come se stesse origliando i suoi discorsi, ma non poteva andarsene, adesso che si erano presentati col piccolo. Chissà se aveva incrociato di nuovo il gatto, le venne in mente, o se quello era riuscito a schivarlo fino oggi. I gatti sanno essere fantasmi, se non vogliono farsi trovare. E di sicuro dal bimbo avrà cercato in tutti i modi di scappare: mica lo freghi, quello!

La voce dell'uomo dietro si era fatta più concitata, ma non alta.

«Papà sta parlando con la mamma: doveva venire domani qui da noi, ma non lo so mica se viene. Così lui si arrabbia. Dice che non si fa così. Non a me, ma lo dice.»

Il bimbo, dal basso della sua età, si era sentito in dovere di spiegare la situazione ad una sconosciuta che sembrava sulle spine e buttava l'occhio indietro di quando in quando. Sembrava perspicace, il piccoletto.

Nina rimase in silenzio alla spiegazione non richiesta. Aveva l'aria di una di quelle storie di separazioni, in cui il bimbo sta con uno o l'altro genitore e quelli se lo litigano per il weekend e le feste comandate. Era triste pensare che quel nanetto dovesse sopportare una situazione del genere. Come tanti altri, poi. Quasi le veniva voglia di andare a cercare il gatto per portarglielo, e farlo divertire un pochino. Avrebbe preso graffi e morsi, di sicuro, e anche a ragione; ma almeno si sarebbe svagato.

D'altra parte, poverino, che senso aveva portare un bimbo in un posto come quello, solitario, senza uno svago o un amichetto? Che razza di vacanza pensava di fargli fare il padre? Bastava poco per capire che non era un posto da bambini, quello.

Avvertiva la fronte corrucciarsi, per un'antipatia istintiva verso una persona che aveva già giudicato insensibile, senza sentire il bisogno di conoscerla davvero. Nel frattempo il padre si stava muovendo. Lo capiva dal rumore e dal silenzio improvviso della conversazione.

Lei non si girò fino all'ultimo, a metà fra un atteggiamento forzato di *nonchalance* verso qualcuno nelle cui questioni non voleva intromettersi e un rigurgito di rimprovero in difesa di un bambino che pescava pesci inesistenti. Il tutto era confluito involontariamente in un sorriso che sembrava più una paresi, quando si girò per rispondere al saluto.

«Salve! Ho visto che ha fatto compagnia a Colin mentre ero al telefono, grazie mille. Questi aggeggi ti si appiccicano all'orecchio e ci passi la vita senza accorgertene» si scusò lui con un sorriso tirato, che sapeva di imbarazzo e dovere.

Lei lo guardò e non riuscì a decodificarne il viso, per quanto di solito le riuscisse al primo approccio: la bocca rideva, gli occhi no, e non si capiva se per la situazione o per falsa gentilezza abituale. Ma la cosa non la riguardava e contraccambiò con un sorriso quanto più possibile spontaneo, nascondendo il disappunto che invece fuoriusciva da tutti i pori.

«Oh, si figuri: ha fatto compagnia lui a me. Mi raccontava che sta pescando e domani invece del bastone con la patatina appesa andrete a comprare una bella canna da pesca.» La frase era uscita da sé, sputando veleno gratuito; e si morse la lingua.

«Sì, be', io gliel'ho detto, che non so se ci sono pesci in questa mezza palude, ma lui si ostina a dire che non è vero.»

Non è una palude, pensò lei.

«Non è una palude!» brontolò il figlio.

«Ecco!» e si morse la lingua di nuovo.

L'uomo non cambiò espressione né parve accorgersi dell'intercalare acido, la faccia rigida di chi ha cose più serie a cui pensare di quello che gli gira attorno nel mondo. Altro punto a sfavore, la disattenzione.

«E allora domani prendiamo una canna da pesca» concluse. «Adesso però andiamo, che dobbiamo ancora far la spesa e non abbiamo niente per cena.»

«Tu abiti qui vicino?» chiese il bimbo a Nina.

«No, sono ospite dell'hotel.» Indicò i mattoni rossi che si intravedevano fra gli alberi.

«Anche noi! Vero, papà?»

Lui non rispose, lo sguardo distratto. Lei pensò che sì, lo sapeva già, ma le sembrava inutile sottolinearlo e allungare il discorso, visto il disinteresse del padre; perciò, lo tenne per sé.

«Bene, allora capiterà di vederci nei prossimi giorni. Se rimanete ancora.»

«Papà, rimaniamo?»

Il padre guardò ancora il bambino senza vederlo davvero e se lo dovette far ripetere una seconda volta: «Non lo so, Colin. Magari sì, qualche giorno rimaniamo» chiuse il discorso con tono indifferente. Padre e figlio salutarono velocemente, chi più chi meno, e Nina si sedette sulla panchina, aspettando che sparissero nel fogliame dietro di lei.

Il bastoncino che fungeva da canna da pesca era rimasto in terra sulla riva. Non che fosse questa gran perdita, di bastoncini-finti-canne-da-pesca era pieno il bosco; ma lo raccolse e lo mise a fianco a sé, sulla panchina. La patatina che faceva da esca si era sciolta nell'acqua ed era ridotta a un'ombra di pappetta gialla che colava in fondo al filo.

Nina non aveva figli e considerava la genitorialità uno di quegli argomenti su cui non poteva permettersi di dare giudizi, perché non riusciva a mettersi nei panni di chi debba gestire le varie età di un umano piccolino e far sì che cresca sano di mente e con qualche principio di base su cui reggersi in futuro. Per questo, anche ora, stava cercando di eliminare il senso di fastidio nel vedere un bimbo pescare a vuoto, da solo, conscio che mamma e papà stavano litigando per qualcosa tipo quanti giorni a settimana dovesse stare in una cameretta a casa di lei o in quella dell'appartamento post separazione di lui.

«Sì, però non va bene!» disse con un moto di stizza, rivolta al lago. O palude che fosse.

L'aria iniziava a rinfrescare, sul fare della sera, e la voglia di aprire il libro le era passata, lasciandolo inutile sulla panchina assieme alla canna da pesca.

SCENA 4

Dietro le cose

Era iniziato dopo quella sera un piccolo rituale in crescendo: Nina arrivava alla panchina, frugava con lo sguardo tra le frasche per cercare Colin e se non lo trovava, aspettava. Il bimbo, dal canto suo, quando già si trovava sul posto e lei arrivava, smetteva di pescare, se così si può dire, e con un sorrisone a denti sparsi le si sedeva accanto per scambiare quattro chiacchiere. Adesso aveva la canna da pesca vera, diceva, quindi era solo questione di tempo.

Se invece Colin arrivava quando lei era già seduta, neanche iniziava a pescare, sempre per modo di dire, oppure si limitava a buttare da lontano l'esca un po' più in là, già era tanto che arrivasse nell'acqua, ma senza manifestare una reale volontà di riuscita; al punto che Nina stava meditando di regalargli un pesce rosso, per chiudere la questione.

«Quand'è il tuo compleanno?»

«*February the 20th. Why?*»

Troppo lontano.

«*Just talking, you know.*»

Il padre raramente si avvicinava: se la vedeva mentre stavano arrivando, salutava da lontano con un sorriso, mandando avanti il figlio, e faceva gesti muti indicando il telefono, ché aveva conversazioni importanti da fare, lui.

Era diventato un tacito accordo: lui per una mezz'ora al giorno aveva una babysitter e lei un compagno di chiacchiere. Oltre un qualcuno a fianco in caso d'attacchi di bestie feroci, ovvio.

Un pomeriggio dei tanti Colin sembrava meno concentrato del solito sulla sua battuta di pesca e continuava a girarsi nervosamente verso il padre, per trovarlo come suo solito seduto su un tronco. Il gomito su una gamba, la testa incassata fra le spalle e lo sguardo concentrato dall'altra parte del ricevitore mentre visualizzava il viso di qualcuno lontano. Nina guardava il bimbo e percepiva qualcosa di diverso in lui: una tensione nuova, magari dovuta a discussioni o alla stanchezza di rimanere lì, nel niente assoluto, invece di essere a casa con i suoi amichetti. Stava di fatto che proprio non riusciva a staccare gli occhi di dosso al papà e a rilassarsi, come faceva sempre.

«Non lo so se papà la convince la mamma, a venire. Ci prova, ma lei non ne ha voglia.» Buttò lì quel pensiero detto ad alta voce a sé stesso, guardando fisso l'acqua.

Era quello il motivo, quindi. Nina aveva sempre evitato di entrare nel discorso, anzi le sembrava una cosa buona cercare di distrarlo da quella situazione che sicuramente gli pesava addosso; non sapeva con che tono rispondergli, se fosse arrivato il momento di farlo sfogare un poco o sminuirne l'importanza, portandolo su altri discorsi, su cose più leggere. Lo guardava ed era minuscolo, con quei capelli biondi perennemente arruffati e le guance sporgenti, rosse per il freddo dell'autunno. D'altra parte, una madre che, a quanto poteva capire, doveva essere tirata per venire dal figlio, era un'idea triste. Che fosse stato questo il motivo della separazione, divorzio o cos'altro, fra loro? Fino adesso, per istintiva solidarietà femminile, aveva pensato a una sequela di disattenzioni o colpe da parte del marito, e che fosse stato lui la ragione dell'allontanamento fra i due. Magari un'altra donna, magari disamore. Così, senza basi: per puro campanilismo e basta, le solite cose che si pensano quando ci si fa gli affaracci altrui. Adesso quel piccoletto dagli occhi nocciola le diceva che era la madre che non voleva incontrarlo. Com'era possibile? Che fosse Colin a subire la situazione era la questione seria, non che fra i due fosse naufragata una storia: quello succede. Ma si gestisce, si trova il modo. Com'era possibile da parte di una madre non mettere quelle guanciotte al primo posto nel mondo?

Fu lui a toglierle ogni dubbio. Con parole semplici, come sanno fare i bambini.

«Papà dice che è perché il fratellino non ce l'ha fatta a uscire dalla pancia. È per questo che la mamma ora è triste.»

A Nina si gelò il sangue. Qualsiasi pensiero lasciato a metà rimase oppresso dal peso di quelle parole, che non si aspettava. Si sforzò di riportare la faccia e quel senso di freddo alla fronte e agli occhi a un'espressione normale, per quanto possibile, prima che lui se ne accorgesse e le leggesse i pensieri.

Per fortuna Colin non era girato verso di lei. Continuava a parlare guardandosi i piedi.

«Io non l'ho visto il fratellino, *you know,* doveva ancora arrivare. Ma ci sono rimasto male anch'io, sai. Gliel'ho detto, alla mamma. Però io non l'ho visto e magari lei sì, non lo so. Magari è per questo che è più triste di me?»

Una frazione di silenzio più lunga di quanto avrebbe voluto le era stata necessaria per comporre una qualsiasi risposta, che in realtà non trovava da nessuna parte.

«Amore» provò a dire, senza ben sapere dove andare a parare: «mi dispiace tanto, tesoro, dev'essere stato brutto. La mamma aveva la pancia grande?»

«*Huge*! Era *enooorme*! Secondo me troppo, io non ho mai visto una pancia così grande a tutte le altre mamme! Sarà stato per quello, magari mangiava troppo e così stava per scoppiare e il fratellino non ci stava tutto lì dentro, insieme a quello che mangiava! Lo diceva anche lei, che ogni giorno aumentava e non si vedeva più i piedi. Io allora l'aiutavo e le mettevo le pantofole. Lei era contenta.»

«Bravo, Colin, è così che si fa con le mamme col pancione.»

Il bimbo un po' guardava lei e un po' la canna da pesca, tirando avanti e indietro il filo che strusciava inanimato sull'erba bagnata. In quel momento, solo in quello, Nina si rese conto di quanto quella del bimbo somigliasse all'espressione stanca del padre quando parlava al telefono con la mamma: gli occhi vuoti, la linea della bocca serrata.

«Poi è successo un giorno che, non lo so, magari qualcosa che ha mangiato le fatto male e le è venuto mal di pancia» continuò. «Si è sdraiata sul divano, ma non le passava. Così papà mi ha portato dai nonni e loro sono andati dal dottore. E lui le ha detto che il fratellino non c'era più e che a volte succede. Che non ci potevamo fare niente. Ma la mamma forse non gli ha creduto tanto, perché continuava a essere triste anche tornata a casa. Era stanchissima, dormiva sempre e la pancia si era sgonfiata. Ma non lo so, perché.»

La mente dei bambini è scritta in stampatello, le venne da pensare: trovano spazio solo le cose nette, tutte quelle fumose dei perché, sono dettagli senza scopo. E lui chissà quante parole si era sentito dire attorno, mentre i grandi pensavano non ascoltasse; e nella sua testolina aveva messo insieme pezzi sparsi di frasi troppo difficili da capire e si era ricostruito da solo, piano piano, quello che era successo, in un modo tutto suo.

Se fosse stato più grande, avrebbe potuto capire. Se fosse stato più piccolo, si sarebbe evitato lo sforzo di doverlo fare. Ma così, viveva in un limbo di immagini troppo poco chiare per passare avanti. E collezionava fatti.

«Ha ragione il dottore, a volte succede» gli disse con la voce più morbida che potesse tirar fuori. «Quando i bimbi sono ancora nella pancia della mamma sono piccolini e fragili. Basta poco perché stiano male e così anche la mamma sta male. Succede a volte, purtroppo. Mi spiace tanto per il tuo fratellino.»

Lui si girò di colpo interessato: «Vuoi dire che la mamma è stata male non perché le faceva male la pancia, ma per colpa del fratellino?»

«No, no, no!» si affrettò a rimediare lei, sperando di non avergli messo in testa una nuova idea da ricucire male assieme al resto, che gli suscitasse un sentimento sbagliato nei confronti di un bimbo mai nato. «No, tesoro, nessuno ha colpa, specialmente i bimbi nella pancia. Non hanno nessuna colpa! È come quando piove: piove e basta. E magari la pioggia dà disturbo, ma non può farci niente. Certe cose succedono e non c'è un perché. Devi solo aspettare che passino. Passano, poi. Passa tutto, tesoro.»

Lo diceva a sé stessa, non del tutto convinta: non aveva la minima idea se una cosa del genere potesse mai passare davvero. Rimasero in silenzio a guardarsi, lui che la scrutava in viso alla ricerca di una risposta più convincente fra le pieghe della pelle; lei che si sentiva trasparente a quello sguardo, neanche avesse qualcosa da nascondere.

«Adesso la tua mamma dov'è?» cercò di andare oltre.

«È andata dai nonni per riposarsi un po'. E siccome a papà faceva strano stare a casa senza la mamma, abbiamo deciso di fare una vacanza. Papà diceva che poi anche la mamma veniva, perché dice che questo è un bel posto per riposarsi e potevamo stare tutti e tre insieme. Ma lei continua a non venire.»

Ecco perché ha portato un bimbo in un posto così sperduto: non per lui o per la vacanza in sé. L'aveva scelto per la moglie.

Che quel posto fosse un toccasana per chi avesse bisogno di riposo, era vero: sarebbe stato il posto giusto per lei. Per lei. Ma per loro insieme? Che avesse avuto bisogno di staccare da tutto era comprensibile, ma ogni volta che Nina cercava di mettersi nei panni di una donna che aveva perso un bimbo durante il parto, le ritornava come un boomerang il pensiero che a lei forse sarebbe venuto istintivo cercare la forza aggrappandosi al figlio che l'aspettava a casa, invece di fuggire. Possibile che non lo avesse considerato, lui se non la famiglia tutta, come via di salvezza? O almeno, possibile che non avesse funzionato?

Erano in silenzio tutti e due da qualche minuto mentre fissavano il laghetto che iniziava a cambiare colore con l'abbassarsi del sole oltre gli alberi, quando il padre dietro di loro si avvicinò, come sempre scusandosi per la lunga telefonata. Nina lo guardò più sfuggente del solito questa volta, con un altro spirito in corpo rispetto a quello di sempre, stupido e immotivato, sperando che lui non si accorgesse del cambio d'atteggiamento: che fosse più per la vergogna di averlo giudicato male senza motivo o per quel senso di compassione che non riusciva a evitare, le veniva difficile guardarlo, ora. Di fatto l'uomo non sembrò accorgersi di niente, adesso come prima intento a districarsi nei suoi problemi cui aveva, a ragione, deciso di dar più attenzione rispetto al mondo che gli girava attorno.

Anche Colin non sembrava volergli raccontare della loro chiacchierata: era piccolo, ma aveva già imparato cosa ai grandi facesse piacere sentire e cosa no. E forse nella sua testolina doveva ancora decidere se quella fosse una cosa che avrebbe fatto arrabbiare il papà.

«Preso qualcosa, ometto?» chiese lui, rompendo il silenzio.

«Niente, papà. Mi sa che forse avevi ragione tu, forse qui i pesci non ci sono.»

«Forse non è stagione e fa troppo freddo per loro. Magari sono in letargo» disse Nina senza troppa consapevolezza. Così, per dire qualcosa.

I due si girarono a guardarla straniti, l'uomo adulto e l'uomo piccolo che, accidenti, era spiccicato al padre in quanto a espressioni facciali! Possibile non l'avesse notato in tutti quei giorni?

«Ma forse non vanno in letargo i pesci… così, era un'idea buttata lì, non lo so. Scusate, eh!»

L'uomo sembrò soppesare la questione. «Io so che alcuni nuotano in acque più calde quando fa troppo freddo per loro, quello sì. Ma non so neanche se questa palude sia alimentata da un fiume: da dove potrebbero andarsene via?»

«Non è una palude!» bofonchiò il bimbo.

«Quello che è» rispose al figlio senza pesarlo troppo. «Però un pesce in letargo non me lo vedo proprio. Voglio dire, già hanno il sangue freddo, in che letargo vuoi che vadano?»

A quelle parole Colin si animò di colpo, gli occhi sbarrati. «I pesci hanno il sangue, papà? Che schifo!»

«Vabbè, vabbè, l'ho detto per dire. Non sono un'esperta in materia!» esclamò Nina per uscire da quell'impasse su un argomento non suo.

«Per forza, sei una signora» ridacchiò quel piccolo maschilista in erba che era accovacciato con la sua canna da pesca inutile in mano.

«Ehi! Non ne sono sicura, ma adesso mi informo meglio e poi vediamo, tu esperto pescatore!»

Il clima si era rasserenato: il padre aveva lo sguardo più presente adesso dopo due stupide battute, che non in tutti i giorni precedenti; lei era in un atteggiamento di gentilezza dettato dal senso di colpa per un errore di valutazione gratuito; Colin dal canto suo sembrava pensare beatamente all'acqua e ai pesci che hanno il sangue, ormai lontano anni luce dalle confidenze fatte poco prima alla sua amica grande.

Il tempo attorno si era fatto più umido, tanto che i due ripresero la strada verso l'albergo, lasciando Nina seduta lì, mano che sventolava, a dar loro un po' di vantaggio per non rientrare insieme e dover gestire altri silenzi che proprio non aveva voglia di subire.

Prese un profondo sospiro per dileguare i pensieri grigi su quanto aveva appena saputo, appoggiandosi allo schienale della panchina con la testa rovesciata indietro. Il cielo sopra di lei era di quel turchese limpido che ha solo al momento del tramonto, in alcune sere. Di quel colore particolare che lei ricordava di aver visto in certi dipinti paesaggistici, del Sei o Settecento.

Ritornò col pensiero a quella madre cui era scivolato via un figlio, ma che non riusciva ad aggrapparsi all'amore dell'altro per restare a galla. Alla tristezza di un padre che, pur lontano, continuava a spingere la moglie a reagire anche solo con la sua voce al telefono.

Il tempo era decisamente cambiato. Non solo perché stava calando il sole del pomeriggio, ma perché l'aria stessa era diventata più autunnale nei pochi giorni passati da quando era arrivata al Broken Time. Il terreno era un tappeto di foglie di colori misti e, pesci a parte, tanti animali erano già pronti al letargo invernale. Loro come gli alberi.

Il silenzio era totale, quando le arrivò il tintinnio di un messaggio e prese dalla tasca il telefono.

Nina, sweetie, delle due che mi hai portato, la seconda idea è stata bocciata, andiamo avanti con la prima! Se il tuo albergo ha una camera per un paio di notti questo week-end, prenotalo per noi quattro, così ci lavoriamo su! Monica.

I messaggi telefonici ti interrompono l'atmosfera senza un minimo di delicatezza, rimuginò. Ma le uscì spontaneo un sorriso, nonostante tutto.

Great! Adesso chiedo alla signora e ti so dire.
Hai controllato i congelatori per vedere se non c'è qualche cadavere? O cocaina nelle zuccheriere?

Niente cadaveri o cocaina, keep calm and come here!

Scheletri sulla sedia a dondolo con vestito e parrucca in soffitta?

Non sono stata in soffitta, piantala, Monica!

Vabbè, prendimi una stanza senza gattaiola, thank you!

Vedrò quel che posso fare. Sennò ti becchi il gatto in camera. Anche se coi gemelli è sicuro che da voi non si fa trovare!

Meglio. Fammi sapere!

Ok. See ya!

Nina mise via il telefono e si alzò dalla panchina fredda di umidità, con la sua piccola missione da compiere e i pensieri grigi sventolati via col vento dalle frasi allegre di un messaggio. Ma rientrata in albergo, alla reception non trovò nessuno.

«E ti pareva! Ma ha ragione lei, come fanno a gestire 'sto albergo se non c'è mai nessuno?» disse ad alta voce nell'atrio.

Nessuno rispose e lei se ne andò in camera, rimandando la domanda alla mattina successiva.

Sul letto l'aspettava il gattone grigio, che ormai aveva adibito la sua stanza a seconda casa. Aveva preso completo possesso di ogni angolo: aveva la sua ciotola sempre piena, una lettiera improvvisata e un grazioso cuscino a forma di nido, comprato in un momento di euforia da shopping, che sarebbe dovuto servirgli da giaciglio personale. Ma che ovviamente non usava mai, solo per dispetto.

«Bella vita, eh, micio?»

Lo guardò mentre quello direzionava le orecchie verso di lei, senza degnarsi di aprire mezzo occhio. Tanto sapeva bene chi era entrato: c'era bisogno di sforzarsi oltre?

«Neanche so il tuo nome. E parlo da sola, a quanto sembra» continuò, parlando in effetti da sola. Ma poco importava: Tom Hanks parlava con una palla da volley in *Cast Away,* almeno questo faceva le fusa. Se voleva. E di solito non voleva.

«Ti chiamerò Wilson, ti piace?»

Gli si sedette vicino senza spostarlo, mentre le guance le riprendevano colore dopo il freddo di fuori, con un pizzicorino gradevole fomentato dal calduccio della camera. Ormai davvero stava cambiando stagione: stare al lago fino a sera non era più così confortevole.

Ripensò al piccolo Colin e al padre.

«*Guess what*, micio? Domani ti porto un compagno di giochi, così si svaga lui e ti smuovi anche un po' tu. Sei felice?»

Quello aprì mezz'occhio: qualcosa nel tono della voce della sua ospite non gli era affatto piaciuto.

SCENA 5
Il profumo del legno

La mattina dopo tirava un vento gelido che non invogliava proprio ad alzarsi. Un'altra cosa che Nina capiva solo ora era il perché chiunque nel mondo parlasse del Mediterraneo come di una meta paradisiaca: perché lo è! Lei era abituata nella sua Italia a un clima mite, escursioni di temperature plausibili e lente, e soprattutto quattro stagioni, checché ne dicesse la gente. Qui no. Qui un giorno era estate, il giorno dopo pieno inverno: niente mezze misure. Che fosse per l'onda lunga dell'oceano, o per il fatto che la Virginia fosse, fino allo Shenandoah, un'immensa pianura con poche alture che smorzassero la rigidità del clima, non lo sapeva dire.

Il cambio stagione nell'armadio era una cosa impossibile da fare: si era abituata ormai ad avere tutto a portata di mano perché tutto poteva servire: dalla mattina al pomeriggio, il cielo si ribaltava senza preavviso e non c'era scampo. Non c'era da stupirsi a vedere gente al supermercato a gennaio con l'infradito, perché semplicemente avevano ragione loro.

Non c'era motivo oggi per non prendersela comoda rigirandosi nel letto soffice di trapunta, senza la fretta di trovare un senso alla giornata. E dopo aver poltrito a sufficienza, piano si vestì di una comoda tuta. Non prese neanche in considerazione l'idea di uscire, visto come ululava il vento dietro i vetri.

Con l'aria intrisa dell'odore di uova strapazzate che saliva dal piano di sotto e urtava lo stomaco appena sveglio, si diresse al bancone per parlare con la signora della camera per Monica e famiglia, se ce ne fosse stata una libera; ma come immaginava non trovò nessuno.

«Ma è veramente incredibile, cosa devo fare per parlare con qualcuno qui dentro?» chiese, alzando volutamente la voce con la speranza che qualcuno comparisse dietro una qualche porta di servizio.

Nessuno apparve. Ma qualcuno rispose.

«*The notebook, young lady*! Lascia un messaggio lì, non serve a niente urlare.» Solo al sentire il tono perentorio alle sue spalle si ricordò del signore perennemente seduto nel salottino.

«*Oh, I'm sorry, Sir.*» L'uomo sventolò la mano, alzando giusto un secondo gli occhi dai suoi fogli. «Grazie. Diceva, un notebook?»

«*Sure*, quando Mrs. Wood non c'è, devi lasciarle un messaggio scritto se ti serve qualcosa e poi lei ti darà la risposta appena rientrata.»

Capito l'organizzazione? Degna di una bottega dell'Alto Medioevo, ma pur sempre organizzazione.

«*Oh, I see*, non lo sapevo. *Thank you, Sir.*» Guardò in giro sul bancone. «Però qui io quaderni non ne vedo. Almeno mi sembra non ce ne siano. È piccolino, che lei sappia? Magari è finito sotto qualcosa.»

«No, non è piccolino. Se non lo vedi lì, prova in biblioteca.»

L'albergo aveva una biblioteca? Ecco un'altra sorpresa.

L'uomo si alzò contrariato dalla sua postazione senza degnarla di uno sguardo, ma facendo segno col movimento di due dita di seguirlo verso una porta dietro di lui.

«Vedi, eccolo, su quel tavolo. L'avrà portato qualcuno e l'ha dimenticato lì.»

Nina fece un cenno di sorriso a ringraziamento, mentre lui tornava alla sua personale postazione nel salotto. E rimase spaesata davanti a una stanza dai muri completamente coperti da librerie scure e pesanti, alte fino al soffitto, con un paio di poltrone vicino alle finestre e un tavolo in legno al centro. Sul tavolo, un grosso libro con la copertina in cuoio graffiato troneggiava vicino a un portapenne dello stesso stile e una lampada verde, in tono con l'ambiente. Per strano che fosse, sembrava che solo quella stanza avesse un arredamento coordinato, al contrario del resto dei locali.

No, assolutamente non è piccolo. E neanche è un notebook, a dirla tutta.

Rimase sull'uscio a guardarsi attorno: libri e libri. Ovunque. E lei non sapeva neppure che esistesse questa stanza! Anzi, si era comprata appositamente un libro da leggere, prima di arrivare. Una presa in giro. Sembrava così assurdo stampare uno straccio di dépliant con i servizi che offriva l'hotel, tipo una biblioteca come questa, e lasciarlo a portata dei clienti? L'anima della comunicazione non apparteneva a quel luogo.

Si sedette al grande tavolo di legno al centro della sala. Qualsiasi fosse la forza del vento fuori, lì non si sentiva, avvolti fra le migliaia di volumi che attutivano i rumori del mondo esterno.

Davanti a lei c'erano solo il notebook-che-notebook-non-era, lampada e portapenne, fogli sparsi e un paio di libri lasciati da qualcuno, ancora con il segnalibro che sporgeva dalle pagine. Philip Roth e Marquez: due signori autori, niente da dire.

Guardò il *notebook* aperto davanti a lei, che aveva più l'aria di un librone ed era pure pesante da girare. Scorse qualche pagina a ritroso:

Buonasera, Mrs. Wood: domani terminiamo il nostro soggiorno e io ho assoluto BISOGNO del cuscino della nostra camera: non ho mai dormito così bene come in questo periodo e, creda, ne avevo bisogno! Posso comprarglielo? Non voglio la marca, io voglio proprio questo: voglio essere sicura di portarmi a casa esattamente questo!
Elizabeth

E qualche pagina prima:

Buongiorno, signora. Mi sono svegliato stamattina e il suo gatto era sulle mie coperte: vogliamo insegnargliela la buona educazione a questo signorino?
Mr. Dixon

Hai capito, Wilson? A quanto pare è un po' che importuni gli ospiti dell'albergo tu, eh?

Oppure:

Mi scusi Mrs. Wood, potrebbe riferire all'ospite della camera n.5 di mantenere un po' più basso il volume della televisione la notte? Se non può proprio evitare, la prossima volta che mi inviti, così ci facciamo una serata cinema tutti assieme. Porto io i pop-corn!
Camera n.6

Scusate se mi intrometto, ma ho sentito delle grasse risate ieri sera dalla camera n.5: se posso unirmi a voi stasera, io porterei la birra...

Camera n.4

Le scappò una sonora risata che echeggiò nella stanza vuota. E così via, messaggi su messaggi di tono diverso, seri e non. Era spassoso leggere quelle note: era come ascoltare l'eco di vite sconosciute che avevano calpestato quello stesso pavimento, magari poco tempo prima, magari tanti anni invece. Un balzo nel passato tramite la penna di mani fantasma che avevano lasciato il loro segno lì dentro.

C'erano tanti appunti di servizio, piccoli tafferugli fra vicini di stanza, alcuni dei quali si intuiva la fine, di altri no. Però veniva fuori che la maggior parte degli ospiti non si fermava a porre la domanda che li aveva portati a sedersi e scrivere: chi più chi meno si dilungava in commenti sul soggiorno, sulla giornata trascorsa, su una cena, o su un altro ospite conosciuto sul posto. Era un piccolo diario scritto a più riprese, che componevano un caleidoscopio di frammenti e dipingevano la vita dell'hotel. *Bella idea.*

Tanti agriturismi o B&B hanno un libro a disposizione dei clienti, che di solito mettono due parole a fine soggiorno. Ma questo librone aveva un tono diverso, era più narrativo. Sembrava che la gente scrivesse per creare una connessione con gli altri o lasciare un pensiero che aveva dato significato alla loro permanenza.

Sfogliò all'indietro, agguantando insieme una buona manciata di pagine e si fermò su un breve appunto scritto in penna verde, che attirò la sua attenzione: la data era di giugno 2017, due anni prima.

Un incontro d'amore o un appuntamento fra amici?

La panchina. Chissà se era la panchina sul laghetto nel bosco dove lei andava ad incontrare Colin e suo papà. D'altra parte, non sarà stata lei l'unica a rifugiarsi su quello specchio d'acqua.

«Mi cercavi?» La interruppe tagliente una voce fuori dalla sua testa e Nina sobbalzò, scaraventata fuori dalla sua bolla mentale. Si girò per ritrovarsi alle spalle la proprietaria.

«Mrs. Wood, che spavento, ero assorta a leggere...» Si pose d'istinto il dubbio se potesse essere scortese leggere discorsi di altri. Ma il librone era lì aperto sul tavolo, a disposizione di tutti. Chiunque poteva leggerlo.

«*Oh, I'm sorry*, non volevo spaventarti! *No matter*, ci si spende un sacco di tempo a leggere il *notebook*.» Rise lei compiaciuta, con l'espressione di chi ha creato una cosa bella e prova piacere che il mondo la scopra.

«Sì, posso capirlo. Non sapevo aveste un quaderno per le comunicazioni qui. Quaderno, libro, quel che è. E neanche che ci fosse una biblioteca, a dire il vero: è meravigliosa, complimenti. Ha portato lei tutti questi libri?»

«In parte sì, li abbiamo portati noi. Altre volte succede che gli ospiti vengano portandosi dei libri da leggere e una volta finiti li dimentichino in camera quando vanno via. Io telefono sempre per avvisarli appena me ne accorgo, ma certi lasciano perdere o mi chiedono di tenerli per quando torneranno. Così poco alla volta la biblioteca si è ingigantita. Ho idea che ad alcuni faccia piacere pensare che certe cose appartengano a questo posto.»

La signora parlava con tono pacato, mentre Nina le guardava il viso per la prima volta con attenzione: non si riusciva a darle un'età precisa e continuava a trasmettere quella sensazione familiare che non aveva una ragione d'essere. Ci sono persone così: le guardi e non sai perché, ti appartengono. Non le conosci, ma potresti aprirti con loro nei pensieri più intimi, quelli che nascondi anche a chi fa invece parte del tuo mondo.

Doveva essere stata una bella donna da giovane, era bella anche adesso con quel viso pulito e gli occhi trasparenti, i capelli imbiancati che nascondevano quel tono di biondo che doveva esserle proprio in un'altra età. Tante rughe che intrecciavano i sentieri di una lunga storia sulla pelle. A certe persone le rughe stanno bene, pensò. Assieme al sorriso gentile ma fermo, di chi sa il fatto suo.

Mrs. Wood continuò:

«Alcuni a volte ritornano anche a prenderli, sai, i loro libri oppure gli oggetti; altri tornano, li riguardano e se li rigirano fra le mani. Ma alla fine del soggiorno spesso li lasciano ancora, mi chiedono di continuare a conservarli qui. Credo che piaccia loro l'idea che restino tutti assieme nella stanza, come se avessero trovato casa. Per questo li conservo.»

«La stanza? Ha una stanza adibita agli oggetti smarriti?»

«Sì, qui a fianco alla biblioteca. Alla fine, abbiamo tanto spazio inutilizzato in questo albergo» rise, non si capiva se per ammissione di una scarsa clientela oppure orgoglio di quello spazio, utile a dare asilo ai ricordi degli altri.

«Non mi dà fastidio adibire una stanza agli oggetti, sai. Sono sempre pezzi della storia dell'albergo, dopotutto, fanno parte anche del posto e un po' di me quanto il *notebook*. Come il mobili che raccolgo in giro e diventano pezzi d'arredamento: tutti insieme formano il nostro carattere.» Si fermò un istante. «Dunque, di cosa avevi bisogno?»

«*Pardon?*»

«Joe mi ha detto che mi stavi cercando.»

Joe? Dunque, si chiamava Joe il vecchietto nel salottino, ed era stato lui a indicare alla signora che lei era lì.

«Sì, mi perdoni, mi sono messa a leggere e non ci pensavo già più, mi stavo proprio dimenticando. Volevo chiederle: pensa di avere una camera libera per quattro persone in questo fine settimana, due adulti e due bambini di otto anni? Una mia amica vorrebbe venire a trovarmi. Mi rendo conto che sia già tardi per chiederglielo, ma se avesse posto, farebbe un piacere a entrambe. Sa, è una cara amica e le ho decantato tanto questo posto.»

Nina parlava e assieme soffocava a stento un ghigno, al pensiero delle congetture di Monica sulla proprietaria del Broken Time Hotel, in veste di spacciatrice da giardino o di serial killer in stile *Psyco*. Mrs. Wood non sembrò farci caso e ci rimuginò un po', fissando assorta la libreria di volumi misti davanti a lei, neanche cercasse fra loro una risposta.

«Potrei alloggiarli nella camera mansardata all'ultimo piano, è la più grande che ho: in quattro si troverebbero bene, *I think*. Ha due camere separate e anche un salottino dove i bambini potrebbero giocare indisturbati. È più un appartamentino, con una gran bella vista sulla vallata, *you know*.»

«Andrebbe benissimo! Be', magari indisturbati loro, meno gli ospiti della camera di sotto, con quelle due pesti mai ferme.» Nina prese una pausa dal pensiero ad alta voce che le era sfuggito. «Ma, sicuramente saranno bravi: sono cresciuti ormai dall'ultima volta che li ho visti… Saranno bravi, *I am sure about it*!» Nessuna reazione sul viso fisso di Mrs. Wood. «*Anyway*. Va benissimo l'ultimo piano, grazie. Tanto sono tutti giovani e forti, che vuole che facciano due rampe di scale!»

«Scale? Hanno problemi di claustrofobia? Non vogliono usare l'ascensore?»

«...Nell'hotel c'è un ascensore?»

«Tesoro,» scoppiò a ridere la signora gentile, «non potrei certo gestire un hotel al giorno d'oggi se non avessi un ascensore: mi farebbero chiudere! È questione di accessibilità, *sweetheart*, se mi dovesse capitare un cliente con problemi di deambulazione non posso mica cacciarlo, che discorsi. E oltretutto sarebbe molto poco gentile, non trovi? Non ti rendi conto di quante accortezze ci vogliano per portare avanti una struttura ricettiva: devi badare a tutti se non vuoi ritrovarti gli avvocati alla porta.»

Nina restò bocca aperta a guardarla parlare della gestione di un albergo, come si guarderebbe un marziano che ti insegna a preparare la carbonara. Mica perché non sapesse queste cose, ma perché gliele stava spiegando candidamente una proprietaria d'albergo che lasciava ogni giorno la reception scoperta per andare ad alzare la serranda di un negozio a miglia di distanza e che aveva un *notebook* per le comunicazioni coi clienti.

«Dì pure alla tua amica che l'aspettiamo a braccia aperte: io vado ad appuntarlo sul registro. A proposito, come si chiama? Mi basta il nome: sai, per la privacy» disse indicando con fare confabulatorio Joe, seduto come sempre in lettura nel salotto e che chissà per quale motivo avrebbe dovuto ascoltare quello che stavano dicendo. O anche solo degnarle di attenzione.

«Monica. Si chiama Monica» le rispose Nina, ancora stordita dal breve corso pratico di gestione alberghiera, mentre seguiva con gli occhi la signora che tornava alla reception.

Che shock! Davvero Mrs. Wood le stava dicendo che l'albergo non era gestito da elfi? Un posto apparentemente privo di qualsiasi regola, tanto che più volte si era chiesta se fosse seriamente registrato come attività commerciale: immaginarsi che anche lì esistessero problemi pratici tipo una contabilità da far quadrare o visite a sorpresa di ispettori sanitari: assurdo!

Si alzò dalla sedia indecisa se chiudere il notebook-che-notebook-non-era e alla fine lo lasciò aperto sull'ultima pagina, dov'era quand'era entrata lei.

Si affacciò sulla porta che le era stata indicata e in effetti la trovò proprio lì, la stanza degli oggetti smarriti, sconclusionata nei suoi tanti colori. Mobili di diversi stili avevano l'aria di essere stati recuperati di volta in volta se ne fosse presentata l'occasione, affiancati l'un l'altro in vetrine e cassetti per contenere alla rinfusa tutto quanto dovevano, cose grandi e piccole.

Libri, borselli, guanti, braccialetti; addirittura una valigia. Davvero avevano l'aria di essere ognuno un pezzo di storia riposti lì per uno scopo preciso. La valigia, poi: chi non tornava a riprendersi una valigia? L'alzò da terra per testarla e la trovò pesante. Possibile che non interessasse al proprietario la roba che conteneva?

La curiosità di aprirla le faceva prudere le mani. La guardò. Si trattenne. La guardò più intensamente, ma poi se ne andò. Passi un libro aperto su un tavolo, ma aprire una valigia: quello sì era scorretto.

Uscendo, nel salottino trovò nella stessa seduta di prima l'anziano signore, anzi, Joe, ancora intento a leggere le sue carte. Gli si fermò a fianco, aspettando che alzasse la testa dalla lettura.

«Grazie per aver avvisato Mrs. Wood che la stavo cercando.»

«Signorina, figurati: il tempo qui passa lento, trovare uno scopo alla mia giornata è già un bell'imprevisto.»

Un signor scopo, pensò lei senza dirlo. Già andava bene che non avesse più i modi burberi di prima. Sembrava quasi amichevole adesso. Nina azzardò una mezza conversazione: doveva anche lei trovare uno scopo alla giornata.

«È vero. È un hotel molto silenzioso questo. Vedo però che lei è sempre intento a studiare documenti: sicuramente è un lavoro impegnativo, se le porta via tanto tempo.» E subito dopo, per rispetto all'età: «Scusi se mi faccio gli affari suoi, ma in effetti la vedo spesso qui, ed è sempre al lavoro. È difficile non notarla, sa. Cioè: dopo essersi accorti di lei la prima volta.» Frase contorta, ma il concetto c'era.

«Non è un lavoro. È il mio testamento.»

Nina si ghiacciò per un attimo al suono della parola: non si aspettava una risposta del genere.

«Oh! Non immaginavo.»

«E cosa vuoi immaginare, alla tua età? Mica ci si pensa a queste cose. Ma alla mia è bene pensarci, invece. Anzi, è l'unica cosa a cui si deve pensare. Le altre le abbiamo già fatte tutte» rispose, di nuovo più secco del dovuto, buttando in fretta gli occhi ai suoi fogli.

Bipolare, proprio.

Aveva i baffi, notava adesso: col capo perennemente chino sul tavolo, aveva visto solo gli occhiali e la testa lucida con qualche capello sparuto a interrompere la linea perfettamente tonda della cute. Portava il panciotto scuro su una di quelle camicie di cotone pesante a scacchi che da quando era in America aveva visto passare in mille forme, indossate da giovani e non. Che le dessero in dotazione alla nascita di ogni esemplare maschile? Da rinnovare per taglia durante gli anni, come il bollo dell'auto. La sua nello specifico era a scacchi blu e bordeaux. Non brutta.

Quanti anni avrà avuto quell'uomo? Qualcosa come settantacinque, ottant'anni? Lo guardava di sfuggita, nei particolari e non in viso per non fissarlo e risultare maleducata: lui non accennava a riportare lo sguardo verso di lei, ma la cosa non la fece desistere dal sedergli accanto. D'altra parte, se gli aveva fatto piacere una distrazione come darle indicazioni verso la libreria, potevano fargli piacere anche due chiacchiere. Poi, davvero, oltre la finestra gli alberi continuavano a muoversi troppo per aver voglia di uscire: doveva fare un freddo cane, là fuori.

«Ma io non credo che debba pensare a queste cose neppure lei, ci penseranno altri. Potrebbe farsi una bella passeggiata nei dintorni, invece. Oddio, magari non oggi, che fa freddo, ma gli altri giorni, quando c'è il sole» gli disse.

Lui si fermò spazientito. Tolse gli occhiali e la guardò.

«*Young lady!*»

«Nina.»

«Miss Nina!» Cos'era, la versione anziana di Colin, quello? Era l'aria dell'albergo o cosa? Lui continuò:

«Sicuramente tu hai tutta una tua vita, intensa, fatta di tanti impegni, lavori e non fai altro che correre tutto il santo giorno come una trottola, *isn't it?*»

«*Well yes, usually*. A parte questo periodo in cui sono in vacanza e me la prendo comoda. Ho giornate piuttosto piene, è vero. Come tutti, d'altronde.»

«*Right*. Perché devi portare a termine i tuoi compiti, no?»

«*Yes*.»

«Lavoro, casa, figli se ne ha, amici, fidanzato, cose così.»

«*Yes?*» Erano informazioni che le stava carpendo, o cosa?

«Bene. Io alla mia età ho un unico compito: assicurarmi di lasciare tutto a posto quando me ne sarò andato da questo mondo. E credimi che sono cose che van fatte quando si è ancora lucidi con la testa. Ché ne ho visti tanti, di vecchi amici, perdere la ragione dall'oggi al domani e non ricordarsi più neanche chi erano la moglie o i figli. È una cosa brutta da vedere.»

La guardò con occhi fermi, come se dovesse essere sicuro di averle inculcato in testa una lezione da imparare.

«Purtroppo, sì, so che succede. È brutto» rispose lei, cercando di immedesimarsi nelle intenzioni dell'uomo.

«Lo è. E non bisogna pensare che quel momento non arrivi per te, perché in qualche modo arriva. E io sono già in ritardo. Quindi ho deciso di farlo ora, prima di lasciare troppe magagne in famiglia, da morto.»

Trovare una risposta per smorzare quell'atmosfera lugubre che aleggiava nell'aria non era facile. E in effetti neanche ce l'aveva pronta, una risposta convincente. Ma qualcosa doveva pur dire, anche giusto di circostanza.

«Ma non si preoccupi, vedrà che se ne occuperà la sua famiglia al meglio, quando sarà. Lei pensi a passare bene le sue giornate. Chissà quando capiterà, fra trent'anni magari.» Tirò a spanne, curandosi di abbondare per non fare *gaffes*. «Si sta facendo tanti problemi senza motivo.» Sorrise per sottolineare la sua buona fede. Convinceva?

Non convinceva neanche lei. Parlava a vanvera di cose che non sapeva e quel poco che sapeva, lo sapeva sbagliato.

Era al corrente, per esempio, che negli Stati Uniti non esistevano quote legittime di eredità o simili: uno, avesse voluto, poteva lasciare tutto in eredità al suo cane e nessuno gli avrebbe detto niente. Per questo in tanti qui mettevano per iscritto le proprie volontà anche molto presto, da giovani: per non creare confusione e demandare tutto ai legali, per lasciare nero su bianco ciò che apparteneva di diritto a chi ne aveva il diritto. Senza dubbi, senza ombre.

Joe aveva ragione: in questa prospettiva, aveva già aspettato troppo prima di pensarci.

Nina alzò la testa dai suoi pensieri e lo trovò a fissarla con la sua aria di sufficienza, prima dell'ennesimo rimbrotto:

«Signorina, si vede che non hai vissuto abbastanza per capire tante cose.»

Grazie della stima. E… no: la sua risposta non convinceva.

L'uomo continuò: «Non senti in giro di quanti malumori può portare un'eredità tra i familiari? È cronaca di tutti i giorni.»

«Sì, se ne sentono, ma non per questo è detto sia sempre così.»

«Dammi retta, signorina, non serve essere milionari per vedersi attorno gente col muso lungo perché vuole questo o quel pezzo di terra. Basta poco per mettere nei guai un'intera famiglia e io non voglio questo peso sulla coscienza, grazie!» E riabbassò la testa sui fogli, segno che per lui la conversazione era finita. Per lei no.

«E quindi ha deciso di mettere a tacere tutti, decidendo di suo a chi spetta cosa?»

«Esatto.» Parlava e scarabocchiava qualcosa.

«Ma ne ha parlato anche coi diretti interessati?»

«*Nope.*»

«No?»

«No, perché dovrei? È un regalo che faccio, gli va già bene!»

Nina restò interdetta. «Be', ma scusi, ha appena detto che poi nascono guerre fra parenti, non sarebbe meglio prima chiedere a ognuno se c'è qualcosa che vorrebbe invece di qualcos'altro? Magari si trova un accordo pacifico e tutti sono felici e contenti. E lei si risparmia oltretutto questa faticaccia che sta facendo.»

«*Young lady…*»

«Nina!»

«Miss Nina, la gente, e lo imparerai da sola col tempo, non lo sa neanche lei quello che vuole. E non credere che non abbia provato prima, eh, che non ci abbia pensato di mio! Ma alla fine ho capito che è sempre bene sbagliare di testa propria, senza alzare troppa polvere. Che litighino dopo fra di loro. Che mi diano pure la colpa: io faccio ciò che ritengo giusto e so che per questo riposerò in pace, quando sarà il momento. Il dopo non mi riguarda.» L'ultima frase pronunciata ben scandita.

Non era facile capire se fosse più simpatico prima, quando lo si poteva immaginare nelle vesti di un malinconico scribacchino di lettere a un amore lontano, oppure ora: brontolone, testa dura e acido a tratti.

E le venne anche in mente, a proposito, se esistesse una signora Joe, parlando di lettere d'amore. Ma il fatto che stesse lì da solo, da almeno una settimana, ossia da quando era arrivata lei, e che parlasse di familiari come se fossero un'orda indefinita di persone, indicava che non esistesse più una signora Joe, ma che ci fosse stata, non fosse altro per aiutarlo a proliferare qualche figlio in giro per il mondo. Gli stessi che lo avevano contrastato in passato riguardo all'eredità, sembrava.

«Quindi lei sta usando questo periodo di vacanza per preparare il suo testamento?»

«È così. Te l'ho detto.» Sbuffò.

«È venuto qui appositamente per questo, con tutti i documenti?»

«No, ci ho pensato dopo essere arrivato, visto che non avevo molto da fare. Così ho chiamato un mio amico che lavora all'Ufficio della Contea di Albemarle e mi sono fatto mandare quelle due piantine di cui avevo bisogno; e ora posso buttare giù le mie ultime volontà. Ero architetto io, sai? È che è un lavoro più lungo del previsto: a volte ci ripenso e cambio tutto daccapo. Non è una cosa semplice, per niente.»

«Se posso chiedere, da quanto tempo ci sta lavorando?»

L'uomo alzò la testa stupito e la fissò senza vederla, cercando di fare due conti in aria per darle una risposta.

«Non lo so» fu il conto esatto, alla fine.

Nina lo guardò senza ribattere, mentre certe idee le iniziavano ad affollare la testa. Sembrava più confuso adesso di prima e le venne da pensare che forse qualche frammento di memoria avesse già iniziato a non essere a posto quanto doveva. Che anche lui se ne fosse reso conto? E fosse questo il motivo per cui aveva iniziato a lavorare al testamento, così, a metà di una vacanza?

«Potrebbe essere un mese. Forse di più. Due, credo.» Si risvegliò d'un tratto.

«Due mesi! Lei è qui da due mesi? È tanto tempo per star soli in un albergo! Ma non viene mai nessuno a trovarla?»

«No, *they can't*. Non sanno che sono qui.»

«Come, non lo sanno, Mr. Joe? E se vengono a casa sua a cercarla e non la trovano? Ma sa quanto si potrebbero preoccupare?»

Lui alzò il capo per guardarla, ma si capiva che il punto focale su cui ragionava era l'essere stato chiamato per nome da Nina, senza che lui glielo avesse mai detto. Alla fine, lasciò correre e rispose.

«No. Non mi cercano mai a casa. Telefonano. E al giorno d'oggi non serve più rimanere in casa per aspettare una telefonata. Potrei essere al Polo Nord e loro non lo verrebbero a sapere.»

«Be', non è al Polo Nord, ma è lontano da casa comunque.»

Restarono in silenzio tutti e due. Lui sempre con la penna in mano, gli occhi ancora sui fogli; lei a guardare nel vuoto.

Il ragionamento dell'uomo aveva senso, nella sua bizzarria. Anche lei in fin dei conti era lì e in pochi lo sapevano: la redazione, perché era necessario per lavoro; la sua vecchia coinquilina Sara; sua mamma in Italia. E poi, chi altro?

Vivere dall'altra parte dell'oceano rispetto all'intera famiglia l'aveva abituata a muoversi autonomamente, senza necessità che nessuno sapesse dove fosse, cosa facesse. Se capitava raccontava, sennò era diventata la sua vita americana, quella: tutta sua, di nessun altro. Un po' come il Polo Nord di Mr. Joe, se vogliamo.

E poi anche lei in quell'occasione aveva deciso di partire da un momento all'altro, per qualcosa che le friggeva in pancia mentre era a casa sola sul divano una domenica sera. Nemmeno Dylan lo sapeva, ma anche lui era comunque lontano e quindi, che importava dove fosse lei nel frattempo? Avrebbe anche potuto tenerglielo nascosto e lui non sarebbe mai venuto a saperlo.

Non che ne avesse motivo o che ne fosse capace: prima o poi le sarebbe scappato qualche discorso su cose fatte o viste durante la sua vacanza e il tutto sarebbe saltato fuori senza rendersene conto. Era anche per quello che non raccontava bugie: non riusciva a ricordarsele.

Guardava Joe scrivere. Nessuna questione: di sicuro la sua testa era ancora saldamente aggrappata alle spalle. Eppure, sembrava un uomo solo, radicata come aveva quella consapevolezza che nessuno sarebbe andato a fargli un'improvvisata a casa.

Era un po' orso, ecco.

Forse le famiglie americane sono così, le venne da pensare, a torto o a ragione: i figli partono, magari vanno in un'altra città, in un altro Stato, e non c'è quella necessità di doversi riunire a ogni festa comandata, come da noi in Italia. Non c'è l'usanza di sedersi davanti alla lasagna della domenica.

Alla sua età, qualche anno prima, le era sembrata un'immensa liberazione non essere sottoposta ai pranzi in famiglia ogni settimana, una volta arrivata nel suo nuovo mondo così piacevolmente lontano da tutti: genitori, nonni e zie che ti chiedono cosa sarà della tua vita o se ce l'hai, il fidanzato.

Ma forse, guardando avanti nel tempo, non a tutte le età le sarebbe piaciuto essere sola, senza una tavolata imbandita di parenti.

Due mondi diversi, constatava. Anche in quello.

Alzò gli occhi, guardò il vecchio Joe. «Che dice, magari un giorno andiamo a farci un giretto qua attorno insieme? Sa, non che io abbia molto da fare: un po' di compagnia fa sempre piacere.»

Lui la scrutò, considerando la cosa.

«Mh, semmai quando ho concluso qui. Voglio finire il prima possibile e togliermi il pensiero. *Thanks, anyway.*»

Anche un po' acido. Orso e un po' acido.

SCENA 6

Monica e compagnia

Il Broken Time Hotel era come quella spiaggetta isolata che scopri alla fine di un sentiero sconnesso, nascosto nella boscaglia, e come ci sei finito neanche lo sai. Ed è meravigliosa, pacifica, vuota e tutta tua: con la sabbia bianca, il mare davanti. Non la conosce nessuno, è un oasi tutta per te. Il tuo posto segreto.

Finché dopo un po' succede, e succede sempre, che per entusiasmo ne parli con qualche amico, o peggio ce lo porti per pavoneggiarti, e la volta dopo trovi il tuo paradiso invaso da una folla di scimmie urlanti; senza un metro di sabbia dove metterti, senza più quel silenzio che ti aveva detto che quel posto era tuo e tuo soltanto. Perché era segreto.

Ecco: quel giorno Nina si sentiva così.

Monica e compagnia arrivarono nel primo pomeriggio di un venerdì assolato. Si sentiva che qualcosa stava cambiando già in lontananza, con la stessa delicatezza di quando sta per passare una mandria di bufali e si avverte la terra tremare sotto i piedi. Anche Wilson si era accorto del pericolo e da dopo pranzo, perché prima proprio non era pensabile, era scomparso in qualche anfratto dell'hotel senza dare più segno di vita. *Il sesto senso dei gatti!*

La mattina la ragazza delle pulizie aveva armeggiato avanti e indietro sulle scale per risistemare la mansarda, il che dava la misura di quanto fosse poco usato quell'alloggio e Mrs. Wood era eccezionalmente alla reception già di buon'ora per accogliere i nuovi ospiti. Joe: non pervenuto. Dissolto, proprio come Wilson.

Sapendo quel che l'aspettava, la sera prima Nina si era dedicata a completare il lavoro, così da avere una buona base pronta senza dover discutere del nulla, come altre volte era successo. Purtroppo, con Monica non funzionava il buon vecchio metodo di presentare una soluzione talmente brutta da essere rifiutata di default a favore della proposta che doveva passare, perché era già successo più di una volta che lei avesse scelto proprio quella brutta. E arginare il danno dopo diventava un'impresa colossale: non c'era modo di farle aprire gli occhi. Meglio non metterle strane idee in testa, con il rischio che fossero accettate solo per una vaga aria d'innovazione. Per carità, come capo redattrice era una meraviglia. Ma quanto al gusto estetico…

I lavori meglio riusciti erano stati quelli studiati in team, con un altro paio di elementi a fianco che la indirizzassero; ma era un processo che richiedeva un tempo infinito perché ogni incontro fra più di due teste era un ammasso di parole e opinioni da cui non si usciva se non stremati a tarda sera e con tante di quelle idee sovrapposte che per riorganizzarle serviva un secondo incontro. Dopo, ma solo molto dopo, ne usciva qualcosa di veramente buono. E al momento Nina non era in vena di battaglie di cervelli.

D'altra parte, lavorare di notte, nel silenzio dell'albergo senza doversi occupare di nient'altro che stropicciare il pelo morbido di un gatto, non era poi così male. Era sempre stato così, l'aveva scoperto negli anni: dopo una certa ora, i pensieri scorrono più veloci. A patto di riuscire a superare quell'attimo di disperazione in cui gli occhi iniziano a chiudersi, tanto son pesanti, e a ignorare il letto che ti guarda bastardo e invitante col suo bel cuscino morbido; allora il resto è in discesa.

Da quel momento è come se si accendesse un secondo cervello: fluido, nitido, che vede meglio di quello diurno e si esprime con associazioni di idee che mai verrebbero in mente normalmente. Il dubbio che ci sia qualche droga nel caffè viene, c'è da dire. Ma qualsiasi cosa sia, è roba buona.

Con addosso ancora la nottata proficua passata davanti al Macbook, la certezza che il silenzio sarebbe stato un lontano ricordo si era palesata senza mezzi termini con un gran baccano che proveniva dall'atrio, dove i due bambini appena arrivati si stavano facendo conoscere dai pochi ospiti dell'albergo per la loro, diciamo, *joie de vivre*.

Che poi: fossero stati solo i bimbi a far trambusto!

«Mrs. Wood, la ringrazio, mi ha detto Nina che è riuscita a trovarci un'ottima sistemazione nonostante il breve preavviso e che lei si è prodigata tanto per noi: le sono grata! Non sa quanto sia necessario a volte staccare dalla confusione della città! Con questi due, poi, lei capisce, che proprio fermi in un appartamento non riescono a starci. Hanno bisogno di sfogarsi un po' anche loro, senza troppi vicini che abbiano da ridire per ogni minimo rumore! Voglio dire: sono bambini, cos'altro dovrebbero fare se non correre? Ma mi dica, non è che avete un servizio di *babysitting* nella struttura? Qualcosa tipo uno staff di animazione, eventi a tema, cose così? Perché io sarei interessata: glielo posso prenotare da subito, se c'è!»

Nina sogghignò, mentre scendeva le scale, al pensiero della faccia di Mrs. Wood davanti alla richiesta di uno staff di animazione. Era già tanto che si fosse fatta trovare lei alla reception per l'occasione.

Senza scomporsi minimamente, come solo lei riusciva a fare, l'albergatrice rispose con condiscendenza:

«No, signora, non abbiamo servizi del genere qui, mi spiace. Ma è sicuramente una bella idea da esplorare in futuro: la pregherei, se vuole, di appuntarlo come suggerimento nel nostro *notebook* prima di lasciare l'albergo. Potremmo pensarci e organizzare qualcosa per la prossima volta che sarete nostri ospiti.»

Questa me la segno, pensò Nina. *Capito come si trattano i clienti? Non si dice no: si pospone. E intanto gli si fanno i complimenti per l'ideona.*

«*My love*, eccoti!» Monica si voltò alla vista di Nina, mentre Mrs. Wood si arrampicava sugli specchi e lei aveva già perso interesse per il servizio di *babysitting*, ritenendo 'la prossima volta' un tempo troppo lontano per occuparsene adesso.

«Avevi ragione, *sweetie*, è un posticino delizioso: sembra di quegli agriturismi radical chic che si vedono in certe riviste di arredamento con dame settecentesche in posa al centro di fienili e un tavolo barocco mezzo scorticato a fianco. Delizioso davvero, quanto la proprietaria qui, d'altronde!»

Nina buttò uno sguardo con la coda dell'occhio alla reazione di Mrs. Wood nel sentir paragonare l'hotel al fienile di una rivista d'alto bordo. Ma anche adesso, se qualcosa le era arrivato, era stata brava a camuffarlo, col suo *aplomb* professionale. Fece un cenno di saluto a Matt e Derek, i due bimbi che nel frattempo erano stati tenuti a bada dal padre. Dietro, una sfilza di valigie che tutto potevano essere fuorché il bagaglio per un solo fine settimana.

«*Hi* Nina!» la salutò Connor. Il marito di Monica era un ragazzone imponente e in pace col mondo, che sembrava la versione troppo cresciuta dei figli, sia fisicamente che per modo di fare, vestiario incluso. Con l'immancabile cappellino da baseball, poi, probabile ci dormisse!

Nina lo aveva sempre considerato alla stregua di un mezzo santo, tanta era la pazienza che aveva a star dietro non solo a quei due piccoli assassini, ma anche alla moglie, che aveva come hobby principale quello di inventarsi le cose più assurde da fare, assieme a famiglia allargata e amici. Più di una volta, lei e Dylan si erano ritrovati invischiati in cene a tema o iscritti a gare di salto nei sacchi, tornei di scacchi umani, rappresentazioni dei nativi americani, senza neppure essere stati consultati prima.

Per carità, venir coinvolti una volta ogni tanto poteva costituire anche un diversivo simpatico per passare un weekend; ma chi, come Connor, doveva viverci ventiquattr'ore al giorno, aveva bisogno di spalle possenti per non dar di testa alla seconda settimana di vita in comune. E lui doveva averle tutte, quelle spalle, per essere arrivati alla vigilia dei dieci anni di matrimonio, seppur così giovani. È nel DNA: gli americani si sposano giovani, bastava guardarsi attorno per accorgersene. E solitamente prolificano presto. Più e più volte. In questo anzi loro due erano una mezza eccezione con soli due figli. Per adesso.

«Grazie per l'invito, Nina!» stava continuando lui con un entusiasmo pari a quello dei figli, che nel frattempo rovistavano ovunque dietro e sotto ai mobili dell'atrio. «A volte bisogna proprio inventarsi dei buoni motivi per uscire dal trantran quotidiano, ne vale la pena. Mi diceva Monica che avrete da lavorare in questi giorni, ma questo posto non sembra male per trovare cose da fare, quindi qualcosa noi ragazzi faremo. Tengo a bada io i bambini, state tranquille: ce ne andremo in giro per i boschi o a giocare a basket. Ho visto anche dei laghi qui attorno: possiamo pure fare il bagno, se è bel tempo.»

Il bagno a metà ottobre, con quel gelo? No, veramente, in tre questi non arrivavano all'età mentale di dodici anni: era saggio lasciarli soli?

«Grazie Connor, ma vedrai che sbrigheremo il lavoro in fretta e saremo dei vostri anche noi: non te la ruberò a lungo.»

«Oh, tranquilla, ruba, ruba: anch'io ho bisogno di rilassarmi» disse lui facendo l'occhiolino. Non senza essere colto da Monica, che rispose con un finto muso imbronciato.

Occorsero meno di cinque minuti per portare su le valigie in mansarda e assicurarsi che ci fosse l'essenziale; dopo di che bimbi e padre erano già volati fuori nell'aria autunnale così, senza neanche una felpa. Le loro urla riempivano la vallata, fra foglie scricchiolanti sotto i piedi e rumori difficili da decifrare se non come capitomboli.

Monica era rimasta da poco sola in camera, che Nina era corsa su a curiosare: aveva troppa voglia di scoprire com'era fatta la mansarda con vista! Bussò alla porta aperta a metà e l'amica le fece gesto di entrare senza voltarsi, sapendo che era lei. In effetti più che una camera era un vero e proprio appartamento, come aveva detto Mrs. Wood, raccolto a capanna sotto un tetto in legno ben rifinito. Le due finestre ad abbaino guardavano l'intera valle di fronte, con i tetti grigi e blu che puntellavano la campagna attorno, gli alberi gialli e arancioni e il cielo che a quell'ora iniziava ad avviarsi verso il tramonto. Da lontano si vedeva addirittura serpeggiare un rigagnolo d'acqua che dall'affaccio di camera sua non era visibile. Un ruscello: chissà che non fosse quello che alimentava il laghetto di Colin.

«Quindi alla fine non c'erano scheletri in mansarda, hai visto?» Si girò verso Monica, che stava mettendo con ordine i vestiti dei bambini in qualsiasi cassetto e ripiano le si parasse davanti. «Ma riesci a ritrovare le cose, spargendo tutto in questo modo?»

«Perché non dovrei, rimangono dove le metto io le cose, mica si muovono. Per una volta che ho tutto questo spazio in un albergo. È una meraviglia!»

«Io dimenticherei qualcosa.»

«Perché non sei una buona organizzatrice di spazi!»

Quello era vero. Ma non era neanche necessario occupare ogni minimo anfratto.

Svuotate le valige in un attimo, e messe tutte in ordine, Monica si era cambiata in una mise molto… *patchwork*: jeans a toppe, maglietta sportiva di colori vari, giacchetta di lana lavorata a casette. Sì, decisamente *patchwork*.

Niente che non avesse già visto addosso a tanti altri americani, che evidentemente non trovavano necessario accendere la luce quando dovevano tirar fuori dall'armadio una maglia e un pantalone. Era la loro non-moda relax, altro che la nostra fissa di intonare scarpe e borsetta per andare a far la spesa sotto casa.

«Vuoi metterti subito al lavoro o ti faccio fare un giro nei dintorni prima?» le chiese Nina.

«Conviene togliersi subito il pensiero, finché i bambini sono fuori. Non ci sarà troppo da fare, vero? Ho visto dalla bozza che hai già sistemato tutto tu: come al solito mi lasci senza voce in capitolo!»

L'idea era quella in effetti. Se riusciva a non farsi ribaltare tutto il lavoro, potevano uscirne sane e salve in mezz'ora di lavoro.

«Allora mettiamoci all'opera, dai: vediamo cosa c'è da fare.» Monica spostò la sedia del tavolo per invitarla a sedersi. I file erano già nella sua casella email: per decidere sulle modifiche bastavano quelli, poi avrebbe finito per conto suo. Era una cosa che Nina non tollerava, quella di lavorare con qualcuno a fianco che seguiva ogni movimento della mano sul mouse e Monica sapeva da tempo di essere interdetta in quella fase del lavoro, religiosamente solitario.

Lavoravano a voce bassa e fitta, mentre dalla finestra socchiusa filtravano le voci dei bambini, e un alito di vento frizzantino scandiva l'avvicinarsi della sera. Era una sensazione piacevole, dopo il totale silenzio degli ultimi giorni, sentire delle risate in sottofondo: dava l'idea di essere rientrata a far parte di un mondo lasciato alle spalle, con un sapore di vita vecchia e ritrovata allo stesso tempo.

Bastò un'ora e Nina chiuse il portatile. Restò un momento a fissare il *layout* con gli appunti scribacchiati a lato e Monica a fianco che riepilogava il tutto.

«Che dici, ci siamo? Ce la fai a sistemare tutto e lasciarmi i file prima di domenica? Così li mando in cianografica e partiamo. O ti serve altro tempo?»

«*Don't worry*, non ci vorrà tanto» rispose Nina studiando i fogli fra le mani.

«Bene, è stato veloce. Come prevedevo, era già tutto pronto prima che arrivassi. Non serviva neanche venissi fin qui!»

Alzò la testa. «Oh, ma come? E perderti questo gioiellino che ti ho fatto scoprire? Non sei contenta di essere venuta? Guarda i bimbi come si divertono: quante volte li vedi fuori all'aria aperta invece che dietro qualche videogioco?»

«Ma sì, ma sì, hai ragione. È un posto suggestivo, lo ammetto. Come hai fatto a scovarlo? Io ho provato a cercarlo online, me lo avevi detto, ma è davvero assurdo, non compare in nessun portale, non ha un sito web, niente. Neanche sui social esiste una pagina anche solo abbozzata. *Nothing*!»

«È così. Ho trovato un biglietto da visita in casa.»

«Un biglietto da visita?»

«Sì. C'era sottolineato il telefono. E dopo un po' che me lo ritrovavo in giro, sai, ho pensato che fosse una scusa come un'altra per evadere qualche giorno.»

Monica la guardava con domande mute sul viso. Lei allora andò avanti.

«Insomma, immagino l'abbia portato a casa Dylan da qualche suo viaggio. Con tutti i giri che fa per lavoro, cerca sempre le offerte migliori per qualche soggiorno. *You know.* E non lo so in realtà cosa mi sia passato per la testa: forse proprio per il fatto che era un bigliettino di carta, lasciato così in giro… era lì sulla scrivania, a fianco a libri di diritto e giornali vari.» Alzò le spalle. «Ho pensato fosse una cosa particolare, di solito vive di email. E poi chi se li prende più i bigliettini degli hotel? Così mi sono incuriosita.»

Nina aveva parlato ricordando casa, china a scarabocchiare sul retro di un foglio disegnini senza senso, e intanto l'amica l'aveva ascoltata, accantonando qualche argomento in testa che non le si era del tutto definito. Alzò lo sguardo per incrociare il suo, ma Monica aspettava, zitta. Strano, per lei. Continuò: «E insomma sì, è successo quando Dylan era già via, a Londra per la ditta. Ero in casa da sola con questo coso in mano e, non so perché, in qualche modo credo di essere venuta qui per cercare una, boh, una spiegazione per quel biglietto strano. Non che abbia domande, voglio dire: succede sempre stia via per lavoro, quindi è tutto in regola. E neanche sono cose che faccio di solito, frugare fra le sue cose, dico. Solo che per qualche motivo sono rimasta incuriosita. E ora è la seconda volta che vengo e… non so il motivo, ma ogni volta che arrivo, mi sembra il posto giusto in cui stare. Per adesso. Non chiedermi perché.»

Discorso confuso. Guardò nuovamente l'amica, ancora lì a fissarla, senza dire niente.

«Monica, mi fai paura, dì qualcosa! Cos'è che non ti torna? Non è niente di che, è stata l'occasione e ne ho approfittato per qualche giorno di riposo. E direi che sono pure caduta bene, no? Cosa c'è? Smettila di fissarmi!»

Lei si mosse, modificando appena la posizione delle braccia incrociate sul tavolo e alzando le spalle, dopo una qualche elucubrazione silenziosa. Dopodiché disse:

«Quindi tutto questo mentre tu sei in casa da sola senza aver parlato più con lui da… quanto? Da quanto non vi sentite, dicevi la scorsa volta?»

Nina restò interdetta. E cominciò a simulare con le mani conti mentali su giorni che in effetti conosceva più che bene.

«Un mese. Credo. E cinque giorni. Un mese e cinque giorni.»

«Un mese e cinque giorni. Ed è normale per voi quando lui è via non sentirvi così a lungo? Succede allo stesso modo anche le altre volte?»

«No. Be', non sta spesso via per tempi lunghi, non è l'abitudine: di solito sono pochi giorni, una settimana al massimo, perché va nelle filiali qui negli States. Adesso, certo, è capitato fosse l'Inghilterra. È a Londra, *you know*: lì ha anche i parenti. Quindi immagino sia stato impegnato in serate con amici che non vede da tanto. E io proprio non ho voglia di far quella che gli sta col fiato sul collo, poi. Mica lo devo controllare dopo anni che stiamo insieme. Sarà stato impegnato. Poi il fuso orario…»

«Il fuso orario adesso è il problema?»

«Vabbè, *anche* il fuso orario.»

«E comunque famiglia o no, ci vogliono due minuti per fare una telefonata alla fidanzata in America, non è tutto questo tempo rubato!»

«Ha chiamato appena atterrato.»

«Ah beh, allora è diverso: sappiamo che è salvo da incidenti aerei!» Le si fece più vicina. «Ma il mio punto non è lui, il punto sei tu: perché tu invece non lo hai chiamato? Ritrosie verso la famiglia a parte.»

«*I don't know*. Mi sono, boh, sentita in imbarazzo a intromettermi nel suo ambiente ritrovato. È una scemata magari, ma io la sua versione londinese non la conosco. È come un estraneo che si muove in un altro mondo. Che ne so. Poi anch'io ho avuto da fare: magari per impegni mi è passato di mente più del dovuto.»

«Qui! Hai avuto da fare qui?»

«No, qui no.»

«Ma avete litigato prima che partisse?»

«Oh, ma basta! Che sei, mia madre? No!»

«No, non lo sono perché sono sicura che tua madre neanche l'hai avvisata della situazione, sennò ti avrebbe fatto pelo e contropelo e come minimo avrebbe chiamato lei, prima ancora che finissi tu di dirle che non lo senti da un mese. E cinque giorni!»

Questo succede quando racconti troppo della tua vita privata a un'amica. O a qualsiasi altro essere vivente sulla terra. Zitta devo stare la prossima volta, e tenermele per me tutte 'ste storie!

Monica continuava la sua filippica, come se il silenzio prolungato di prima le fosse costato abbastanza fatica da dover compensare adesso. Doveva aver preso appunti mentali mentre ascoltava e adesso stava sparando le sue cartucce a raffica.

«E poi mi dici che sei venuta qui e non sai neanche perché? Due più due lo vogliamo fare o continuiamo a prenderci in giro?»

«Questo è un altro discorso. E non sono venuta qui per chissà quali dubbi, tradimenti o simili, se è quello che stai pensando. Non è quello il motivo per cui non ci sentiamo da un mese.»

«E cinque giorni.»

«*Stop it, now*! Sono due cose distinte.» Non sapeva se ridere o metterle le mani addosso. «Già non lo sentivo da un po' quando ho trovato il biglietto. E così, vuoi per noia vuoi per vedere di persona questo fantomatico albergo, sono venuta. Ma quando è partito era tutto come sempre, non ho motivo di avere dubbi. E poi fammi capire, proprio l'unica volta in cui uno dovrebbe nascondermi qualcosa, lascia in giro delle prove? Non ha senso quel che dici.»

«Be', sai come si dice: a volte ci si vuol far scoprire inconsciamente e il cervello lascia in giro al posto tuo qualche indizio. Ma in ogni caso non sono io che ti devo mettere in testa tarli del genere...»

«E meno male, pensa se avessi voluto!»

«Ma quello che è strano, ripeto, è il tuo, di comportamento. Tu che continui a non chiamarlo dopo un mese e che invece quando trovi un biglietto d'albergo ti precipiti sul posto - cosa mai fatta prima, ti faccio notare - come dovessi trovare delle prove di qualcosa. Se ti sembra logico!» Riprese fiato, lasciando da parte il tono battagliero. «Cosa sta succedendo, Nina? Lo capisci da sola che non è un comportamento normale. Ha più l'aria di una sorta di pausa di riflessione non dichiarata e, da parte tua, di gelosia. Giustificata, eh, probabilmente chiunque si insospettirebbe. Io l'avrei fatto. Dopo essere andata a Londra a ucciderlo, si intende. Ma non per questo è normale anche il tuo, di comportamento! Basterebbe chiamarlo per capire qualcosa in più rispetto quanto sai. O no?»

Nina aprì la bocca per ribattere a tono, ma le mancarono le parole. Tutti i torti non li aveva. Lo sapeva anche lei che era arrivata al Broken Time con l'intento di cercar qualcosa. Il fatto era che non sapeva cosa. Certamente non trovi indizi casuali in un posto in cui il tuo fidanzato è stato non sai neanche quanto tempo fa, neanche fosse la seconda casa al mare in cui trovare il letto disfatto. Né sapeva bene perché continuasse a rimandare il momento di alzare il telefono e chiamarlo.

Ma c'era qualche tassello da rimettere a posto che le impediva di comportarsi come sarebbe stato normale. Le aleggiava attorno una sorta di stizza immotivata che la obbligava ad aspettare fosse lui a fare il primo passo, come dopo un litigio. Tipo quando lui non sa cos'ha fatto e tu gli dici «Ah, se non ci arrivi da solo!» con l'unica differenza che neanche lei ci arrivava, stavolta. Il che era stupido, dopo due di convivenza.

Andando a ritroso, il fatto era che, una volta rimasta sola in quella casa dopo che per tanto tempo erano stati in due, aveva visto le cose con occhi diversi, tornando a essere solo se stessa, fuori dalla coppia quotidiana. Senza responsabilità sulle spalle nei confronti di nessuno, aveva ripreso il filo da dove si era interrotto anni prima.

D'altra parte, era un limbo che non aveva mai vissuto, stare da sola. Prima a casa coi suoi, poi con le coinquiline di università e ora in America: quando aveva conosciuto Dylan abitava ancora con Sara e con lei condivideva in toto la sua nuova vita all'estero: un'ancóra di salvezza reciproca in un momento frastornante come quello.

Dopo qualche mese da quando si erano conosciuti, avevano deciso di andare a convivere perché era sembrata la cosa più normale da fare. E a conti fatti lo era stata: si erano trovati in sintonia davanti alle piccole sfide quotidiane, come il tubetto del dentifricio da non pigiare a metà, i piatti da risistemare assieme, gli orari da far combaciare. Piccole cose, sciocche, ma necessarie.

Adesso invece, per la prima volta da sola, in quella casa vuota che le rimbalzava addosso i pensieri, c'era qualcosa di diverso. E all'inizio le era piaciuta quella nuova atmosfera, tanto da non voler rovinare il silenzio continuo neanche con una telefonata: era diventato un guscio tutto suo, uno schermo dal mondo che le faceva piacere mantenere.

Poi i giorni erano passati e aveva iniziato a sentirsi imbrigliata in un atteggiamento ostinato, che però al momento sentiva il più adatto, da non cambiare per alcun motivo. Si era nascosta fra le cose e le stanze che erano diventate soltanto sue, senza altri passi attorno, senza render conto a nessuno.

Una novità.

Era stato in quel momento, mentre spostava oggetti per trovare un nuovo ordine, che aveva trovato il biglietto da visita del Broken Time Hotel: chissà da quanto tempo stazionava sulla scrivania di Dylan e non lo aveva mai notato. Da mesi, magari, e lei non aveva mai abbassato gli occhi per scoprirlo, intenta com'era a portare avanti la sua vita, settimana dopo settimana, sempre uguale. Adesso che invece era la casa a essere cambiata, anche risistemare un cumulo di fogli buttati sulla scrivania diventava un modo per riapropriarsi di uno spazio sedimentato su se stesso.

Aveva preso in mano il bigliettino a lettere blu, attirata dal disegnino *naïf* della casetta stampato sopra, e lo aveva tenuto da parte, continuando a impilare documenti ordinatamente da un lato. Di tanto in tanto buttava un occhio, finché si era seduta sulla sedia di pelle, impregnata ancora di muschio e vetiver. Aveva respirato a pieni polmoni, distratta dal profumo suadente di lui che era rimasto lì, anche dopo la partenza e ora la riportava indietro a momenti passati insieme. Continuando a rigirarsi fra le dita il cartoncino. In cortocircuito, senza motivo.

Da lì era partito tutto: pensieri, dubbi, voglia di vedere quell'albergo che dopo aveva scoperto invisibile agli occhi del mondo, e che per questo alimentava ancor di più la sua curiosità. E adesso eccola lì, con la stessa sensazione addosso di quel giorno; con la consapevolezza che da quando era arrivata, aveva dimenticato perché fosse partita, e si era lasciata coccolare. Dalla vallata, dal laghetto nel bosco. Da persone estranee che aveva incontrato sul posto, come Colin, e Mr. Joe. Aveva scordato perché fosse lì, e non aveva fatto un passo avanti a riguardo.

«Comunque, ecco, qualche messaggio di quando in quando lo manda. Dylan, *I mean*.» disse, interrompendo i suoi pensieri.

«Messaggio?»

«Sì, a volte un buongiorno, a volte un *tutto bene e tu?* cose così. Quindi per questo non mi sono data pensiero, il contatto c'è e, evidentemente, anche lui ha poca voglia di parlarmi. Io rispondo con lo stesso tono e per adesso va bene così.»

Monica alzò le braccia al cielo. «Ecco! Questo l'han rapito e falsificano i messaggi! Così da depistare i sospetti di Scotland Yard, perché la fidanzata risponderebbe: *No, no, io lo sento sempre!* E tu disgraziata neanche lo chiami, e magari è l'unico modo per salvarlo!»

«Oh Monica, ma fammi il favore, riprenditi!» Le scoppiò a ridere in faccia.

In quel momento si sentì un gran scalpiccìo di piedi e dalla porta rotolarono dentro tre bimbi: Matt e Derek, assieme a Colin che evidentemente avevano incontrato giù nel boschetto; e, alla maniera in cui sanno fare solo i bambini, avevano socializzato subito.

«Mamma, mamma, stasera facciamo gli hamburger!» Urlarono in coro i due, mentre Colin si teneva poco più a distanza, dietro di loro.

Monica li guardava senza sapere cosa rispondere, presa in contropiede. «Gli hamburger? Come facciamo, siamo in un albergo, non abbiamo l'attrezzatura. Ci sarà un ristorante, mangeremo lì.»

«No, non c'è.»

«Cosa, non c'è?»

«Il ristorante, hanno ragione loro, non c'è.» Rispose di rimando Nina, cercando di ricordare se si fosse dimenticata di dirglielo, quando l'aveva invitata all'hotel. Forse sì.

«Ma c'è un barbecue fuori.» Entrò Connor dalla porta. «E anche tutti gli attrezzi, pure un sacchetto di carbonella: non ci vorrà niente a prendere in negozio un po' di carne e dei panini, ci pensiamo Luke e io.» Poco dietro, con lo stesso fare remissivo del figlio, il papà di Colin stava salutando con un cenno di sorriso, tentennando sull'ingresso.

Nina fino quel momento non si era mai posta il problema di chiedergli neppure il nome. Invece Connor già lo sapeva, in quanto, un'ora? Gli uomini hanno un senso di cameratismo che le donne non conoscono, pensò fra senso di colpa e dispetto. Quando si tratta di barbecue, poi…

«Piacere» Alzò la mano lui, in segno di saluto «Scusate l'intrusione, è stato tutto improvviso, ma i bimbi hanno visto il barbecue fuori e hanno insistito tanto, che è stato impossibile dire di no.»

E così, messa alle strette, Monica non poté opporsi e la cosa in un minuto era fatta.

Gli uomini si occuparono della spedizione a un *grocery store* sperso nel niente, ma che Luke conosceva, e Connor si armò volentieri fino ai denti di forchettone e quant'altro servisse per la serata.

Erano passate un paio d'ore e si erano già ambientati. L'atmosfera da confidenze, e complotto fra Nina e Monica era svanita nel nulla.

SCENA 7

Robert Redford

La serata aveva richiesto un attimo per aver inizio. I pochi avventori dell'hotel guardavano il via-vai tra la cucina e il barbecue e si sentirono in breve contagiati dall'allegria tipica di un fuoco scoppiettante fra amici.

I mattoni della facciata del Broken Time Hotel bruciavano della fiamma del barbecue e di un tramonto che incendiava le mura di un colore caldo mai visto prima. Era un bello spazio, quello sul retro, pensato per occasioni come queste: un grande tavolo in legno con le panche, il fuoco, qualche gioco qua e là per i bimbi, un recinto dipinto di bianco attorno al prato d'erbetta verde ben tagliata.

Il barbecue, gli hamburger, mangiare all'aperto.

Era un rito in quel mondo, che Nina aveva toccato con mano tante volte: una cosa che faceva subito ghenga, casino, che metteva di buonumore al solo profumo che spandeva nell'aria. L'aveva sperimentato anche con Dylan, nel suo modo più *british* e composto di vivere la vita, decisamente meno chiassoso di quello americano, in perenne infradito mentale, ma pur sempre pieno di quella voglia tutta anglosassone di correre fuori nel *backyard* non appena il tempo lo permetteva, arnesi alla mano, brace già pronta. Bistecche, birra, pannocchie.

A Londra, dai tempi del college in avanti, lui, le aveva raccontato, aveva sempre vissuto in un appartamento senza giardino, impossibilitato a sperimentare serate del genere. Così era finita che loro due insieme, neofiti nella loro prima *town-house* e forti del paio di metri quadrati di verde sul retro, avevano improvvisato qualche cena. E carbonizzato il carbonizzabile per incapacità di gestire quella brace, che all'improvviso s'infiammava e intossicava le case dei vicini. E i poverini, non sempre contenti della cosa, ma comprensivi verso due giovani stranieri che tentavano d'integrarsi nel loro tessuto culinario, avevano accettato pazienti ed erano passati sopra a fuliggine e puzza.

Era divertente. Al limite dell'incendiario, ma divertente.

Chissà perché noi italiani non abbiamo questo sentire, si era sempre domandata: non sentiamo la necessità di un pranzo fuori attorno al fuoco, sconclusionato, senza motivo, solo perché si può. Che sia per la troppa abitudine ad un clima docile. Il sole ci sarà anche domani, quindi non è necessario rotolare fuori ad ogni spiraglio di sereno. Peccato.

Elucubrazioni mentali di un'emigrata nostalgica. Bisogna allontanarsi per vedere nella giusta ottica il privilegio di essere nati in quel piccolo stivale di mondo, pieno di cose date per scontate, di sole e di profumi.

E adesso erano lì: un tavolo all'esterno dove attendevano hamburger e panini morbidi assieme a fette di formaggio bianco, verdure non meglio identificabili e mille piccole taniche di salse a cui Nina ormai aveva imparato a dare un nome.

I due uomini parlavano dei diversi tipi di legno con cui cuocere la carne, i bambini urlavano giocando fra di loro e Monica impilava torrette di ingredienti in panini dal profumo delizioso.

Erano tutti contagiati da un assordante senso di vita, Nina compresa, mentre occhieggiava in direzione d Luke e pensava quanto fosse facile a volte spezzare la tristezza di qualcuno. Non servivano ingredienti elaborati e neanche per forza commestibili: le persone giuste a fianco bastavano. Il potere di un gruppo sotto le stelle, in questo, aveva il potere salvifico di una boccata d'ossigeno dopo tanto fumo.

Era passata così, fra risate, rumore di piatti e musi impiastricciati di ketchup. Sembrava una di quelle pieghe temporali che ti riportano indietro, dove riprendere a vivere ore normali anche quando l'anormalità che avevi attorno fino poco prima era stata una scelta.

Una coppia silenziosa dai capelli bianchi si era fermata a scambiare due parole quando ormai la cena era finita: solo qualche avanzo, che sarebbe andato bene per il cane, se non fosse che non c'era nessun cane. Magari andava bene per Wilson, pensò Nina: chissà se gli poteva piacere un buon pezzo di carne, abituato com'era a croccantini e scatolette. Ma si era trattenuta dal metterne da parte due pezzetti, perché avrebbe dovuto spiegare il motivo agli occhietti attenti dei bimbi e una volta saputo che il gatto grigio si rifugiava da lei, il poverino non avrebbe più avuto un porto sicuro dove nascondersi. Strano, però, che non si fosse presentato al profumino che proveniva dal fuoco; forse era solo un intelligente bilanciamento di benefici e rischi, con una buona dose di spirito di sopravvivenza sopra a tutto il resto.

Aveva scoperto quella sera che Luke era meno burbero di quanto avesse pensato, incontrandolo quelle poche volte al laghetto: aveva continuato a chiacchierare non solo con Connor, ma anche con Monica che dal canto suo non la smetteva di fargli domande, alcune peraltro sapientemente non risposte. Finché, come accade spesso, il tavolo si era diviso in zona uomini, dove si parlava di basket e sport vari, e zona donne, dove si parlava di tutto il resto.

Ed era sbucato dal nulla anche Mr. Joe, presentandosi in cucina quando il freddo della sera aveva costretto il gruppetto ad abbandonare il barbecue e rintanarsi al calduccio. Che fosse per valutare la situazione o per quel moto di dolcezza che i nonni *in pectore* acquisiscono con l'età non appena si trovano in mezzo a bambini, quella sera si stava mostrando più cortese di quanto Nina non lo avesse mai visto e l'aveva salutata con un sorriso compiacente.

«Tutta vita, eh, quest'albergo? Certo non cadrai in tentazione, durante la tua pausa di riflessione con Dylan.»

«Non siamo in pausa di riflessione» la rimbrottò lei, ma Monica non le dava la soddisfazione.

«A meno che tu non voglia puntare Sean Connery, qui. Tutto solo in un albergo. Non ha una dama a fianco?»

Rise. «Mr. Joe è qui da solo.»

«Ah, vi chiamate per nome! Dillo che sta cercando una signorina quarant'anni più giovane che si offra di ereditare il patrimonio. Un bel matrimonio a Las Vegas ed è fatta.»

«Ma falla finita, è che non so il cognome. Me l'ha detto Mrs. Wood, il nome. Mi ha parlato a volte di una famiglia e di figli; quindi, immagino che la signora sia morta.»

«Futura ereditiera di secondo letto.» Le tirò una gomitata.

«E basta! Dammi quella birra, prima che ti vada a proporre tu, come futura ereditiera.»

«*I can't! I am married*. Ma tu sei ancora libera.»

«Monica, Joe non è qui per cercare una futura moglie: sta scrivendo il suo testamento. E io non sono libera, *anyway*!»

«Oh, il testamento, quindi.»

«Sì. Lugubre, vero?»

«*Absolutely not*. Piuttosto strano che lo faccia adesso, è già in là con gli anni. Mia mamma è sulla sessantina e già ha sistemato tutto.»

«Sì?»

«Certo. Anzi, a volte ne parliamo anche Connor e io. Sai, anche per mettere nero su bianco eventuali tutori. Quando hai figli, a queste cose ci devi pensare.»

«Mh. Forse hai ragione.»

«Forse sta facendo delle modifiche.»

«Chi?»

«Sean Connery. *I mean*: è davvero troppo anziano per pensarci solo adesso. Magari sta modificando una vecchia versione. Magari ha cambiato idea su qualche familiare che vuole estromettere e gli sta togliendo qualcosa di già promesso.»

«*I don't know...*» Pensare a un Mr. Joe vendicativo era ancora più triste che pensarlo a spartire i suoi averi fra i parenti, di testa sua.

Il tempo era volato. Avevano alla fine preso accordi per vedersi il giorno dopo per una passeggiata lungolago, allo scopo dichiarato e falso di capire se davvero esistesse il ruscello fantasma che doveva alimentarlo per fargli acquisire lo status di lago naturale. D'altra parte, Connor aveva comprato così tante vettovaglie che sarebbero bastate per sfamare tutti e sette per l'indomani e ancora ritrovarsi con degli avanzi.

Nina rientrò in camera, decisa a mettersi subito al lavoro, visto che con Monica e la sua allegra brigata nei dintorni sembrava davvero impossibile trovare tempo durante il giorno. Non aveva voglia di posticipare la consegna.

Wilson non c'era, di sicuro ancora nascosto in qualche anfratto che solo lui conosceva e l'albergo era ripiombato nel suo silenzio abituale. In lontananza si sentivano solo i rumori del bosco attraversato da qualche animale notturno, il vento che sbuffava fra le fronde e qualche rara macchina che percorreva la strada di fronte all'albergo.

La serata le aveva lasciato ancora abbastanza ossigeno per rimanere sveglia un'oretta e passando schiacciò un tasto del portatile, per riavviarlo dal suo perenne stand-by. Lo schermò si accese, illuminando di azzurro la stanza, con quel rumorino gracchiante con cui ti rende nota la sua presenza vigile. Nella casella di posta lampeggiavano tre email da leggere: una era la notifica di un'offerta di lavoro da parte di un portale cui si era iscritta troppo tempo prima, per esserne interessata adesso; una la fotografia del foglietto di note scribacchiato quando stava lavorando assieme a Monica e che si era mandata nel caso in cui avesse perso l'originale cartaceo: così, per prudenza. La terza un messaggio di Dylan.

«Hi there, everything going fine? Miss you, love!»

Lei restò in piedi davanti al portatile a fissare quella mezza stringa di testo e a scavare nella propria coscienza, per capire se in qualche modo dovesse sentirsi colpevole di qualche mancanza, come l'amica l'aveva rimproverata. Niente. Anche sforzandosi, nessun rimprovero da farsi: vinceva quella stizza degli ultimi tempi che senza motivo l'autorizzava a provare un senso di lesa maestà che la scusava per non aver compiuto passi verso di lui.

«Everything's fine, thanks. XXX»

E inviò senza rileggere.

Poi, per quel minimo di cortesia che aveva dimenticato e non doveva, aggiunse: *«You too?»*

Chiuse il programma di posta in caso di altri messaggi a cui proprio non aveva voglia di rispondere. Doveva concentrarsi sul lavoro, non era momento di pensare a vicoli ciechi. E si sedette, nel silenzio della stanza.

La risvegliò il bagliore bianco del Mac: doveva aver mosso accidentalmente il mouse abbandonato di fianco a lei. Erano le due di notte e le modifiche appuntate sul foglietto erano tutte più o meno completate, tranne alcune lasciate in sospeso, ancora da limare.

Solo quando chiuse il laptop e spostò l'attenzione all'ambiente attorno, si accorse che nella stanza c'era un odore strano: era la ciotola di croccantini lasciata per Wilson, che a notte fonda era ancora intonsa. Significava che lui non era mai entrato in camera mentre lei non c'era. *Sarà andato a stare con la sua padrona*, si disse. Ma in effetti non aveva idea se Mrs. Wood dormisse in albergo oppure no; invece, il gatto spesso di notte era lì nella sua stanza; quindi, non rientrava a casa con lei, eventualmente, o per lo meno non sempre. Possibile che la padrona non si fosse accorta che il suo gatto mancava all'appello?

In tutti i casi non era un buon odore quello che emanava la ciotola e in camera non poteva rimanere. Decise di metterla giù nell'atrio affinché, se Wilson fosse stato ancora in giro o quando fosse tornato, l'avrebbe vista facilmente. Scese.

Nell'atrio non c'era nessuno, solo luci d'atmosfera lasciate accese perché la grande sala non piombasse nel buio più completo. Decise che mettere i croccantini in cucina non sarebbe stata una buona idea a causa del cattivo odore e ugualmente nell'atrio non era il caso. Li lasciò invece di fianco al portone, il posto più arieggiato, per non dar fastidio con odori strani a chi il giorno dopo avesse iniziato ad andare e venire. Sapeva ad esempio che Mr. Joe si alzava la mattina presto e andava a fare un giro nei dintorni. E di certo non era il caso di fornirgli nuovi pretesti per brontolare.

Tutto attorno l'albergo dormiva. Gli ospiti, i mobili.

Stava per tornare in camera quando vide dal salottino di lettura un bagliore bianco intermittente. *Stile UFO*, fu il primo pensiero. Ma, a pensarci, difficilmente un UFO può essere contenuto nel salottino di un albergo, checché ne dica Will Smith in *Men in Black;* optò per una diversa possibilità, meno futuribile, e andò a controllare quello che non poteva che essere un televisore dimenticato acceso col volume al minimo.

A sua memoria, durante il giorno passato nessuno si era seduto a seguire i programmi. E poi, chi guarda una TV nella hall, quando può vederla comodamente nella propria stanza?

Lo schermo trasmetteva un vecchio film con Robert Redford che lei non ricordava di aver visto. Restò ferma per qualche minuto a seguire le scene di una coppia sbiadita nel tempo, che discuteva all'interno di una bella casa in stile anni '70. Lei che stirava, lui in divisa, una colonna sonora che aveva qualcosa di triste e intimo assieme. Chissà, doveva essere un bel film. Col silenzio della notte, poi, era piacevole concentrarsi su una pellicola così lontana nel tempo, dai vestiti datati con le toppe ai gomiti di lui e gli abiti coi disegni geometrici di lei, che poi era Barbra Streisand, si rendeva conto adesso[1].

Ognuno ha il suo tempo, si trovò a pensare Nina.

Una parte del tempo del mondo attorno che gli si addice più di altre, un pezzo che gli s'è cucito meglio addosso senza che se ne accorgesse. Un taglio di capelli, o un capo d'abbigliamento. Non importa che cambino le mode e ognuno a suo

---

[1] *Come eravamo*, Barbra Straisand e Robert Redford, Columbia Pictures 1973.

modo si adegui: chi ha vissuto la sua parte migliore in un'età specifica, a quella resterà attaccato e se la porterà dietro come un tratto distintivo.

Robert Redford incarnava l'anima del suo tempo: come se ogni periodo scegliesse un viso fra gli attori e lo rendesse suo testimonial. Tom Cruise, per dire, con quella faccia lì, di quello che la sa lunga e tu no, in quegli anni non sarebbe andato bene: avrebbe sbagliato a nascere perché non avrebbe rappresentato la solidità e il senso di sicurezza che Redford emanava.

Lo riguardò meglio, così giovane, biondo, la camicia a quadri; come facesse poi ad avere quei denti che brillavano fra le labbra socchiuse, non si capiva.

La pubblicità interruppe i suoi pensieri e si ritrovò in piedi nella stanza, senza troppa voglia di sedersi a concentrarsi su un film, né di tornare in camera.

Si girò: nella penombra s'intravvedeva la biblioteca, illuminata a sprazzi dalla luce bianca; e là, le balenò in mente, c'era il *notebook*. Magari poteva sfogliarne qualche pagina.

Andò al grande tavolo scuro, ma lì dove l'aveva lasciato non c'era più. Si girò, per vedere di ritrovarlo sugli scaffali e scorse il dito fra i volumi finché lo trovò, di fianco ad altri cinque, rilegati tutti in cuoio alla stessa maniera, con riportato sul dorso il periodo.

Il primo volume era datato 2010. Lo prese e lo poggiò sul tavolo, in un pulviscolo vecchio di anni. Accese la lampada da tavolo verde e si sedette, mentre le voci del film in lontananza avevano ripreso a parlare.

Partì dalla prima pagina.

Questo è il mio regalo di Natale per te.

Abbiamo lavorato tanto, a volte insieme, altre lontani, a giorni che alternavano allegria e malavoglia di entrambi. Quando non eravamo certi del risultato e quando già guardavamo con la mente al vecchio portone rosso di legno ammuffito immaginando come doveva essere: l'entrata di un albergo in ferro battuto, col nome scritto sopra, bello. Con le mura dai colori caldi tutto attorno, col giardino di fronte pieno di folletti che ridono.

Io dal primo giorno vedevo quel che sarebbe diventato; tu meno, lo so. Ma ora ce l'hai davanti.

E mi dispiace se è un regalo che non ti aspettavi, ma so che lo amerai come io già faccio, perché lo ha reso speciale averlo fatto assieme.

Da oggi apre le sue porte al mondo il nostro piccolo albergo, il Broken Time Hotel. Con la speranza di dar ristoro a chi ne cerca e offrire una sosta prima del percorso per tornare sulla strada di casa, dove ognuno deve essere.

Da oggi sei la Regina del Castello: chiedi a Duncan il permesso di entrare e tutto sarà facile.

Non averne paura.

Non c'era firma. La pagina era scritta in verde, con una bella grafia obliqua che dava verso destra: ferma, pensata in ogni linea fra le lettere.

Una grafia d'altri tempi.

Girò pagina aspettandosi una risposta a quelle parole, ma non ce n'era: solo frasi di clienti, si capiva, che ringraziavano per l'accoglienza e auguravano ogni bene all'attività appena aperta.

Peccato.

Chi scriveva era evidentemente il proprietario e, se le cose non erano cambiate da allora, la Regina del Castello doveva essere Mrs. Wood.

E quel nome, Duncan? Il figlio, poteva essere? Però ragazzi in giro non se n'erano visti. Poteva essere quello il motivo per cui Mrs. Wood non si trovava lì tutto il giorno, che in parte l'attività fosse portata avanti anche da questo fantomatico figlio? Tipo molto riservato, c'era da dire.

Sfogliando le pagine, i complimenti si sprecavano. Da quanto stava capendo, prima la cucina era attiva anche come piccolo ristorante e modificata dopo, perché adesso aveva un mobilio in stile col resto dell'albergo, molto casalingo e certo non adatto ad un ristorante; ma l'ampiezza per ospitarne una professionale c'era.

Un ridimensionamento d'intenti, quindi. Se l'albergo aveva aperto dieci anni prima, la signora doveva avere circa sessant'anni. *Già una bella età.* Non doveva essere stato facile, anche perché, da quelle parole, sembrava fosse una cosa nuova per loro, gestire un albergo. Provò una certa ammirazione per il coraggio di rivoluzionare tutto e buttarsi in quell'avventura.

Nina non aveva mai pensato se il suo attuale lavoro sarebbe andato avanti per sempre. Probabilmente sì, immaginava di rimanere nel campo della grafica senza nessun valido motivo per cambiare. Era la sua *comfort zone*, quella in cui ormai sapeva come muoversi, cosa aspettarsi. Non c'era l'emozione di trovarsi davanti sfide inaspettate, ma neanche la paura e tutto sommato andava bene così.

Sfogliò le pagine del librone dal fondo con una mano, facendole volare veloci e si fermò, tornando indietro di qualcuna per aggiustare la mira, su alcune righe d'inchiostro verde. Leggeva solo quelle ormai.

Mrs. Emily, le ho lasciato sul bancone una scatola di dolcetti: spero le piacciano al mirtillo, sono un esperimento e non sono come siano venuti. La prenda per il viaggio, la prossima volta mi dirà se erano buoni.

Chi parlava era qualcuno dell'albergo, ovvio, ma anche stavolta non c'era la firma. Mrs. Wood? Se era la cuoca, era plausibile. La scrittura poi, seppur in verde, era molto diversa da quella della prima pagina, non era la stessa mano, ma aveva dedotto che la prima pagina era stata scritta da un possibile Mr. Wood, quindi non c'era da stupirsi.

Andando oltre, altre piccole strofe in verde saltavano all'occhio fra le pagine, tutte più o meno comunicazioni di servizio o piccole conversazioni fra questo e quel cliente. Tutte con un tono allegro, che da brava padrona di casa si dilungava in ringraziamenti o scambi di battute.

…e poi mi faccia dire che il suo cane è veramente bellissimo! La prossima volta le faremo trovare un cuscino in camera adatto a fargli da cuccia!

Oppure…

Sono contenta che il laghetto dietro casa le sia piaciuto: quando vorrà dipingerlo, l'accompagnerò io personalmente! Sarò la sua musa ispiratrice! O almeno la sua guida nel bosco perché non si perda!

E via dicendo.

Non la faceva burlona, Mrs. Wood, specie nei confronti dei clienti. Per quel poco che l'aveva conosciuta, anzi, sembrava che stare al bancone fosse un compito che le bruciasse fra le mani, non aveva certo l'entusiasmo che traspariva dalle frasi scritte in verde. Dal *notebook* al contrario, le frasi in verde sprizzavano ancora grande vitalità e voglia di prodigarsi per chiunque capitasse a tiro.

Le pagine successive proseguivano, inframmezzate dai soliti complimenti, descrivendo la vita o l'evoluzione dell'albergo, sempre e solo in verde: si incitava a iniziative, si presentava entusiasti l'apertura della biblioteca, *che speriamo faccia piacere ai clienti più affezionati, dato che vi sappiamo voraci lettori.*

Fino a trovare verso la fine del volume, la foto di un uomo dallo sguardo buono, gli occhi brillanti che catturavano l'attenzione nonostante la carta sbiadita dagli anni. Poche parole sotto:

In dolce memoria.
Questo posto non sarà più lo stesso senza di te,
ma vivrà nel tuo ricordo.
A Ethan, April 23th 1951 - May 16th 2013

Seguivano tante firme nelle pagine successive, piccole parole che non sapevano esprimere le condoglianze alla moglie, come mai ci si riesce d'altronde.

Orribile parola, *condoglianze.* Nina non era mai riuscita a pronunciarla. Le suonava all'orecchio con un dolore al suo interno, già solo per come si esterna al suono, che provoca fastidio in quanto parola, prima ancora che per il significato.

Se stava cercando un motivo per cui le cose in quel luogo avevano avuto una battuta d'arresto, questo lo era. Se cercava uno stop nella voce entusiasta di quelle frasi vitali e piene di colore, questo lo era.

Rileggeva le ultime parole di cordoglio sul *notebook*, quando dall'atrio sentì arrivare dei rumori.

SCENA 8

Il Senso delle parole nel buio

Nina restava all'erta nel buio, orecchie tese verso un rumore invisibile da qualche parte nell'albergo, di cui non sapeva ancora riconoscere scricchiolii e movimenti. Quando apparve Luke sull'uscio, come un fantasma lento e silenzioso, intento a cercare qualcosa. Il telecomando. Lui stesso a un tratto si accorse con la coda dell'occhio di un'ombra che lo guardava e si girò di scatto. Una canzone triste, probabilmente i titoli di coda del film, faceva da sottofondo e lui si trattenne dallo spegnere, lasciando la musica proseguire.

«Oh, Nina, non sapevo fossi qui!»

Lei alzò la mano. «*It's me*! Sì, poco sonno, sai, e sono scesa.» Indicò il telecomando. «Quindi sei tu lo spettatore invisibile?»

«Be', in effetti lo ero. Sono sceso perché non riuscivo a dormire e mi sono ritrovato a guardare una cosa a caso. Mica ti ha svegliato il rumore della televisione?»

«No, no: ero scesa per Wilson.»

«Per chi?»

Lei sventolò la mano. «Lascia stare, niente. Vagavo e ho visto la TV accesa, così mi sono seduta un attimo.»

«Piaciuto il film?»

«Oh, non l'ho seguito molto. Ma doveva essere bello.»

Lui annuì. «Sì be', neanch'io l'ho visto tutto. Forse altre volte devo averlo visto a spezzoni, a casa; così quando ho girato fra i canali e l'ho intravvisto, mi ci sono messo davanti. Sai, guardare una storia che mezzo conosci non richiede impegno, era giusto per conciliare il sonno. Poi mi ha chiamato Colin e sono dovuto salire in camera. Pensavo di tornare giù subito invece...»

«Ah, ecco. Adesso dorme? Colin, dico.»

«Sì, sì, dorme. Sai, qualche brutto sogno. Succede.»

«Sì, a tutti. Succede.» Abbassò la testa.

Restarono lì, lui in piedi vicino alla televisione che dava la pubblicità di un deodorante che prometteva miracoli, lei seduta col librone in cuoio davanti, senza sapere se parlare e di cosa.

Si rese conto solo allora che era scesa in pigiama, senza pensare che avrebbe potuto incontrare qualcuno. Tutta stelline e lune con la faccina sorridente: che figura! Avesse avuto almeno una palandrana addosso! Così com'era aveva la dignità di una bimba di dieci anni sgattaiolata in cucina per frugare tra gli scaffali in cerca della marmellata.

«Leggevi?» chiese lui indicando il libro col telecomando.

«Oh, sì. Mi stavo facendo una cultura sulla storia di questo albergo, leggiucchiavo qua e là, sai.»

«Sì, l'altro giorno mi ci sono messo anch'io. Anche perché non è che ci sia troppo da fare qui dentro, per svagarsi.» Rise appena.

«È vero. Questo posto ha un che di flemmatico. Ma a volte fa piacere non avere troppi stimoli esterni. Un po' di relax.»

«Vero» le rispose, l'espressione convinta a metà. «Anche noi eravamo venuti qui per staccare. Dovevamo essere in tre, a dirla tutta, ma è andata così. Siamo in due.»

Nina iniziò a friggere, non sapendo se rispondere a tono come chi sapesse di cosa lui stesse parlando, oppure no. Fu lui a toglierla dall'imbarazzo.

«Ho saputo da Colin che avete fatto una chiacchierata, voi due.»

Coi bimbi l'idea di segreto è solo un incentivo al contrario.

«Sì, mi ha raccontato di come siete finiti qui. E che è stato un periodo difficile per voi. E per la mamma.»

«Già. Difficile.»

Lei tormentava le pagine del *notebook*, avanti e indietro, mentre cercava le parole.

«Credo che Colin avesse voglia di fare due chiacchiere con qualcuno. Non ci sono altri bambini con cui giocare qui e per noia si è messo a parlare con me, l'altra sera al laghetto. È stata una cosa innocente. È così tenero.» Si fermò, senza guardalo. «Mi spiace davvero per quello che è successo.»

Lui girò lo sguardo da un'altra parte. «Già. Grazie.»

Era tornato a parlare a monosillabi, dopo una serata di risate, risultati di partite e legna da bruciare. Ma, visto l'argomento, era plausibile. Lei poi era una sconosciuta, quindi come non capirlo?

«È stato un periodo difficile per tutti» riprese lui. «E probabilmente abbiamo sbagliato nel modo di affrontare la cosa con Colin, ma sai com'è. Non si nasce con la scienza in tasca. E noi abbiamo improvvisato. Ci abbiamo provato, almeno, ma gli errori si fanno lo stesso.»

Il buio della notte appesantiva ogni parola, tirando fuori il senso più denso di ognuna. Lei provava, e forse anche lui, un certo fastidio, il desiderio di essere da un'altra parte; ma per educazione si sentivano vincolati a porgere qualche frase, come un rituale da dover portare a termine una volta sola, per non parlarne più.

«Posso solo immaginarlo.»

«No, non puoi» disse lui, più netto del dovuto. Ma se ne accorse e tornò sui suoi passi. «Scusa. Vedi, è quello che intendevo. Uno non vuole e finisce per rispondere male, così, senza motivo.»

«Scusa tu: è una cosa talmente privata…»

«Sì, lo so. È che così tanti attorno ti dicono che sanno quello che provi, che finisce che la cosa t'innervosisce. Perché, voglio dire, che ne sanno loro davvero? È un modo di dire, lo capisco che si dice. Ma quando hai i nervi scoperti, colpisce più di quanto deve. Scusa. Di nuovo.» Fece un respiro. «Grazie.»

Era il *grazie* odioso con cui si risponde alle condoglianze, quello che lei non sopportava: era un grazie vuoto, senza senso. Solo perché si deve.

Rimasero zitti entrambi guardando verso il basso, nella stanza illuminata dalla poca luce a intermittenza del video. Se lui avesse voluto, quello sarebbe stato il momento per andarsene in camera e chiudere il discorso, ma sembrava non volesse, che si appigliasse a qualcosa per continuare a parlare, anche se gli costava fatica. Forse era solo per rimediare all'uscita secca di prima, o magari ne aveva bisogno, dopo giorni con la sola compagnia del figlio, che certo non poteva essere un interlocutore adatto a quanto stava vivendo. Né Nina poteva andarsene e lasciarlo lì, in piedi in mezzo alla stanza vuota e nera, anche lui col pigiama, pur senza faccine, e con il telecomando ancora in mano. Così azzardò, sperando non fosse uno sbaglio parlare per prima.

«Tua moglie non se l'è sentita di venire, mi diceva Colin. Aveva bisogno di un po' di riposo, da quel che ho capito. Magari, chissà, le farà bene. Un po' di silenzio, dico: tante volte fa bene.»

Lui alzò lo sguardo con la bocca serrata, tanto che lei ebbe la certezza di aver sbagliato a parlare; ma poi si trattenne e rilasciò i nervi tesi, nel modo in cui aveva forse imparato negli ultimi tempi, contando fino a dieci prima di sparare a zero e dire quel che gli passava per la testa.

«Sì, è così. Pare che voglia digerire la cosa rimanendo qualche tempo da sola. Così è andata a casa dei suoi. Ho usato quel tempo in casa da soli, Colin e io, per togliere tutte le cose che potevano ricordarle il bambino al suo ritorno e quando ho finito, non sapendo cosa fare e con lei ancora via, ho pensato che un'aria diversa avrebbe potuto tornare utile a tutti. Così le ho proposto qualche giorno di vacanza. Era un modo come un altro, ho pensato, per andare avanti.»

Parlava lentamente, con sforzo. Con un automatismo che raccontava quante altre volte prima avesse ripetuto la stessa cosa: ai genitori, ai suoceri, agli amici. A sé stesso.

Continuò.

«Ho prenotato qui perché mi è stato consigliato come un posto tranquillo, e poi non è lontano da casa: un'oretta e ci siamo. Ma lei alla fine ha preferito non venire. Potevo disdire, forse sarebbe stato meglio. Ma ormai Colin parlava della vacanza sul lago ogni minuto e non me la sono sentita di deluderlo. Ho pensato che anche lui dovesse staccare da tutto 'sto casino.» Si fermò qualche secondo, a guardare la notte fuori dalla finestra. Gli alberi che ondeggiavano al vento. Qualche luce in lontananza, sui monti.

Riprese. «È stato un bravo bambino per tutto il tempo. Anche se ha solo cinque anni sembra che abbia capito che non era il momento di gravarci più di quanto stavamo già sopportando. Voglio dire: dopo i primi giorni in cui scoppiava a urlare senza motivo o faceva capricci, poi in qualche modo si è adattato alla situazione e mi ha seguito in tutto. A casa, mentre toglievo le cose, la culla, i vestitini, il biberon: è stato lui ad aiutarmi. L'ha presa quasi come un gioco a un certo punto, canticchiando, parlando di qualsiasi cosa gli veniva in mente e credimi, a cinque anni vengono in mente cose particolarmente strambe!» Rise, suo malgrado.

«Correva attorno nella stanza come un folle, da un punto a un altro, come se avere da fare significasse tornare indietro a nove mesi prima, come se potesse cancellare tutto. L'ha aiutato a distrarsi. Ha aiutato anche me. Non a distrarmi, ma almeno ad arrivare a fine giornata. Ogni giorno. Ho scoperto che era un buon metodo, il suo. Tenersi occupato per pensare meno. Un passo alla volta. Un risveglio alla volta.»

Nina sorrise appena, intenerita dal pensiero di un bimbo che adesso dormiva solo in una camera d'albergo, lontano da casa e dalla mamma e che aveva aiutato il papà in un momento buio.

Le ultime parole di lui si erano smorzate piano, nel niente, allo stesso modo in cui si finisce di leggere un discorso scritto per un pubblico di spettatori e non si sa cos'altro fare. Lei aspettava che l'aria o il buio facessero scemare quel fiato sospeso. Quantomeno sperava. Ma non successe.

«È un bimbo meraviglioso» gli disse alla fine. L'unica cosa su cui non potevano esserci dubbi.

Luke alzò lo sguardo da terra, dove sembrava studiare il tappeto dai rivoli grigio scuro, e guardò quella voce femminile di cui non gli era necessaria la presenza, per capire se ciò che aveva detto a se stesso fosse arrivato anche a qualcun altro al di fuori di lui. Non che fosse importante, gli si leggeva in faccia. E magari, allo stesso modo, non lo era ogni volta che ripeteva le stesse cose a chi gli stava davanti, tentando di alleviare quel che era stato, neanche le parole buttate fuori avessero il potere di ripulirlo da una rabbia che gli si stava incancrenendo nello stomaco. Pareva che il solo parlare lo facesse sentire alleviato di un peso. Pareva.

Ma chissà cosa significava viverlo davvero. Chissà, pensò lei, se sarebbe arrivato il giorno in cui lui avrebbe finito le persone a cui raccontare, perché ormai tutti sapevano. E se quel giorno anche la pesantezza se ne sarebbe andata via assieme alle parole.

«Non è giusto che abbia vissuto tutto questo» riprese lui nel buio. «Ma spero che l'età lo aiuti a dimenticare. Cinque anni sono abbastanza per mantenere i ricordi, ma la psicologa dice che sono l'età in cui i bambini prendono coscienza della morte.»

Lo aveva letto anche lei da qualche parte, era vero: avesse avuto tre anni, sicuramente non ne avrebbe preso coscienza come a cinque. Già è difficile per un bambino immaginare una vita dentro una pancia. Ma dopo nove mesi che i tuoi genitori ti parlano del fratellino in arrivo, è cosa fatta, una realtà assodata che va solo attesa. Vederla sfumare così: quali pensieri avranno percorso quella testolina? Una sorta di bugia dei genitori? Uno sbaglio? Una morte prima della vita è qualcosa di inconcepibile per un adulto; figurarsi per un bimbo.

Quantomeno, dalle sue parole era emerso che si erano rivolti a una psicologa, quindi Colin era in buone mani, erano stati genitori attenti, nonostante il peso che stavano portando. Nina si chiese se lei ci avrebbe mai pensato, in un momento come quello.

Finché Luke riprese, più a fatica di prima.

«Abbiamo cercato di evitargli quanto potevamo. È stato con la nonna il giorno in cui… il giorno del funerale.»

Un tonfo al cuore.

Non aveva considerato l'eventualità di un funerale. Addirittura un funerale! Quindi era nato il piccolo, a tutti gli effetti.

Per quanto, minuti? Ore? Era un'idea che la sua testa le aveva evitato di formulare. Una protezione inconscia del cervello che ti salva da pensieri troppo duri da sostenere.

È la cosa facile di ascoltare la vita degli altri: puoi immedesimarti quanto vuoi, entrare in empatia con loro, immaginare come ti saresti comportato nella stessa situazione; ma alla fine, il peso fisico resta solo a chi lo vive. Con tutti i dettagli più pesanti, che chi ascolta omette a se stesso.

Aveva pensato a una morte durante il parto. Che non avesse emesso respiro, il neonato.

«Non è naturale vedere una bara così piccola.» Dal buio usciva un filo di voce. Lui si sedette, finalmente, sotto il peso di un pensiero che al contrario di quello di prima doveva essere ancora difficile da tirar fuori. «Io non me l'aspettavo. Nessuno se lo aspettava: pensavamo che il peggio fosse passato quel giorno, il giorno della corsa in ospedale per i dolori di Karen, che a me sembravano quelli delle contrazioni, per quello che ne potevo sapere, ed ero quasi tranquillo. Cioè, in panico, ma tranquillo. Nella confusione pensavo che fosse una cosa da superare e punto, che dovevamo tenere duro per qualche ora forse, com'era stato per il travaglio di Colin, ma poi basta. Non avevo capito che non era lo stesso, mentre lei stava male.»

Afflosciò le spalle. Buttò un respiro. Silenzio.

«Invece è andato tutto come non doveva.»

Ancora silenzio.

Neanche il buio aiutava più, adesso che le pupille si erano dilatate e vedevano ogni vena delle mani di lui raggrinzirsi e descrivere sulla pelle quel che non veniva fuori a voce.

Nina non riusciva a muovere un muscolo, gelata in una posizione innaturale per nascondere la sua presenza nelle pieghe in un discorso che non le apparteneva. Immagini troppo grosse da assorbire in troppo poco tempo.

Come fai ad abbracciare una persona che non conosci?

Non puoi. Non sai se vuole, non sai se è una barriera che puoi infrangere. Non puoi. Non hai diritto neanche di parlare in quel momento, perché non hai la più lontana idea di quel che ha passato.

Lui riprese a voce sempre più bassa.

«Dare un nome a qualcuno che non chiamerai mai, è straziante. E poi la chiesa. La chiesa è quello che non ci aspettavamo e ci ha dato al cervello. Lei non ha retto a quella vista, non ce l'ha fatta. Pensavo non ce l'avrei fatta neanch'io, l'ho pensato per qualche giorno quando eravamo soli in casa, io e lei. Colin era dai nonni.» Il vento fuori aveva iniziato a sbattere i rami, più violento di prima. Un lampione occhieggiava nel buio, fra luce e ombra. «È stato per lui che ho trovato la forza per riprendermi. Perché non era giusto, perché è bastato un pallone in giardino che qualcosa, anche se non volevo e non era giusto e non era ancora il momento… ma qualcosa ha ripreso a muoversi. Per lei no.» Fece una pausa.

«Ci ho sperato tanto: che rivedendolo si aprisse almeno a lui e all'inizio era sembrato fosse così. Ci ha provato, ha pure sorriso quando lo ha abbracciato. Si è sciolta per un attimo. Ma non ci è riuscita del tutto, nonostante lo sforzo che ci ha messo. E si è chiusa più di prima, verso tutti, verso il mondo. Rimaneva lì, nel letto come una larva e io non sapevo cosa fare.»

Silenzio. Vento fuori.

Cosa fai, quando non puoi abbracciare qualcuno? E senti un dolore così acuto che ti penetra senza che neanche te lo meriti, quel dolore, perché è solo suo e tu non ne sei degno. E chissà quanto, quanto più grande sarà il suo, al confronto.

«Avrò sbagliato. Quando non sai più cosa devi fare, è la volta che sbagli le parole e io le ho sbagliate, è sicuro. E lo so che per lei sarà stato un dolore tanto più forte del mio, perché è la mamma, perché ha sentito i suoi calci nella pancia per tutti quei mesi, lo so. Lo so. Ma è peggio saperlo perché non puoi farci nulla. Se non parlare e sbagliare le parole.»

SCENA 9

Oltre la notte

La notte era stato un turbolento susseguirsi di risvegli che si intervallavano a sogni senza un filo logico, immagini, voci. Essere riuscita ad addormentarsi alle prime luci dell'alba non l'aveva aiutata a riposare e si era svegliata ai passi veloci dei bambini che correvano per i corridoi, confusi in un dormiveglia fastidioso. Finché qualcuno aveva bussato e l'aveva chiamata per nome, con la voce di Monica, dicendo di alzarsi, ché era tardi. Seguivano altri discorsi poco chiari, ma il succo era che la sua notte di sonno travagliato era conclusa.

Così Nina si era dovuta alzare, senza la minima voglia, con la testa che rimbombava di ricordi non suoi e di quell'idea che le fosse successo qualcosa di terribile qualche ora prima, quando poi in effetti erano i racconti di qualcun altro che l'avevano catapultata senza preavviso nel suo personale incubo.

Con questa confusione irrisolta in testa, riuscì a vestirsi e a scendere nell'atrio, dove il portone dell'albergo, lasciato aperto, faceva entrare un'aria fresca autunnale che si sostituiva a quella stantia della notte. In quel momento non poteva farle che bene.

Mrs. Wood era al bancone a scribacchiare fra le sue scartoffie e le fece un gesto di saluto alzando di poco la testa, per tornare subito dopo al suo lavoro.

Dall'altro lato della stanza, un chiacchiericcio di bambini proveniva dalla saletta di lettura, dove Mr. Joe oggi era meno intento del solito alle sue carte, attorniano dai tre che gli stavano addosso e non gli permettevano di concentrarsi. Già era tanto che riuscisse a tenere d'occhio tutti i fogli, pensò lei, e che nessuno li usasse come carta da disegno.

Nonostante tutto, l'uomo aveva un tono rilassato, meno burbero del solito; a fianco gli troneggiava una tazza dei Minions che poco si addiceva al suo carattere, con dentro un liquido indefinito, probabilmente caffè lungo. Sicuramente un'idea non sua, visto il tema della tazza: i ragazzini dovevano avergli fatto una testa così per convincerlo a farsi portare qualcosa da bere e lui doveva aveva ceduto per disperazione, o per compiacere i nuovi nipotini acquisiti. Gli anziani, quando hanno un bimbo a fianco, diventano nonni in un secondo, anche i più ruvidi.

Con la testa ancora in subbuglio, era un sollievo vedere un quadro di normalità, per quanto bizzarra fosse, considerati i soggetti.

«Alla buon'ora, tu! Vieni qui!» echeggiò la voce di Monica dalla cucina, fra un concerto di piatti spostati e di carta argentata che scricchiolava fra le mani.

«Ti sembra l'ora di svegliarsi? Sono quasi le 11! Mi hai lasciata sola a preparare tutto quanto e ora dobbiamo affrettarci, non è che di questa stagione possiamo presentarci nel bosco quando inizia a diventare freddo!» La guardò meglio. «Caffè?» le disse all'ultimo, soppesando le occhiaie dell'amica. «Ehi, tutto a posto?»

Doveva avere un aspetto orribile, pensò. «Scusami, Monica, hai ragione. Sì, tutto ok, ho solo faticato ad addormentarmi, ma ora mi riprendo. Dammi due minuti e soprattutto quel caffè, che mi serve tutto! Mi spiace, hai dovuto fare tutto tu.» Nina si guardava attorno e vedeva ovunque tanti pacchettini già pronti.

Lei alzò le spalle. «Oh, figurati. Tanto con quei due diavoli è dalle sette che sono sveglia. Mai che dormano fino a tardi quando non devono andare a scuola!»

Connor e Luke stavano entrando in cucina mentre Nina si buttava in quella brodaglia che si costringeva a chiamare caffè e per l'ennesima volta rimpianse di non aver portato con sé la sua amata moka. Si scambiarono un saluto veloce: più entusiasta il primo, pronto con zaino e borse termiche tutte da riempire; più timido il secondo, a cui lei rispose con un certo imbarazzo e un cenno del capo.

Sembrava tranquillo, in ogni caso, e al suo posto nella mattina appena iniziata, ben lontana dai discorsi soffocati di qualche ora prima. Lei considerò un attimo se rivolgersi a lui come al Luke di sempre o come all'altro Luke, quello conosciuto nel buio della biblioteca la notte prima. Si sentiva tremendamente a disagio in quel bilico, ma decise per il bene di entrambi che fosse più consono l'atteggiamento di sempre. Oltretutto non c'era da illudersi che Monica non avesse già colto quello scambio di sguardi diverso da ieri: sentiva i suoi occhi alla schiena mentre continuava con noncuranza a sistemare gli approvvigionamenti. La conosceva: se stava zitta, qualcosa le girava per la testa. Ma le avrebbe spiegato più tardi, lontano da occhi indiscreti. Se fosse capitata l'occasione.

Uscirono tutti, borse al collo e sole in fronte.

Uscì stranamente anche Mr. Joe, in orario non abituale per lui, solo per andarsi a sedere sulla panchina di fronte all'ingresso, senza documenti, segno questo che sarebbe tornato di lì a breve al suo lavoro. Si godeva senza ammetterlo la vitalità dei bambini mentre urlando rotolavano fuori, verso la valle.

Colin era il primo della fila, nel sentiero che dal laghetto s'inoltrava nel bosco, perché, diceva lui, sapeva dov'era il ruscello e avrebbe dimostrato a tutti che esisteva.

«Se c'è il ruscello, ci sono i pesci!» concordavano seri fra loro i bimbi. Era una cosa importante.

«E sennò ce li possiamo mettere noi. E poi li peschiamo.»

Subito dietro c'erano i due uomini che disquisivano dei vari tipi di vegetazione che scorreva al loro passaggio e della possibilità in futuro, fra lavoro e impegni, di trasferirsi in una zona tanto verde. Certo, commentavano, avrebbero dovuto adeguare il lavoro alla nuova vita. Ma questo era il bello degli americani, cambiano luoghi e mestieri in un attimo: qui non aveva mai visto qualcuno che avesse problemi né a lasciare una casa per sentimento di radici familiari, né a trovare un nuovo impiego perché ovunque era pieno di cartelli *Now hiring*, in qualsiasi zona e stagione. Si trattava solo di scegliere il proprio, di esserne capace, quello sì. Ma l'offerta non mancava: in questo era veramente la terra delle opportunità, questa. Era uno dei tratti più belli della sua esperienza all'estero, il sollievo di sapere che in un modo o nell'altro, in caso l'avessero licenziata, sarebbe caduta in piedi, se si fosse rimboccata le maniche.

Monica intanto aveva già iniziato il suo interrogatorio cinguettante sul perché di certe occhiatine con Luke; ma non era il momento di parlare di questioni private e la mise a tacere virando il discorso su un argomento che di sicuro avrebbe spostato il centro dei suoi interessi: Dylan.

«Ecco, vedi? Ieri notte mi ha mandato una email: vedi che sta bene? Sei contenta?»

«La chiami email, quella? Se voglio te la mando anch'io una email così, ogni mattina da qui ai prossimi cent'anni, anche da morta: basta impostare il programma di posta in loop!

Sono due paroline che chiunque può aver scritto, che ne sai tu?»

Monica le restituì il cellulare, e lei scorse all'indietro verso una stringa di testo evidenziata in grassetto che non aveva visto prima: c'era un messaggio non letto. Dylan.

I'm fine! Fra poco finiamo tutto e torno a casa. Lots of news! Ti faccio sapere più in là, ok?

La voce dell'amica arrivava in lontananza, mentre blaterava qualcosa sulla comunicazione nella coppia. Ma era a lei che Nina non prestava attenzione adesso: l'idea che Dylan stesse per tornare scombussolava la sua nuova routine, in vista di una conversazione su quello strano periodo passato senza sentirsi, evidentemente per desiderio di entrambi. Cercò di ricordare di cosa avessero parlato prima che lui partisse e le tornarono in mente alcuni cenni caduti nel vuoto sulla possibilità da parte di lui di cambiare sede e da parte di lei di seguirlo. Alla possibilità, ancora, che lei potesse entrare nella sua stessa ditta all'interno dello studio grafico, se lui avesse posto questa come condizione necessaria al suo trasferimento, così da non farla sentire proprio un *pacco da mettere in valigia*, come forse le era scappato detto mentre lui stava buttando lì la cosa, senza dare troppo peso alla sua vita lavorativa.

Non aveva più ponderato la questione, una volta partito lui. Aveva spento la luce quella sera come se nulla fosse, considerandola un'eventualità troppo remota da prendere in esame in quel frangente.

Ma soprattutto le venne da pensare se in qualche modo, in quel periodo lontani, lei avesse mai accennato al suo fidanzato che era via di casa, e per così a lungo, in un albergo sperduto nel niente; o se gli avesse parlato di un bambino conosciuto lì, che aveva aspettato un fratellino mai arrivato, o di un uomo che si nascondeva dai parenti per stilare il suo testamento, o di un gatto che s'intrufolava in camera sua ogni giorno per farle compagnia e poi sparire. No. Di tutto questo lui non sapeva nulla.

Eppure, erano quelle cose che riempiono i racconti a fine giornata per spartirsi parte del mondo fuori, in una coppia. Era una cosa spontanea, che sul divano di casa aveva un gusto tanto naturale da non farci caso, ma che riempiva i tasselli mancanti della giornata di chi avevi a fianco. Invece così, in lontananza, si era incancrenito tutto: il telefono certo non aiutava, ma non poteva essere quello il motivo per nascondere un viaggio.

E ancora: era il caso di chiedergli quando sarebbe rientrato di preciso, per tornare a casa lei stessa in tempo? Sembrava una domanda stupida, neanche avesse fatto qualcosa di nascosto da mamma e papà. Anche se, sì, lo aveva fatto senza dire niente a nessuno, in effetti. E non era una coincidenza che avesse scelto l'hotel da un bigliettino trovato sulla sua scrivania e lei, chissà perché, avesse pensato che la cosa la riguardasse.

«E quindi?» la svegliò da fuori la sua testa una voce intimidatoria che veniva da destra.

«Quindi cosa?»

«Quindi non hai ascoltato niente di quel che ho detto! E quindi, dicevo, cosa hai intenzione di fare: andare avanti così, senza sapere quello che terra pesta?»

«Ma non c'è niente da sapere, guarda: sta tornando a casa!» disse porgendole di nuovo il telefono con l'ultimo messaggio. «È arrivato da poco. E quindi non c'è nient'altro da dire.»

Ma Monica non fece in tempo a replicare, che da inizio fila si innalzarono vocine stridule e le due bloccarono ogni discorso.

«Oddio, ecco, sono cascati in qualche burrone!» si mise le mani nei capelli Monica.

«Non so se è un burrone, ma da qualche parte sono cascati.» Ridacchiò serafico Connor, indicando davanti i figli coi pantaloni fradici. «In qualche corso d'acqua, sembrerebbe.»

«*Oh my God*!»

«È l'acqua che ha trovato loro, mi sa», sghignazzava anche Luke, rivolto verso Colin che saltava estasiato dalla felicità per aver avuto ragione: un fiume esisteva! Che poi fosse appena un rigagnolo d'acqua sporca, poco importava: era la prova che consegnava al laghetto il pieno titolo di lago naturale e con questo la possibilità che ci fossero pesci. Un rivolo d'acqua talmente piccolo che ci erano finiti dentro senza accorgersene, infrattato com'era fra le frasche.

Nina scoppiò a ridere al vedere che dei tre, alla fine solo Colin era rimasto asciutto. Mentre, neanche a dirlo, Matt e Derek erano da strizzare, dal polpaccio in giù. Con quelle espressioni esultanti, nonostante tutto.

«Ridi, ridi, brava!» Monica parlava e intanto svestiva i figli. «Aiutami piuttosto a rimediare a questo pasticcio, prima che si prendano un accidenti. Mi ci voleva anche questa! Dobbiamo tornare in albergo col freddo che fa, mi ci manca solo di riportarli a casa malati. Svelta, prendi questi!»

Un coro di *NOOOOO* all'unisono si alzò prima che finisse la frase e fu subito chiaro che rientrare senza aver fatto il picnic, adesso poi che avevano trovato il ruscello, non era un'opzione per nessuno dei ragazzi, grandi e piccoli. Monica aveva già tirato fuori dalla sua borsa alla Mary Poppins salviette umidificate, disinfettante, due paia di calzettoni e un asciugamano con cui stava strofinando i figli in mutande, mentre Connor, addestrato da otto anni di inconvenienti simili, stava operando in autonomia, strizzando con forza bruta i gambali bagnati. Le esperienze passate avevano insegnato loro per filo e per segno la lista di ricambi da portare con sé ogni volta che mettevano i piedi fuori casa.

La decisione fu unanime o quasi: avrebbero pranzato subito in un punto ben esposto al sole, chi in mutande chi no, sperando che nel frattempo il sole di ottobre facesse ancora il suo lavoro e asciugasse quanto possibile pantaloni e scarpe, per rientrare subito dopo e sperare di evitare un malanno con un bel bagno bollente.

Nina guardava la scena e considerava ancora una volta quanto la stupisse Monica in queste circostanze: tanto svampita per certe cose, quanto organizzata con figli e lavoro. Dalla sua borsa, negli anni, aveva visto uscire qualsiasi cosa e ogni volta era stata certa che avrebbe risolto l'imprevisto a suo modo: era un set di pronto intervento vivente, cosa che lei non era mai riuscita a essere.

Magari certi superpoteri vengono concessi in dotazione quando diventi mamma. Magari sarebbe capitato anche a lei di portarsi dietro i calzettoni di riserva per andare a cento metri da casa.

Connor in questo era il perfetto complemento nella coppia: visto dall'esterno sembrava il terzo figlio, quello a cui devi dire di no al pari degli altri due; eppure, era sempre presente, occhi sull'obiettivo, ogni volta che Monica si perdeva nelle sue chiacchierate fiume al telefono con la madre, o su una panchina con le amiche... o in effetti con chiunque le passasse a tiro. Sembrava si fossero divisi le responsabilità: dove uno aveva mancanze, sopperiva l'altro. E anche adesso lì sul prato con tutto quel ben di Dio spazzolato in un attimo, coi bimbi che già correvano nel bosco in mutande, entrambi sembravano sereni nel chiacchiericcio sonnacchioso post pranzo, ma l'occhio che si voltava a vedere se qualcuno fosse finito in bocca a qualunque animale selvatico, da parte dell'uno o dell'altra, c'era sempre.

Finché, pantaloni mezzi asciutti e vento che iniziava a tirare più forte, non arrivò l'ora di rientrare e quindi di convincere i due a rivestirsi, con qualche promessa improvvisata sul momento.

Nina rimase seduta sull'erba a godersi l'ultimo spiraglio di sole, mentre poco vicino gli urletti dei bimbi le facevano misurare la beatitudine di non dover essere lei a occuparsene, assieme all'idea, a data da destinarsi, che un giorno potesse toccarle la stessa sorte. In quel momento si avvicinò furtivo Luke e le si sedette a fianco.

«Avevi ragione tu stanotte, ci ho pensato», iniziò senza preamboli, serio, lasciandola corrucciata a studiare nel vuoto se mai avesse pronunciato parola quella notte. E, nel caso, quanto sbagliata potesse essere stata. Non sembrava, però.

«È vero: Karen aveva bisogno del suo tempo per rielaborare il tutto. E non so se ci sia riuscita o no, ma adesso è arrivato il mio, di tempo, per far qualcosa. Ho pensato che devo andare da lei, basta rimanere qui e aspettare il niente. Devo andare. Ma ho bisogno del tuo aiuto. Posso lasciarti Colin?»

SCENA 10

Old times

La mattina dopo era giorno di partenze.

Monica e gli altri avevano concluso il loro weekend di relax nella natura, riportando adesso la natura al suo relax, e stavano preparando l'auto. Luke aveva parlato la sera prima con Colin e si erano accordati, assieme a Nina: sarebbe stato via per la sola giornata di domenica e rientrato prima di sera: questioni di lavoro, questa la scusa che doveva evitare troppi pensieri al bimbo. Il bimbo aveva in prima battuta obiettato che era strano richiamassero il papà al lavoro proprio di domenica, perché di solito stava a casa tutti i fine settimana. La cosa aveva lasciato un minuto di sconcerto nei due adulti, che avevano sottovalutato, come si fa sempre, l'intelligenza di un bambino. Ma fortunatamente, qualsiasi fosse il motivo, per Colin non c'era problema: gli stava bene rimanere con Nina per un giorno, specie dopo la promessa di un giretto in città a cercare un giochino in regalo. Mossa sempre vincente.

Anche Monica aveva seguito tutti i movimenti da lontano e, dopo che aveva saputo a grandi linee la storia di Luke e della moglie, si era proposta di rimanere fino a sera per aiutarla a tenere il bimbo; ma Nina l'aveva rispedita verso il resto della famiglia: «Non ce n'è bisogno: Colin e io faremo un giretto a Charlottesville e m'inventerò qualcosa che lo possa distrarre. L'ho visto rimanere da solo nei giorni prima del tuo arrivo: è un bambino che sa intrattenersi. In qualche modo farò, ce la caveremo benissimo. È solo un giorno, dopotutto!»

«Sicura? Un conto è un bambino tranquillo col padre a portata di mano, un altro è quando il papà non c'è: potrebbe diventare ansioso senza darlo a vedere e tu non avresti nessun supporto. *No, listen, I stay with you.*»

«*Go away*! Ce la caveremo benissimo. Voi dovete rientrare e sistemarvi, domani devi andare al lavoro e i bimbi a scuola. Anzi, ricordati la chiavetta: stampa il tutto e fallo vedere al capo. Nel caso mi fai sapere per ogni modifica. Il tempo lo trovo, lo sai. Vai tranquilla. *Really*!»

Monica rimaneva ferma sui suoi dubbi, ma alla fine si era decisa a partire, fra infinite raccomandazioni.

«Ricordati della proposta del capo» disse all'ultimo a Nina.

«*What?*»

«Quella di venire a lavorare fissa in redazione. Potrebbe essere una buona cosa, avremmo più tempo a disposizione per discutere ogni cosa di persona, senza stand-by di risposte d'attendere ogni volta; e lo sai anche tu che ti troveresti bene.»

«Non so, Monica: per tante cose macino meglio da sola. E poi significherebbe trasferirsi ad Alexandria.»

«…che hai sempre detto di adorare!»

«Ok, ma comporterebbe problemi per il lavoro di Dylan.»

«Dylan chi? Quello che non senti da un mese e cinque giorni? Anzi, e sette ormai.»

Colpita e affondata.

E la spinse via. «Monica, ti ci devo buttare in quella macchina, o vai da sola?»

«Brava, brava, non rispondere. Ti scrivo quando arrivo. Tu per ogni cosa succeda col bimbo non tentennare, chiamami! O chiama la polizia, i vigili del fuoco, l'esercito...»

«*Go away!*»

E finalmente, ridendo sotto i baffi, Monica s'infilò in auto e partì.

L'albergo era di nuovo ripiombato nella sua pace, senza gli schiamazzi dei giorni passati. Colin si era scambiato con Matt e Derek non si capiva quale password, per giocare assieme online una volta rientrati a casa, e ora riguardava il pezzetto di carta con orgoglio, per essersi fatto degli amici grandi.

Era il momento anche per Luke di partire: casa dei suoceri era a un'ora di tragitto e arrivando in mattinata, avrebbe avuto l'intera giornata per parlare con la moglie e rientrare all'hotel in serata senza affanni. L'idea, senza dirla a Colin per non creare illusioni e quindi altri problemi, era riuscire a riportare la madre con lui. Ma era ancora tutta da attuare.

«In qualche modo devo riuscire a scuoterla» aveva detto Luke il giorno prima. «Monica e i suoi mi hanno ricordato come dev'essere la normalità di una famiglia e tu che il tempo, se non lo usi, è inutile. Lei ha avuto il suo tempo per star sola, è arrivato il momento per tornare a vivere. Colin ha vissuto un periodo anomalo troppo lungo senza la mamma e adesso è ora di rimettersi in piedi. In un modo o nell'altro.»

«Questo è vero: non lo dice mai, ma sicuramente la mamma gli manca. Cerca però di affrontarla al meglio, non so se sia il caso di insistere, semmai fermati prima che... boh, non lo so, prima di forzare la mano, credo. Poi vedi tu, io neanche la conosco.»

«No, questa volta forzo. Rischio, ma forzo. Non importa se avrà bisogno ancora di tutto il tempo che vuole, lo avrà: ma deve rendersi conto che ha un figlio che non deve pagarne le conseguenze. Troverà i suoi spazi, ma assieme a noi.»

Questa spedizione sembrava mettere angoscia più a Nina che al diretto interessato, così fermo nella sua decisione. Era un bene forzare? Non aveva voluto chiedere dettagli, ma sembrava che fossero passate varie settimane, forse un mese o due, dalla notte del parto. Qualsiasi fosse il tempo, era sufficiente per alzarsi ad andare avanti? Se esisteva, poi, un tempo sufficiente per riprendersi da una cosa del genere.

«Be', sai tu quello che dovete fare» concluse.

Lui sorrise. «No, non lo so. Ma ci provo lo stesso.»

Era in ogni caso un bel tentativo, il suo: insinuare dubbi adesso non era utile a nessuno. E aveva ragione lui a dire che nascondersi in un albergo e vivere di telefonate ad aspettare che qualcosa in lontananza cambiasse da solo, non era pensabile.

Se qualcosa doveva cambiare, doveva essere per la sua presenza, non in assenza.

«Andrà bene, vedrai» disse Nina scacciando un'aura di pessimismo che proprio non serviva. «Andrà bene! Vi aspetto in due stasera. E se non fosse, sicuramente sarà un passo che la aiuterà tanto. È la scelta giusta andare da lei.»

«*Thank you.*» Rispose lui, racchiudendo in una conclusione altri mille discorsi che avrebbero potuto fare, ma che non sarebbero serviti a nessuno. «Grazie per Colin: lo so che ci conosciamo da poco ed è assurdo che te lo lasci, però…»

«Non è assurdo: fai finta che lo stai lasciando al *Baby Care* dell'Ikea: mica li conosci quelli, quando gli lasci il figlio, no? Vedrai, sopravvivremo tutti e due!» sorrise.

Sorrise anche lui all'idea. «Ok. Allora stai attenta a non farlo affogare nella vasca di palline!»

«Proverò. Se me lo perdo, ti avviso.»

Luke chiamò Colin che giocava poco più in là e lo salutò con un abbraccio, senza esagerare, per non far pesare la partenza. Nina guardò l'auto allontanarsi sperando un'ultima volta che quello di lui non fosse un passo azzardato; ma sicura che la moglie avrebbe apprezzato il tentativo. Oppure avrebbe chiamato la polizia perché il marito aveva lasciato il figlio con un'emerita sconosciuta trovata in un albergo.

Era una possibilità.

Dal basso della testolina al suo fianco le arrivava un silenzio che non andava bene. Si accucciò verso di lui: «Allora, Colin, andiamo in città? Abbiamo detto che prendiamo un giochino per divertirci oggi, vero?»

«Sììì!» sbottò il bimbo euforico, già oltre quella frazione di panico che gli era piombata addosso alla vista del papà che andava via.

«Bene! Ho visto che c'è un negozio con tante cose tipiche fatte a mano: sai, come quei blocchetti di legno per costruire delle casette o delle torri, cose così, che se vuoi puoi colorare tu, sennò restano quel bel color legno…»

Lui la guardò sgonfiandosi d'entusiasmo. Il messaggio era chiaro: ai bambini non interessa una cosa artigianale, fatta da mani sapienti con attenzione all'ambiente, né di materiale raro e pietre preziose. Divertente: il giochino doveva essere dozzinale e divertente.

«O qualsiasi cosa tu voglia.» Cercò di correggere il tiro al volo. «Intanto andiamo a fare un giro e vediamo cosa troviamo. Vuoi?»

Colin rispose di sì col fare pensoso di chi inizia ad avere dubbi sulle competenze dell'impiegato appena assunto.

Rientrarono per prendere la giacca e dal suo tavolo Mr. Joe alzò la testa, alla vocina che lo informava urlando che stavano andando in città a comprare un giocattolo. Il vecchio guardò Nina per pesare la situazione e sul perché il bimbo fosse con lei e non col padre; ma evidentemente la cosa lo interessava il giusto e invece di farle domande, si alzò con in mano un'agenda che aveva sul tavolo.

«Andate a Charlottesville, quindi?»

«Sì, facciamo un giretto, Colin e io» si sentì in dovere di spiegare meglio la situazione per dipanare dubbi. «Il papà è dovuto rientrare a casa per la giornata di oggi, quindi faccio io da babysitter a quest'ometto, e adesso stiamo andando un po' a divertirci.»

Lui la guardò in silenzio e a suo buon cuore decise che la spiegazione poteva essere plausibile.

«Capisco. Se andate in città,» continuò il suo discorso dopo l'inciso di lei, «tu sai dov'è il negozio di Mrs. Wood?»

«Sì, l'ho visto passando una volta.»

«*Good*. Allora potresti portarle questo? È l'agenda su cui segna chi chiama per prenotare e stamattina è uscita senza prenderla. La segreteria rigira le chiamate a lei quando è fuori, ma se non ha questo, serve a poco e mi sento in obbligo io di rispondere. Non è che la cosa mi faccia contento, insomma. Avrei da fare, io» disse con fare annoiato.

Nina prese in mano l'agenda che lui si era portato vicino, forse dopo una qualche chiamata che era stato costretto a ricevere: a fianco sul tavolo c'era un telefono portatile lasciato fuori dalla base, che doveva essere servito allo scopo. Certo che un sostituto alla reception in quell'albergo non avrebbe fatto proprio male, eh, ripensò per l'ennesima volta. Il figlio, poi, non si faceva vedere minimamente! Ma che persona era, a lasciare la madre anziana da sola?

«Certo, glielo porto subito, prima dei nostri giri, così non avrà problemi.»

Lui si sedette di nuovo, dopo aver scarmigliato i capelli del bimbo che intanto saltellava facendo perno con le mani sul tavolo. Evidentemente un *grazie* per il favore era considerato fuori luogo o dovuto da altri, non da lui. Non faceva una grinza, nella mentalità degli orchi.

Salutarono e si avviarono lasciandolo già chino alle sue carte, a pensare ad altro che non fosse il mondo fuori.

Il negozio di Mrs. Wood era lungo una stradina affollata all'inizio della *downtown* di Charlottesville e nonostante l'intenzione di andare diretti per consegnare l'agenda quanto prima, in quei pochi passi avevano raccolto un sensibile bottino: bolle di sapone, giornalino con pagine da colorare, pacchetto di caramelle gommose, bibita, pupazzetto di un animale blu non meglio identificato e palloncino giallo di Pikachu, che adesso ondeggiava sopra la testa di Colin. Nina iniziò a fare mentalmente i conti se, nel caso, un figlio avrebbe potuto permetterselo.

Suonò il campanello della porta del negozio e la testa di Mrs. Wood si alzò da dietro un piccolo banco sepolto da qualsiasi cosa si possa immaginare degli anni che furono: orologi, statuine, piatti in ceramica, cappelli, videogiochi. Era difficile definire il posto *modernariato*, ma era difficile anche definirlo in qualsiasi altra maniera.

«*Oh, what a nice surprise*! Buongiorno, voi due!» esclamò sincera la signora, senza alzarsi dalla sedia. Aveva sul grembo una particolare bambola col viso di porcellana cui stava ricucendo l'orlo del vestito.

«*Good morning, Mrs. Wood*!» le rispose squittendo Colin, mentre faceva largo al suo palloncino fra oggetti sparsi a metà strada fra l'essere cianfrusaglia e cose di valore: nel dubbio, sarebbe stato meglio non distruggerli.

«Siete andati a fare spese in città, vedo.»

«Sì, dovevamo comprare un giochino per me, mentre papà non c'è» spiegò il bimbo

«Papà è andato via?» La signora alzò gli occhi verso Nina, chiaramente calcolando se si era persa un ospite mentre era fuori, oppure ne avesse acquisito mezzo in pianta stabile, a servizio dell'albergo.

«Il papà di Colin è dovuto andare via per qualche ora, ma rientrerà entro sera» rispose Nina agli occhi indagatori di Mrs. Wood, prima che quella le addebitasse sul conto anche la camera del soggiorno dei due, per strani rigiri suoi mentali. La signora annuì con un sorriso. «E quindi,» continuò Nina «siamo qui per fare un giretto. E intanto le abbiamo portato l'agenda: Mr. Joe l'ha trovata nell'atrio e credo di aver capito che siano arrivate delle telefonate in sua assenza.»

La signora prese l'agenda, bocca aperta a significare meraviglia: «*Thank you so much, sweetie*, quanto siete stati gentili! Meno male che c'è Joe a controllare tutto mentre io non ci sono. Non so cosa farò quando rientrerà a casa» si prese in giro. «Ecco, vedi: infatti mi ha appuntato un paio di telefonate arrivate questa mattina. È la sua scrittura, questa. Che gentile, è stato!»

Nina la guardava confusa: era normale affidare a un cliente la reception secondo lei? Mrs. Wood ne parlava come se fosse quotidiana amministrazione, ma non lo era affatto.

«Colin, piccolino, ti chiami così vero?» Gli si rivolse e lui annuì. «Dicevi che stavi cercando un giochino per passare il tempo: be', fai un giro nel negozio, vedi se c'è qualcosa che ti possa piacere: qualche giocattolo dovrebbe esserci.»

Colin la guardò perplesso: non era un negozio che si adattasse ai suoi gusti, quello. Ma quando ti dicono che può esserci un gioco, be', cerchi il gioco. E si mise a girare, lasciando andare il palloncino che volò fino al soffitto e lì Nina lo lasciò stare, certa che avesse meno possibilità di far danni stando in alto, che non tirato in giro dalla sua manina a scatti rapidi.

Lo seguì con lo sguardo chiedendosi cosa potesse trovare. L'anziana signora le lesse in viso i dubbi, senza prenderla particolarmente a male.

«Questo negozio ha tanti anni, sai: neanch'io so bene tutte le cose che sono custodite qui. È iniziato tutto più come un hobby, poi tante persone hanno preso a portarmi le loro cose, all'inizio da rivendere, poi per lasciarmele e basta. In pratica è un locale che non ha bisogno di spese per essere riempito.»

Una fonte di lavoro autosostenibile, insomma.

Mrs. Wood continuò: «Ho iniziato molto prima di aprire il Broken Time Hotel con mio marito e anche dopo non sono proprio riuscita a farne a meno: questa è la mia casa. Piano piano ho preso ad andare in giro per i mercatini nelle città che visitavo, *I mean*, in vacanza o durante qualche viaggio, e riportavo a casa oggetti che mi colpivano, per averli in negozio. Per questo trovi di tutto, dal pezzo d'arte alla lampada lasciata da qualche cliente che non se la sente di buttarla. Devo solo tenere bene il conto di tutto, è la cosa più difficile a cui star dietro con l'età. Ma mi spiace rinunciarci. Così mi divido fra i due, negozio e hotel. Tanto la gente che mi conosce sa dove venire a cercarmi, in uno o nell'altro posto. E chi non lo sa in qualche modo riesce a scoprirlo.»

Pareva che la gestione economica del negozio fosse più o meno come quella dell'albergo: completamente a casaccio.

«Scusi, ma nessuno l'aiuta? Ne avrebbe bisogno, con due attività a cui star dietro.»

Fece spallucce. «Mi arrabatto! Qui resto sempre poche ore e all'albergo alla fine cosa possono rubarmi, i mobili?» alzò lo sguardo dal filo rosso che stava facendo passare sotto la gonna della bambola.

«Non so, boh. O rubare oppure andarsene senza pagare, quando lei non c'è.»

«Scappare? *Sweetheart*, esistono le carte di credito, *don't you know*? Se vanno via, gli addebito quanto non hanno pagato.» La guardò sorniona, l'espressione di chi la sa lunga.

Nina s'irrigidì: un'altra lezione di gestione alberghiera moderna da parte di una signora che poteva essere sua nonna o potenzialmente vivere in una tana di elfi, per com'era. E di nuovo, aveva ragione lei!

«E per i mobili» continuò, «cosa vuoi che sia: per la maggior parte sono pezzi datati rimessi a posto con santa pazienza e poca spesa. Non credo che nessuno possa esserne interessato. Fino a oggi nessuno ha mai rubato niente. Al contrario abbandonano cose, come sai. Tante le trovi anche qui dentro, quando non riesco a sistemarle in albergo.»

Nina girò gli occhi attorno a cercare Colin, che intanto stava maneggiando delle statuine di gnomi su una credenza. Se non altro, pensò, dovesse rompere qualcosa la signora non morirà di crepacuore, per come ne stava parlando.

«Ma... suo figlio non l'aiuta?» le uscì detto.

La donna alzò le sopracciglia sulla fronte rugosa. «Mio figlio?»

«Sì, scusi se glielo chiedo. Ma un aiuto sarebbe davvero necessario. Suo figlio Duncan, dico.»

«Duncan?» la signora scoppiò a ridere ballonzolando dentro il suo vestito a fiori mentre Nina era indecisa se doversi sentire offesa o imbarazzata.

Mrs. Wood si ricompose, con quegli occhietti allegri che le scappavano di tanto in tanto. «Da quel che capisco, deduco che hai letto di Duncan sul *notebook*?»

«*Indeed*. Mi scusi, non volevo essere invadente.» E aggiunse in silenzio: *ma se tu lasci un diario a portata di tutti, non puoi pretendere che gli altri non sappiano i fattacci tuoi!*

«Nessun problema, *sweetheart*, non è per quello. Ridevo solo di Duncan.» Si girò, la testa rivolta poco all'indietro, oltre il banco. «Duncan, che dici, tu mi potresti aiutare?»

Nina la guardò storta, allungò lo sguardo e vide il gattone grigio che si confondeva col velluto della poltrona a fianco a lei, e schiudeva gli occhi solo adesso che era stato chiamato in causa.

«Wilson!»

«Chi?»

«Wilson, il gatto!» ripeté Nina a quell'apparizione. Colin alla parola *gatto* lasciò perdere gli gnomi e si buttò a vedere dove fosse, troppo in fretta perché quello, già schizzato sull'attenti, avesse il tempo per fuggire.

«Mi spiace, ma questo gatto si chiama Duncan, non Wilson, *trust me*. È parte della famiglia da quasi dodici anni e lo abbiamo sempre chiamato così. E non ho figli, *by the way*.»

«Oh, be', è giusto. In effetti è un nome che gli ho dato io. Viene spesso in camera da me e in qualche modo dovevo pur chiamarlo.»

«*Never mind*, tesoro: come se a un gatto importasse qualcosa di come lo chiami. Tanto, come tutti, se non vuole non risponde, qualsiasi sia il nome con cui lo chiami.»

Come darle torto.

Riguardò ancora il faccione tondo del micio che veniva spupazzato e subiva il suo destino. La signora continuò.

«L'ho portato qui questo fine settimana perché l'albergo era diventato troppo rumoroso per i suoi gusti. Sapessi quante volte in passato si è nascosto nel bosco per giorni e mi ha fatto preoccupare! Così dalla prima sera dell'arrivo degli ultimi ospiti, l'ho tenuto a casa.»

«Ha fatto bene. I figli di Monica lo avrebbero tormentato per tutto il tempo. L'altra sera gli ho anche lasciato una ciotola vicino alla porta, non vedendolo in giro.»

«Sei stata tu, allora? Grazie del pensiero. Be', non che gli manchi di che sostentarsi, a questo briccone. Elemosina da chiunque gli passi davanti.»

«Sì, l'ho notato.» Il gatto la guardava con la faccia disperata alla ricerca di un salvatore. Ma stavolta gli stava bene: *così impari a farmi stare in pensiero*. E le venne in mente poi: «Quindi non ha figli. È che da come era scritto sul *notebook* non sembrava si parlasse di un gatto, ma di una persona»

La signora annuì.

«Già, mi rendo conto. Quando Ethan, mio marito, ha iniziato a ristrutturare l'albergo, poco vicino abbiamo trovato una cucciolata di micini. La mamma è scappata quasi subito e gli altri con lei. Solo lui è rimasto a gironzolare vicino all'albergo e abbiamo cominciato a prendercene cura noi. Insomma: si era capito da subito, che era rimasto il più tonto, non potevamo abbandonarlo!» Il gatto le rivolse una veloce espressione indignata. «Di fatto è cresciuto nell'hotel prima ancora che fosse costruito e l'attività avviata. Mio marito diceva sempre che lui era il vero proprietario, che aveva iniziato i lavori e portato avanti tutto sempre insieme a lui.» La donna si fermò qualche minuto e Nina attese senza premere sul tempo: ricordare un periodo felice doveva metterle fatica e malinconia addosso.

Finché riprese: «Io non ero d'accordo. Sull'albergo, sai. Avevamo già la nostra età, io avevo il negozio, lui era da poco in pensione dopo una vita passata nei cantieri. Era un ingegnere civile, ha seguito la costruzione di tanti edifici e case dei dintorni. Ma niente: a lui piaceva proprio quel posto. Quando ha saputo che era in vendita - al tempo era poco più di un rudere, non credere - si è intestardito fino a comprarlo e passava ogni suo momento libero a lavorarci. Lui, assieme al gatto, *obviously*. Io a volte aiutavo, ma mi sembrava uno sforzo esagerato per le nostre possibilità. Avrei preferito pensasse a riposare dopo tanti anni di lavoro e magari che andassimo in giro per il mondo a visitare posti sconosciuti. Abbiamo sempre viaggiato molto noi, sai. Abbiamo visto tanti posti insieme e pensavo avremmo continuato ancora a lungo, senza il pensiero di un progetto così pesante come un hotel da mandare avanti.»

Nina ascoltava e non poteva che darle ragione. Immaginava i risparmi di una vita investiti in qualcosa senza garanzie: si sarebbe opposta anche lei.

«Così, siccome anch'io ero una testa dura e non volevo abbandonare il mio negozio per buttarmi del tutto in questa nuova avventura, lui aveva preso a dire che da morto avrebbe lasciato l'albergo al gatto, visto che io non lo volevo. Ma non era proprio così: soltanto non volevo sacrificare il resto. Poi erano anni che avevo il negozio, sapevo dove mettere le mani. In un albergo no.» Trattenne un respiro prima di continuare.

«E dopo, nessuno se lo aspettava, gli diagnosticarono un brutto male e quello in pochi mesi se lo portò via.» Si concesse un minuto di silenzio. «Ethan continuava ad avere il pensiero dell'albergo, diceva che mi aveva messo un peso addosso e ora se ne andava; anche se così non era. Aveva anche parlato di vendere, ma sapevo che sarebbe stato un dolore per lui e io scherzavo, gli dicevo che non potevamo vendere l'albergo perché il proprietario era il gatto e non avevamo il suo consenso. Eppure, credevo di avere più tempo. E lui se n'è andato con quella preoccupazione nel cuore.»

Il gatto in questione, intanto, chissà avesse capito si parlasse di lui, aveva preso a fare le fusa a Colin e accettava le sue carezze senza brontolare, mentre con un orecchio teso ascoltava i discorsi sulle sue proprietà.

«Così è finita che, dopo la sua morte, ridimensionando un po' tutto per riuscire a star dietro a ogni cosa, ho voluto che l'albergo fosse aperto solo a chi veramente aveva bisogno di un posto particolare come quello. Ho fatto il minimo di pubblicità possibile per non avere troppi clienti e troppo chiassosi e sono riuscita a portarlo avanti da sola. Ma allo stesso tempo, per un moto di rivalsa, non ho voluto darla vinta a quel testone di mio marito e ho mantenuto aperto anche il negozio. Faccio le cose a metà, lo so, ma mi va bene così. Sono convinta che anche lui sia contento della mia decisione. Se abbandonassi il negozio, da lassù la vedrebbe come una mia resa alla sua testardaggine. Non sarebbe giusto.»

Ora si spiegavano tante cose: quella malavoglia che aveva alla reception e le sue fughe. Nonostante questo, la cura con cui sistemava le stanze e il giardino, l'attenzione di riservare a ogni cliente la camera che meglio gli si addiceva, l'aver lasciato scritta la storia dell'albergo: in ogni particolare c'erano i due volti di un sentimento contrastante. Viveva di un regalo che le aveva portato via l'amore di una vita, ma che teneva a conservare vivo.

Si divideva tra l'amore verso l'eredità del marito e la protezione verso se stessa, per non privarsi delle sue passioni nonostante tutto. Nonostante la fatica di ogni giorno.

«Certo che, senza alcun aiuto...» pensò ad alta voce Nina.

«Fino a qualche tempo fa lo avevo, l'aiuto. C'era mia nipote che veniva a darmi una mano. Era una ragazza tanto entusiasta, che con la sua energia contagiava anche me: i primi tempi sentivo addosso il doppio della forza, grazie a lei. Era cortese coi clienti: anche se tanto giovane ci sapeva fare, inventava soluzioni per ogni evenienza. D'altra parte,» aggiunse «se hai letto qualcuno dei *notebook*, avrai trovato tante sue pagine: era una chiacchierona anche per iscritto! Scriveva con la penna verde, come anche mio marito prima di lei.»

«Ah, era sua nipote? Io pensavo fosse lei!»

«Io? No, no! Ho ben poco tempo per scrivere, come vedi. Come potrei? Forse qualche mia frase a volte l'hai trovata. Come quando è morto Ethan: era giusto scrivere a favore di tutti i clienti due righe su una cosa che troppo presto aveva lasciato; era giusto farlo con la sua penna verde. Per ricordarlo.»

Nina stava rimettendo insieme i pezzi di tutto ciò che aveva solo immaginato fino quel momento.

«Lo è infatti. È stato un bel pensiero.» Le sorrise, ora che iniziava a capire quella persona che tante volte non era riuscita a decifrare. «E adesso sua nipote non l'aiuta più?»

La donna si fece seria e abbassò poco il capo. Tentennò. «Raramente.»

Lei non chiese altro: aveva sbagliato a parlare?

«*You know*. Prima l'università, poi cose che si complicano, a volte.» Guardò Nina come se dovesse capire qualcosa che invece lei non metteva a fuoco. «Non so se hai letto dell'abito. Insomma, pro e contro di lasciare la propria storia a portata di tutti, no?» Rise con un ghigno amaro.

«Abito? No. In realtà ho letto solo alcune frasi alla rinfusa in un paio di libri. Credo mi manchino interi capitoli di questa storia, allora.»

«Io lo so dov'è!» Una vocina uscì da sotto il tavolo, dove Duncan si era rifugiato per tentare una fuga mal riuscita, e Colin si alzò, col gattone più grosso di lui che gli penzolava addosso, il muso contrariato. «Io lo so! L'ho trovato quando giocavo in biblioteca e papà leggeva il libro!»

Mrs. Wood alzò un sopracciglio, divertita.

«Ti lascio al tuo mentore, allora» disse. «Sembra che ne sappia abbastanza per guidarti.»

SCENA 11

L'abito nella valigia

Fece scattare le chiusure della valigia poggiata su una cassettiera nella stanza degli oggetti dimenticati e quella esplose in una nuvola vaporosa di bianco morbido.

«Te l'avevo detto, che era lì, visto?» disse trionfante Colin, che da quando erano usciti dal negozio non aveva parlato d'altro che della scoperta fatta in un giorno di pioggia, mentre il papà si era messo a leggere in biblioteca e aveva lasciato libero lui di esplorare tra gli oggetti nella stanza a fianco.

Erano rientrati in fretta all'albergo, per la curiosità innescata dal bimbo e dalle mezze parole di Mrs. Wood. Certo, non senza aver prima comprato un tubo di macchinine, un libro con storie illustrate di pirati e una scatola da sei ciambelle da un *Dunkin' Donuts*. Oltre un cappuccino per lei. O quello che così si ostinavano a chiamare.

E del buon pane: per fortuna era incappata in uno dei negozi di *Panera*, l'unico posto in cui la farina avesse senso d'esistere, in quel Paese dimenticato dal dio del pane e che viveva di fette in cassetta molli e dolciastre.

Dio, perdonali, perché non sanno quel che si perdono. Aveva fatto incetta di pagnotte grandi e piccole e di ogni genere di bontà, in una ventata di profumo salato che avrebbe resuscitato i morti. Il tutto mentre Colin la guardava come una folle da assecondare; ma che ne sapeva lui, povero cuore, della fragranza di una vera crosta che ti scricchiola fra le mani? Da tornare in Italia solo per quello!

Arrivati all'hotel e deposti gli acquisti, il bimbo l'aveva trascinata nella stanza degli oggetti, verso quella valigia che l'aveva incuriosita già una volta, ma che mai avrebbe pensato nascondesse una sorpresa del genere: un abito da sposa. Abbandonato a se stesso in un albergo sperduto nel niente.

Che qualcuno potesse averlo scordato non era possibile, doveva essere stato un abbandono intenzionale. E secondo i racconti di Mrs. Wood, la cosa doveva avere a che fare con le frasi in verde dei *notebook* e con la nipote stessa. Bisognava investigare!

Prese una gruccia dal vecchio armadio dov'erano custoditi altri abiti, più quotidiani e, quelli sì, forse dimenticati da clienti distratti, e la vestì con l'abito bianco. Lo appese in cima al mobile e lo guardò meglio. Aveva un corpino di seta opaca con due nastri che s'intrecciavano sui fianchi lungo il busto e la gonna che si apriva morbida sul davanti, in uno scoppiettio di tulle. Un tripudio di bianco luminoso. Lineare il giusto da non sembrare una bomboniera, eccessivo il giusto per essere indossato un giorno solo nella vita. Come di norma.

Stette a guardarlo cercando di immaginare la persona che poteva indossarlo. Non aveva né aloni di macchie né l'orlo scurito dallo strusciare sul selciato; anche se questo non significava non fosse stato indossato e poi mandato in tintoria, per rimanere a memoria di un giorno importante. Poteva essere un abito comprato e ancora da indossare oppure già indossato e riposto. Né era ingiallito, quindi o la valigia aveva fatto il suo lavoro in ermetica perfezione, oppure non era troppo datato. E lo stile, classico alla fine, non indicava un preciso decennio di moda.

Era bello, c'era da dire.

«Nina, *look: a book!*» Colin aveva fra le mani un volume cacciato fuori da una tasca della valigia. «Non lo avevo visto l'altra volta. Ci sono anche le figure dentro: parla di un cavaliere, è roba da maschi! Me lo leggi? Eh, me lo leggi? *Pleeeease!*»

Lei tentennò un attimo. Guardò meglio la copertina: un uomo in armatura sul suo destriero, un mulino a vento. «Ma non hai appena comprato quello dei pirati? Mh, comunque ok. Lo prendiamo, ma solo per stasera e poi lo rimettiamo a posto, va bene? Te ne leggo qualche pagina prima di dormire.»

«*Great! Thank you!*» Il bimbo tutto entusiasta aveva preso sottobraccio il libro e si era diretto in biblioteca. Ma non era quello ora il primo pensiero di Nina: il fatto che le frasi in verde fossero la strada per saperne di più era un ottimo incentivo per non tentennare oltre e buttarsi alla ricerca di indizi. Così racimolò tutto quel che avevano comprato con Colin, lo seguì nell'altra stanza e gli apparecchiò di fronte quanti più oggetti possibile per farlo giocare tranquillo.

Ovviamente, s'illudeva.

Non fece a tempo a tirar giù i volumi e metterseli davanti, che il piccoletto si era già impossessato dello spazio totale del tavolo, rivisitato in qualità di grande pista da corsa. Col libro dei pirati che faceva da monte e il palloncino di Pikachu aggrappato a un aeroplanino, con l'intento di dare un tocco di realismo al volo di quello. E pure le caramelle stavano per finire prima ancora dell'ora di pranzo: non andava bene. Così si convinse a togliergliele dalle mani per portarlo in cucina a preparargli qualcosa da mangiare prima che gli venisse mal di stomaco. Vaglielo a dire, poi, ai genitori!

Le frasi in verde dovevano aspettare, per il momento.

Tirò fuori file di focacce e panini e qualche affettato che era rimasto dalla sera del barbecue e preparò un pranzetto talmente profumato che nessun bimbo, americano e non, avrebbe potuto resistere. D'altra parte, non era avvezza a preparare cibo per bambini, quindi le serviva andar sul semplice. Sedette anche lei a fianco, tirando fuori un tortino di patate e olive da urlo: mica poteva lasciarlo a mangiare da solo, no? E aggiunse poi nel piatto qualche pomodorino tagliato e ben condito a contorno, con due foglie d'insalata a simulare un senso effimero di sani intenti. La cosa aveva funzionato e le caramelle erano state abbandonate su un ripiano in alto, finché non se le fosse ricordate più tardi.

«Sai che la mamma mi fa la pasta tante volte? Il *mac&cheese*, come voi italiani», disse lui sovrappensiero.

«Volevi il *mac&cheese*, tesoro?» Le cascarono le braccia, al pensiero di quel piatto che spesso ritrovava nel menù per bambini ai ristoranti e che si presentava come una ciotolina di pasta corta - maccheroni secondo loro, da cui *mac* -, ricoperta di una crema sciolta di *cheese*. Magari era anche buona, ma non aveva mai avuto il coraggio di toccarla. Né lontanamente di definirla roba *da italiani!*

Ma il bimbo aver scosso la testa: «No, *thanks*. Il tuo sandwich è molto buono. Anche i pomodori.»

«Ok.» Si rassegnò alla bugia bianca. «Scommetto che la tua mamma è un'ottima cuoca. Io, sai, non sono così abituata a cucinare.»

«Imparerai quando diventerai mamma.» Era la logica stringente di un bambino. Gli sorrise annuendo e continuò a guardarlo finché lui riprese, a sorpresa: «Chissà se papà riesce a convincere la mamma e stasera torna con lei.»

Nina si bloccò quella frazione di secondo in più che tradiva la sua sorpresa. «Ma tuo papà è andato al lavoro, mi sembra abbia detto, Colin.»

«Non è vero, dai!» ridacchiò lui. «Lo ha detto anche quando eravamo dalla nonna tempo fa, ma lui lavora coi computer: li aggiusta nel negozio e il negozio alla domenica è chiuso. Lo so che è andato dalla mamma.»

Prima Mrs. Wood con la storia delle carte di credito e l'ascensore, adesso lui che dava l'idea di guardare il mondo senza vederlo, ma capiva molto più di tanti adulti. Le facciate ingannano.

Prima di trovare una risposta adatta, sentì entrare in cucina Mr. Joe, un sacchettino alla mano. Probabilmente il suo pranzo, da prepararsi in santa pace, senza troppi occhi attorno. L'anziano tirò fuori un'espressione di disappunto sul viso nel trovare la cucina occupata, ma dopo un passo incerto entrò ugualmente.

«Quindi siete già di ritorno. Allora il vestito è proprio suo, signorina: auguri, non sapevo.»

«*What*?»

Indicò sul retro, il percorso verso la libreria. «Ti sposi?»

«Oh no, no! Non è mio!»

«No? E chi l'ha lasciato lì?»

«Io. Noi… *I mean*, lo abbiamo tirato fuori da una valigia, ma non so di chi sia.»

«Hai frugato nella valigia di qualcuno?» Alzò un sopracciglio, con la faccia di chi si aspetta le peggiori maniere da una brutta generazione.

«No, *wait a sec*! Non ho frugato da nessuna parte! Era in una valigia nella stanza degli oggetti dimenticati, che già per il nome indica che lì siano oggetti senza proprietario preciso; e inoltre me ne ha parlato Mrs. Wood stamattina. Vagamente, ecco. E siccome Colin sapeva dov'era, siamo andati a vederlo. Tutto qui. Ero... autorizzata!»

Il sopracciglio tornò al suo posto, trasformato nel volto idi chi ha capito più del necessario; e fece un passo avanti, poggiando il sacchetto sul piano di lavoro della cucina.

«*I see.*»

«Non vado a frugare nelle valigie altrui, cosa crede. Insomma, quella valigia sarà lì da chissà quanto tempo.»

«Sì, è lì da molto.»

«Quindi l'ha notata anche lei prima.»

«Non la valigia. Ma conosco la ragazza» disse rivolto di schiena, mentre tirava fuori una padella dalla mensola. «Non sapevo fosse quello il vestito e che fosse in una valigia. A quella non avevo mai fatto caso.»

«Veramente sa di chi è?» Con un moto di sorpresa rigirò la sedia verso di lui per ascoltare ogni cosa: a quanto pareva, era una storia di dominio pubblico!

«Ve ne ha parlato Mrs. Wood?» tentennò.

«No, in realtà ha solo accennato al vestito e detto che c'entra con alcune frasi scritte nei *notebook*.»

Lui iniziò a tirare fuori un pacchetto di carne da dentro il sacchetto per sistemarla sulla padella, senza voltarsi. Erano un paio di hamburger e del bacon. Non si capiva se per dubbio o per disinteresse, sembrava non voler rispondere. Alla fine, si decise: «Credo che prima tu possa leggere quelle frasi, allora. Sono lì, alla portata di tutti.»

Nina si sgonfiò un poco, con un gesto nervoso per l'antipatia che veniva tanto spontanea al vecchio Joe.

«Che buon profumo...» uscì da qualche parte la vocina di Colin, che intanto aveva seguito il piccolo scambio senza parlare.

«Ne vuoi un po'? Per me è troppa, ce n'è, se vuoi. Alla tua età devi mangiare sano, per crescere.»

Altra stilettata: babysitter e cuoca indegna, oltre che impicciona. Prima o poi Mr. Simpatia avrebbe dovuto guardarsi alle spalle!

«Grazie, sì! Ha un buon profumo.»

«Allora,» colse l'occasione lei davanti alla commovente scenetta familiare, «posso lasciarvi da soli? Colin, sei sicuramente in buone mani con Mr. Joe: sono certa che i suoi hamburger sono buonissimi! Così finalmente potrai mangiare qualcosa di sano.» Alzò volutamente la voce sul finale, saltando giù dalla sedia senza intenzione di aspettare risposta. Non che l'uomo si fosse scomposto un minimo per la sua fuga. «Così vado a farmi anch'io una cultura su questa storia del vestito da sposa, visto che qui sembra tutti sappiano e nessuno parli.»

«Io ti ho detto quello che sapevo!» le urlò dietro Colin.

«Sì, sì, è vero, tesoro, non parlavo di te. Quando hai finito, mi trovi di là, va bene?» E agitò la mano, mentre se ne andava.

In un modo o nell'altro era riuscita a svincolarsi, quindi senza perdere tempo ammassò tutti i libri sul tavolo di legno, partendo da dove aveva smesso di leggere la volta precedente.

Scorse diverse pagine, frasette in verde si susseguivano alle risposte o alle domande dei clienti senza gran significato, e lei andò avanti veloce.

Questa sera organizziamo una grigliata di pesce per chiunque voglia partecipare: ci ritroviamo dalle 7 in avanti nel giardino dietro l'albergo. Voi portate qualche amico e voglia di far baldoria!

Parlava della zona barbecue dove anche loro avevano cenato due sere prima. Oppure:

Sono stata qualche giorno via e al mio rientro trovo tutte le camere occupate e una lista d'attesa lunghissima. Grazie a tutti per la pubblicità che avete fatto, ma non esagerate, che poi la proprietaria mi sgrida, perché abbiamo troppa confusione in casa!

In casa. Non *in albergo*. Traspariva un senso generale di intimità, leggendo sia il modo di porsi della ragazza, perché a questo punto era ovvio di lei si trattasse, sia le risposte di chiunque scopriva il posto e tornava qualche giorno, così, senza motivo. Solo per un momento da ritrovare, una frattura nel tempo, senza costruire progetti necessari alla permanenza.

Che poi era anche quello che era successo a lei, dopo il primo impulso di andare per scavare dietro un biglietto da visita: era rimasta ed era tornata solo per godersi il momento. Cose che avrebbe potuto fare anche a casa, una passeggiata, un giro fra i boschi, qui avevano assunto un sapore diverso, nello scorrere del niente lungo le giornate.

Rientro domani verso sera, ho grandi novità: ti aspetto in cucina e prepareremo insieme la cena, voglio raccontarti! Mi sentirai dal rumore delle pentole.

Questo era diverso: un messaggio rivolto a una persona, anche se non nominata. Forse un'amica, una confidente. La zia? No, ovviamente: a lei lo avrebbe chiesto di persona.

Te l'aspettavi una cosa del genere? Io no! Ho bisogno di un aiuto per i futuri acquisti. Vediamoci all'ingresso degli

East Gardens in città. Mi hanno indicato un negozio di abiti che fa al caso mio... io non saprei proprio da dove iniziare! Sono in fibrillazione!

Bingo: un negozio di abiti! Poteva essere quello di abiti da sposa. E com'è giusto si portava l'amica per provarli. Tornava.

Qualche altro messaggio riguardo alle cene, a dolci, alla camera con le lenzuola cambiate, al gatto. Duncan, non Wilson, che da sempre spadroneggiava fra le stanze dei clienti. Le scuse a riguardo erano spesso scherzose, segno che come sempre l'*invasore* sceglieva le sue sistemazioni fra chi era certo l'avrebbe accolto. E poi, qualche pagina più in là:

Sta succedendo così in fretta e mi gira la testa! Non riesco a star dietro a tutto e fra un paio di giorni tu rientrerai a casa, quindi devi assolutamente aiutarmi o mi perderò a fare stupidaggini.

Mi servirebbe tempo per pensare bene a tutto, ma non ne ho e non voglio fare errori. Appena rientri, bussami alla porta: ho bisogno del tuo aiuto!

E subito, la pagina dopo:

Grazie per questi giorni convulsi. Sono stata terribile, lo so, ma mi sembra di dover fare scelte di vita o di morte anche quando sono piccolezze. Sarò solo stanca, devo riprendermi. Mi spiace non salutarti, ma non posso rimanere. Ho lasciato in cucina una cesta con la cena per stasera, il tuo nome sopra. È un piccolo ringraziamento per tutto. Spero di rivederti quanto prima qui e spero mi troverai meno in agitazione. Buon rientro!

Ogni volta senza firma, né nome cui si indirizzasse. Al contrario degli altri ospiti dell'albergo che, però, comunicavano esigenze o complimenti; quindi, era scontato si dovessero far identificare. La cosa strana era che, mentre si riusciva a ricostruire la storia nelle pagine dei normali ospiti seguendo il botta e risposta, in queste sue, più private, non c'erano mai le risposte dell'altra parte e non si riusciva a dare un senso esatto al tutto. Chi era la persona a cui parlava, la ragazza delle pulizie? Lei era l'unica altra persona, per quanto ne sapesse, che bazzicava l'hotel. Era una possibilità. Anche per le richieste di aiuto in questioni di shopping, poteva benissimo essere.

Detto questo, anche la fantomatica nipote appariva un po' ingenua a scrivere questioni personali sul librone dell'albergo. Come stava facendo lei, Mr. Joe o il papà di Colin, tutti avevano modo di ficcare il naso nei suoi affari. Che modo era?

Andò avanti, svariate pagine più in là:

A tutti i gentili clienti e amici: per qualche tempo, se doveste tornare, vorrei avvisare che non mi troverete assieme alla zia a prendermi cura di voi e la cosa mi dispiace molto. Ma ho mille impegni nei prossimi mesi, su cui devo concentrarmi. Spero di rientrare quanto prima. Nel frattempo, la zia Lydia si prenderà cura di tutto: non fatemela ammattire! Ché lo sapete, poi scompare e vi lascia da soli. Chiedete a Joe, se non doveste trovarla al banco della reception. Oppure a Duncan, che sicuramente vi accoglierà con un grugno più gentile se vi presentate con due croccantini alla mano!

Un caro saluto a tutti.

Leah

Una firma, finalmente: si chiama Leah, quindi. Beh, veniva logico in questo caso firmarsi: era a tutti gli effetti un saluto.

Seguivano nelle pagine tante risposte gentili. Qualche augurio, un paio che parlavano anche di esami, immaginava universitari per come venivano descritti. Anche Mrs. Wood aveva accennato a un'università che l'aveva allontanata dall'albergo, quindi poteva essere.

E, rileggendo… Joe? Significava che al tempo già bazzicava il posto? In effetti sì, se lui la conosceva, come aveva detto. E si capiva allora perché a volte badasse alla reception: era diventato una sorta di amico di famiglia per Mrs. Wood. E lei, con la sua smania di non sedimentarsi sull'hotel, ne aveva fatto un suo sostituto, più che volentieri. Si capivano tante cose.

La maggior parte delle comunicazioni non avevano date. Era logico: domande e risposte si risolvevano in giornata o poco dopo, una data serviva a poco. Il *notebook* però, quello che stava leggendo adesso, era riferito agli anni 2016-2018, fino ad un anno indietro quindi. Arrivata alle ultime pagine, sembrava che Leah non fosse ancora rientrata nella struttura perché le poche risposte scritte, veramente centellinate nel numero e per lunghezza, avevano un tono pacato e cordiale, meno frizzante dai toni della ragazza; né era la stessa scrittura, che appariva più consona a una mano matura con linee appuntite e meno tondeggianti. Mrs. Wood, di sicuro.

Si fermò, sovrappensiero. Dalla cucina venivano le voci, quella roca dell'anziano e quella argentina del bimbo, che chiacchieravano. Tutto il resto era silenzio. Era domenica, giorno di partenze per i vacanzieri di una settimana, che aveva imparato erano la maggior parte degli ospiti fissi della signora. Molti erano già rientrati alle loro case, mentre gli altri sarebbero arrivati solo a tardo pomeriggio. Gli unici altri rumori erano i passi della cameriera che veniva ogni mattina a rifare le camere lasciate vuote e usciva verso l'ora di pranzo, portandosi dietro sacchi di lenzuola, accappatoi e asciugamani da lavare. Era un'ombra, effettivamente, che si confaceva all'atmosfera pacata del posto. Veniva, faceva il suo lavoro, se ne andava senza farsi vedere. Nemmeno una chiacchierata di sfuggita.

L'amica di confidenze di Leah nel *notebook*? L'età poteva coincidere, ma non era detto fosse la stessa, poteva essere cambiata negli anni.

Fuori aveva iniziato a piovere, di una pioggia leggera e luminosa, scaldata com'era dal sole che ancora rimaneva vigile dietro alle nuvole sottili del mezzogiorno. Dalle finestre socchiuse della biblioteca entrava il profumo acre di erba bagnata.

Si chiese se Luke fosse già arrivato a casa dalla moglie e se stessero parlando. Pensò anche che, fosse stata lei al posto suo, avrebbe mandato già una ventina di messaggi e telefonate alla persona cui aveva lasciato il figlio. Ma lei non era la mamma e lui neanche: era il papà. Il che faceva un mare di differenza nell'approcciarsi alla messaggistica da stalker, soprattutto una volta deciso che si fidava delle mani in cui aveva lasciato il figlio. In un momento pregnante come questo poi, in cui l'unico obiettivo era riportare la moglie a una vita quanto più normale possibile, o almeno più vicina all'idea di famiglia che affronta insieme un problema, l'attenzione era sicuramente altrove.

Era ammirevole la sua decisione. Era ammirevole anche la concentrazione sull'obiettivo, che gli aveva fatto dimenticare di lei in qualità di babysitter improvvisata.

Ritornò al *notebook* e scorse pagine. A lungo trovò solo frasi di circostanza in verde e i soliti vari complimenti dei clienti in partenza. Poi alcune indirizzate al solito fantasma.

Sono tornata solo per riprendere alcune cose che avevo dimenticato. Lasciarne altre, per avere la scusa di tornare. La zia mi ha detto che avevi solo una prenotazione per ieri notte, che eri di passaggio, quindi non so se ci incroceremo: ne avrei così bisogno... Sono successe tante cose e, se rientri nel pomeriggio, prima che io vada via, mi trovi al laghetto, così parliamo. Di tutto. Ho trovato il libro che mi hai lasciato l'ultima volta. Grazie! So che era il tuo, ci sono ancora alcuni appunti su una pagina riguardo a, non so, immagino vecchi appuntamenti di lavoro. Se non ti dispiace, vorrei tenerlo. Te ne lascio una nuova copia in camera. Spero di vederti. A dopo.

Dopodiché, alcune frasi sconclusionate, fra cui una, di un uomo sicuramente, che scherniva la ragazza offrendosi di andare lui volentieri al laghetto a incontrarla. Subito dopo una frase di rimprovero da un'altra mano che lo accusava di invadenza e brutti modi.

Era questo che intendeva Mrs. Wood, quando aveva accennato ai pro e contro di avere un diario che tutti potevano leggere. Ci si espone a chi non si accontenta di sbirciare in un mondo non suo e si sente giustificato a fare il simpatico. Aveva ragione, era un rischio. Chissà che a volte lei stessa non l'avesse rimproverata di usare il libro in termini troppo personali.

Leah, d'altra parte, sembrava giovane e vivace, e poco avvezza a certe accortezze. Dai discorsi emergeva un'urgenza di aprirsi, raccontare senza considerare le conseguenze. E più i messaggi andavano avanti, più coinvolti sembravano, meno lucidi erano. Il mondo degli altri non esisteva: quello era il suo mezzo per esprimersi in quel momento. E tanto bastava.

Se però parlava di partenze, l'interlocutrice non doveva essere la cameriera o avrebbe trovato il modo per rivederla. Aveva seguito una pista sbagliata, senza dubbio.

Nella pagina dopo una grafia diversa, ma sempre colorata di verde, riportava:

Parto stasera. Se mi leggi, troviamoci al solito posto.

A seguire, note altrui, commenti sui giorni; frasi in blu, frasi in nero, frasi a riempire fogli inutili mentre Nina cercava la storia che andasse avanti, neanche fossero pubblicità irritanti fra una puntata e l'altra di un film.

Finché, una pagina intera a caratteri cubitali e grafia curata, annunciava gioiosa:

May 16th, 2017
Abbiamo il grande piacere stasera di invitarvi alla Festa di Fidanzamento della nostra piccola Leah. Chiunque abbia voglia di unirsi a noi, sia il benvenuto! Vogliamo sia una grande celebrazione della nostra e sua felicità! Venite a pance vuote, non mancheranno di aspettarvi tutte le leccornie che riuscirò a preparare: solo per stasera, dopo anni, il ristorante al Broken Time Hotel riapre i battenti e vogliamo avervi tutti stretti assieme. Siate felici per noi!

SCENA 12

Piove, la domenica

Pioveva più forte, ora. Di quelle gocce grosse e lente che accompagnano i pensieri con pigrizia e lavano il paesaggio senza disturbare. Quella pioggia da tazza di tè fumante in mano e silenzio.

Entrò in biblioteca Mr. Joe, trascinandosi per mano Colin e una manciata di macchinine, che sparsero sul tavolo perché il bimbo potesse ricostruire la sua pista. Facevano tenerezza quei due: dalla cucina li aveva sentiti spendere ore a ridere fra loro e guardare programmi per bambini in TV.

L'uomo si sedette sulla poltroncina vicino alla finestra disegnata dalle gocce d'acqua e si afflosciò sul velluto morbido, socchiudendo poco gli occhi per la stanchezza di troppe chiacchiere e allegria insieme.

«Ah, ragazza mia» disse, «era tempo che non c'erano tante voci e novità in questo albergo. Prima la tua amica, poi questo scapestrato qui. Tu che tiri fuori abiti da sposa dalle valigie. Troppe cose: non ci sono più abituato. Riprenditelo, questo: ho bisogno di fermarmi per un po'.»

Colin alzò la testa al sentir parlare di lui, poi con un sorriso riprese a giocare senza badargli, spingendo le macchinine sul tavolo, poi sulle sedie, poi sulle gambe dell'anziano, appena diventato parte integrante nella pista da corsa.

I bambini fino ad una certa età sono animaletti, pensò Nina: non sentono le parole, guardano gli occhi, ascoltano le intenzioni dietro la voce. Sono istinto puro. E per questo difficilmente sbagliano. È la loro protezione naturale, prima di crescere e dover contrastare cose che non piacciono loro o non capiscono. Poi diventano adulti, cadono dall'altra parte e non si ricordano più di ascoltarlo, quell'istinto. Finiscono per calcolare troppo le virgole, pensando di capire tutto e di poter distillare ogni significato, e dimenticano l'intenzione primaria dietro ai discorsi. Bisognerebbe essere capaci di mantenerlo acceso, quell'istinto, anche quando si diventa capaci di difendersi dalle parole.

«Hai trovato le tue risposte?» le si rivolse Mr. Joe, sprofondato in una calma soporifera cullato dalla musica della pioggia fuori.

Nina lo soppesò con gli occhi per l'ennesima volta. Era un signore sempre a modo, ben vestito del suo panciotto scuro sulla camicia a scacchi, con le mani ruvide e quel tono di perenne rimprovero sotteso, che accetteresti solo da parte di un nonno. Se fosse riuscita a guardarlo così, allora sarebbe andata bene anche la sua antipatia guizzante fra le frasi, che gli sfuggiva senza che ne avesse intenzione. Forse. O forse no.

«Sì, credo. L'abito da sposa era di Leah, quindi. Lei l'ha conosciuta, mi diceva?»

«La conoscevo. La conoscevano un po' tutti quelli che passavano qualche notte qui, non si poteva non notarla. Riempiva le stanze con la sua voce, era sempre intenta a far qualcosa. Era un piacere vederla impegnata, in qualsiasi cosa, perché si capiva che ci metteva passione. Specialmente dopo che il proprietario è morto, lei è venuta ad aiutare la zia ed è stato un bene perché non so quanto avrebbe retto questo posto, se fosse stato per Lydia. Mrs. Wood, voglio dire.»

«Mi rendo conto. Dev'essere stato un brutto colpo per lei.»

«È successo troppo in fretta. Credo non se ne sia fatta una ragione abbastanza per permettersi di provare dolore, al tempo. Sembrava arrabbiata col mondo. Neanche pensasse fosse un brutto scherzo fatto dal marito, l'abbandonarla così, dopo aver costruito per lei questo piccolo castello.»

Ecco che veniva fuori adesso che prima di Leah e prima ancora della morte di Mr. Wood, Mr. Joe era già lì. Lo conosceva, quindi. Conosceva la loro storia.

Volle capire meglio: «Da quel poco che so, la signora non era così propensa ad aprire un'attività del genere: è stata un'idea di lui. Forse per questo non lo ha mai accettato fino in fondo.»

«Oh, puoi scommetterci, *young lady*!» si rianimò lui dal suo velluto. «Ethan era un uomo volitivo e se aveva in mente qualcosa, la faceva. Lydia era abituata a non contrastarlo perché purtroppo per lei ci perdeva sempre: se un'idea gli balenava in testa, un motivo c'era e finiva che era sempre buono. Era inutile dirgli di no: non sarebbe mai tornato indietro sui suoi passi per nessun motivo e soprattutto sarebbe stato sbagliato costringerlo a farlo. Ci vedeva lungo, quello!»

Nina sogghignò, pensando a come non poteva non piacere uno spirito del genere a Mr. Joe, uno che aveva deciso di spartire i pezzi alla famiglia senza dire niente a nessuno, mosso solo dalla sua volontà di farlo. Era normale gli piacesse un tipo così.

Povera Mrs. Wood, doveva aver passato i suoi bravi momenti di scontro con accanto un personaggio come quello che le si stava dipingendo in mente.

«Io mi sono convinto, alla fine, che lui volesse costruire una casa delle bambole, creando questo posto. Dove Lydia, che ama i mobili e tutte queste frivolezze di arredo fatto di merletti e stoffe qui attorno, vedi, potesse passare i giorni ad aggiustare ogni piega, ogni fiore. Questo posto potrebbe vivere da sé, non ha molte spese se non la manutenzione: non è troppo grande da essere un peso, non è così piccolo da non avere una clientela che lo sostenga. I pochi ospiti bastano. Se ne avesse di più, sarebbe un lavoro esagerato per una donna sola, o anche per una coppia già anziana, come all'inizio. Ma se si mantiene così, con le sue poche stanze, è come una grande casa che accoglie ospiti solo quando vuole. Non li costringe a tornare, non cerca fama. È sostenibile.»

«Be', che non cerchi fama lo avevo capito da sola: io ho scoperto della sua esistenza per puro caso, perché mi sono ritrovata un bigliettino da visita in casa. Sennò non lo avrei mai trovato, visto che su internet non esiste!»

«Come, un bigliettino in casa?» l'uomo alzò poco la testa, con nuova attenzione.

«Sì, credo si averlo con me qui, ecco.»

Nina frugò nella borsa lasciata sulla sedia da prima, e ne estrasse il biglietto col disegno *naïf* della casetta che l'aveva condotta fino al Broken Time. Glielo porse, lui lo prese fra le dita grinzose con l'aria di riconoscere un ricordo lontano. Nina aveva notato che i bigliettini sul bancone d'ingresso non erano uguali al suo: avevano il disegno della vallata di fronte e del laghetto. Il che significava che quella era una grafica vecchia, sostituita nel tempo, non sapeva bene quando.

«Ce l'hai davvero.»

«Sì, be', è giusto un bigliettino da visita. Senza questo certo non venivo a nascondermi fin qui in mezzo al niente da Virginia Beach! L'ho trovato in casa.»

Lui la fissò, viso ancora rivolto sul cartoncino, occhi verso l'alto a guardarla senza troppi sforzi per muoversi.

«Se l'hai trovato, c'era un motivo per cui dovevi essere qui. Hai fatto bene a venire.»

Lei cercava di raccogliere i pensieri, ma a conti fatti, a parte la voglia di rimanere qualche giorno in pace e qualche dubbio iniziale sul perché Dylan conservasse il biglietto, non le era mai sembrato di avere un motivo reale per rimanere lì.

Lui le porse indietro il rettangolo avorio a lettere blu e lei lo rigirò ancora fra le dita, allo stesso modo in cui aveva fatto lui prima.

«Quest'hotel chiama solo chi vuole. Lo sa lui chi ha bisogno di abitarlo. Gli altri non li accetta.»

Le sfuggì un sopracciglio alzato in segno di diffidenza: da confidenze del passato a visioni di castelli magici il passo è breve.

«Puoi non credermi,» continuò lui, colta l'espressione, «ma tutte le persone che sono venute qui, difficilmente sono andate via senza aver concluso qualcosa a cui dovevano arrivare. Una decisione, una strada da prendere. C'è un motivo, se sei qui.»

«Non saprei, nel mio caso è giusto una vacanza, solo per riposarmi un po'…»

«Ah!» esclamò quello, sobbalzando di petto per la veemenza della voce, tanto che lei si ritrasse indietro alla reazione inaspettata. «Da quanto sei qui?»

Nina fece mente locale. «Una settimana, dieci giorni, credo» rispose incerta, cercando di quantificare il tempo dal giorno dell'arrivo. Difficile dirlo senza calendario alla mano: i giorni passavano tutti uguali e non aveva appigli temporali a cui aggrapparsi. Giusto gli ultimi tre giorni in cui Monica era venuta l'avevano riportata indietro in una dimensione più reale di quella rarefatta che si respirava in quel luogo. Sì, che fosse un posto particolare, quello lo si percepiva. Ma era facile da spiegare, per com'era isolato da tutto, circondato dal silenzio della valle, senza obbligo alcuno di guardare l'orologio. Anche a casa sua, una volta rimasta sola senza Dylan, le stanze avevano assunto connotati più eterei, le giornate erano state meno precise. Continuava a credere fosse il suo stato d'animo ad aver creato quel limbo strano che stava vivendo, non certo le mura di un albergo.

«*Sweetheart,*» continuò Mr. Joe, «facciamo che sei qui da due settimane buone, te lo dico io che ho tutti i giorni fogli in mano e prendo appunti, per tenere i piedi per terra. Tu da quando sei qui dentro, non ti sei fermata un attimo: prima sei andata avanti e indietro per lavoro, poi il lavoro se lo sei portata qui colleghe incluse, dopo ancora hai cercato negozi in città o ficcato il naso in questioni di altre persone qui attorno, mai viste prima...»

«Mi scusi, ma che fa, mi segue?» Mr. Joe ignorò la sua domanda e continuò dritto con la sua dissertazione.

«...e non credere che gli altri ospiti siano qui per un motivo diverso, eh, mica solo tu. Ognuno ha un suo motivo per esserci, ma di solito non conosce neanche la domanda alla risposta che cerca. Come te, d'altronde. Eppure, qui riesce ad ascoltarsi meglio e resta finché non sente necessità di tornare a vivere, ma mai prima di quello. Quanto coraggio credi che sia servito al padre di questo bimbo, per lasciare suo figlio a un'estranea e prendere la rincorsa per rimettere la sua vita a posto?»

Si girarono verso Colin che nel frattempo era sprofondato in un sonno a bocca aperta con le guanciotte tonde sul tavolo della biblioteca, una macchinina ancora in mano e un equilibrio instabile fra sedia e piano di lavoro.

«Oh, si è addormentato», si sorprese Nina, che di lui si era proprio dimenticata, assorta nella conversazione con Joe.

«*Trust me, young lady*: questo luogo non è una sala d'attesa, non è un posto dove si fa passare il tempo guardandolo scorrere, ma dove si viene per capirlo. Tu lo devi capire il tempo che scorre, sennò è inutile, lo stai buttando. E credimi: non è il tempo quella cosa che ci si può permettere di buttare! Fermati ad ascoltarlo perché se non ti insegna lui qualcosa, non succederà lasciando che se ne vada. Capire questa fessura rotta che hai nel tempo è il solo modo per farlo ripartire come deve. Finché tu non avrai trovato la tua domanda.»

«La mia risposta, semmai.»

«Bah, che importa la risposta!» Fece cenno Joe, sbattendo la mano. «La domanda è quella che devi conoscere. E hai bisogno di tempo per vederla. Poi sarà facile capire la tua priorità e scioglierla. Perché per adesso non la sai!»

Nina lo fissò, scettica. Al tipo mancava il barbone bianco e un bastone per personificare qualche potente mago. Certo, se voleva, i tarli li sapeva mettere: ottimo eloquio.

Da qui però a pensare a qualche strano potere dell'albergo, ce ne passa. Benché avesse indubbiamente un suo fascino: bisognava riconoscere che tanti piccoli particolari lo rendevano diverso dagli altri hotel quindi una certa suggestione, vuoi o non vuoi, poteva esercitare.

Si rigirò attorno per evitare lo sguardo dell'uomo e scorse dietro l'antro della porta la nuvola bianca del vestito da sposa appeso all'armadio. Le tornò in mente il motivo per cui avevano iniziato a parlare, stregonerie a parte, mentre fuori era esploso un vero e proprio acquazzone, e si era alzato un velo di nebbia che nascondeva la campagna attorno, il bosco e le montagne in lontananza.

«E quindi immagino che dopo il matrimonio, e se ho capito bene anche l'università, Leah abbia smesso di venire ad aiutare la zia con gli ospiti. Peccato, da come me la descrive.

Ma magari sono andati ad abitare lontano, per cui non può. È così, che lei sappia?»

L'uomo si era appoggiato di nuovo alla spalliera della poltrona e si frizionava il braccio per qualche brivido di freddo. La temperatura stava cambiando bruscamente. Nina si alzò per chiudere le finestre rimaste aperte da prima, pensando che doveva portare Colin a letto, prima che prendesse freddo. Non sarebbe stato carino riconsegnarlo al padre con la polmonite.

«Non ne ha più saputo nulla?» ripeté, indecisa se sedersi o prendere in braccio il bimbo e chiudere quel pomeriggio di chiacchiere.

«Non c'è stato alcun matrimonio.»

Si bloccò. «Come no?»

«Ricordo che in quel periodo ero tornato qui per l'estate e all'inizio fervevano i preparativi. Anche Mrs. Wood era più vivace del solito e correva fra una faccenda e l'altra cinguettando con la nipote di tovaglioli, sale da pranzo, tutte quelle cose che a una sposa piacciono tanto. E poi, *puff*, non se ne fece più niente.»

«Ma come, *puff*? Così, dopo la festa di fidanzamento, dopo tutto quanto?»

L'uomo alzò le spalle. «Qualcosa era cambiato, non so dirti bene neanch'io. Prima di tutto Leah era cambiata, era più agitata. Ma io da fuori credevo fosse perché si avvicinava il giorno. Mi sembrava normale. Ma a quanto pare no, era successo qualcosa. Ho solo sentito una sera Lydia e la nipote discutere animatamente in cucina, ma non so e non ho certo chiesto per cosa. Ho pensato fosse strano perché erano sempre andate d'accordo quelle due: mai un litigio, un rimprovero anche minimo. Lydia l'aveva sempre lasciata fare come voleva in albergo e non avevano mai avuto motivi di scontro. Quel giorno invece sì, per la prima volta.»

«Quindi crede sia stato perché è saltato il matrimonio, che poi abbiano discusso e lei se ne sia andata?»

Lui girò la testa per fissarla spazientito. «Credi che possa esserci una sola possibilità per cui una decisione così personale possa essere motivo di rottura con una zia che ti vuole bene? Che Lydia si sia potuta arrabbiare, per cosa, un amore finito? Anche avesse cambiato idea e non avesse voluto più sposarsi, può essere motivo per cui cacci tua nipote? Per costringerla a cosa, un matrimonio che non vuole più?»

«Ma no, certo che no.» Nina arrossì.

«Non si discute con un cuore che cambia idea, se ha il coraggio delle sue scelte. Qualsiasi sia stato il motivo, Leah aveva preso la sua decisione. Nessun altro poteva prenderla a nome suo. Né la zia lo avrebbe mai fatto.»

Era ovvio che avesse ragione. *Che modi, però...*

Un braccio di Colin era scivolato giù dal tavolo cui si appoggiava e il suo equilibrio diventato più instabile. Nina lo prese col viso che poggiava sulla spalla, il più silenziosamente possibile perché non si svegliasse, e se lo caricò addosso.

«Porto su il bimbo, così dorme sereno.» Mr. Joe fece un cenno con la testa, mentre si rannicchiava di nuovo dentro la poltrona. «Grazie per la chiacchierata. Mi ha fatto piacere.»

«*My pleasure, young lady*. Penso che riposerò anch'io adesso: la pioggia concilia. Ho lasciato la cucina in confusione per star dietro alla piccola peste; se puoi poi occupartene tu te ne sarei grato, io non sono bravo in questo.»

Già, la cucina: l'aveva proprio scordata. «Non si preoccupi, dopo ci penso io. Anzi, grazie per aver intrattenuto Colin.»

«*You're welcome*!» e con un sospiro si afflosciò ancora più nella poltrona, sprofondando sotto il suo peso.

Nina aprì la porta della sua camera resa scura dal temporale e nel rovesciare il bimbo sul letto, intravvide un'ombra volare da lato, giusto in tempo per non essere schiacciata: il gatto grigio era rientrato a casa, col suo nome nuovo fiammante addosso, il che faceva presumere dovesse essere tornata anche Mrs. Wood. Perché, passi la magia dell'albergo e tutto, ma gatti che prendono un taxi ancora non se ne erano mai visti.

«Sei rientrato, tu!» sussurrò mentre copriva Colin col piumino, piano per non svegliarlo, e abbassava le veneziane lasciando la camera completamente al buio. Poi si fece due conti in tasca, non avvezza alle abitudini di un bambino, e accese la lampada da tavolo, in caso si fosse svegliato e avesse avuto paura dell'oscurità.

Doveva rimanergli accanto finché non si svegliava? Il papà, sembrava, lo lasciava a letto da solo anche la notte visto che qualche sera prima era giù in salotto a guardare la televisione. Poteva allontanarsi, quindi?

Lo guardò. Aveva un'espressione così arrendevole mentre dormiva. Con quelle sopracciglia alte sulla fronte, completamente distese, e le manine a palmi all'insù. Sembrava in pace. Eppure, da qualche parte un minimo d'ansia doveva averla per essere lì, piccolo, in una camera che non era la sua, in un albergo che non era casa, con una persona conosciuta da pochi giorni che non era la mamma. Faceva tenerezza pensare che avesse dovuto passare momenti tanto difficili, indifeso com'era. Chissà quale poteva essere la sua reale coscienza di tutto questo. Chissà il ricordo che ne avrebbe conservato da grande.

Lei della sua infanzia ricordava davvero poco. Aveva immagini fisse come flash di fotografie almeno fino ai sei, sette anni, a spanne. Il primo ricordo vero, forte e chiaro, era stato verso i dieci, la morte della nonna, che ricordava bianca e affettuosa come ogni nonna è agli occhi dei nipotini; e con le mani ruvide, che sentiva ancora sulle sue se solo si concentrava, mentre le accarezzava le unghie, in un vezzo tutto suo. Il funerale, anche allora, era stato il momento più brutto, peggiore di quando i suoi l'avevano svegliata una mattina per darle la notizia, coi visi seri e parole difficili da capire.

Nella stanza buia, con Colin che dormiva nel suo letto, pensò che qualcosa di nebuloso gli sarebbe rimasto di quel periodo, una volta cresciuto. Peccato non poterlo cancellare. Il lutto serve a elaborare una perdita, ma nel suo caso il ricordo di un lutto non compreso era solo confusione inutile.

Poco più in là, accovacciato a terra, Duncan la guardava male. Inizialmente pensò fosse perché le stava leggendo nei pensieri, ma, si rese conto, era più plausibile si trattasse di altro: il gatto piantonava il posto usuale della sua ciotola. E la ciotola non c'era.

«Oh, mamma, Wilson! Anzi, Duncan, ti chiami Duncan, no? Sicuro che non hai mangiato? Non sarò io a farti morire di fame, tranquillo. Ma tu esageri!»

Il gatto aveva i suoi dubbi e li espresse a grugniti.

«Malfidato!» lo stropicciò, prendendolo in braccio in quella sua pelliccia di burro, non senza risentimento da parte di lui che stette al suo posto solo per la possibilità di guadagnare del cibo.

La ciotola l'aveva lasciata nello sgabuzzino della cucina dopo aver capito che lui era scomparso. Quindi scese, ricordandosi solo alla vista del disastro che Mr. Joe le aveva chiesto, si fa per dire, di risistemare. Se fosse passato un branco di lupi, sarebbe stata la stessa cosa: piano cucina e tavolo erano ingombrati da qualsiasi tipo di ciotolame, briciole, macchie non meglio definite e polveri sparse ovunque; il pavimento risentiva di cose che i piani di lavoro dall'alto non erano riusciti a contenere. Mettersi le mani nei capelli era il minimo, ma visto il brontolio del gatto, che più di tanto prolungato digiuno non poteva sopportare, rimandò la cosa e aprì lo sgabuzzino a tirare fuori la ciotola.

«Avete fatto un festino a mia insaputa?» La voce di Mrs. Wood entrò in cucina inaspettata rischiando di farle buttare all'aria i croccantini del gatto, già provato dal ritardo. «O un addio al nubilato, visto il vestito di là.»

«No, non sono stata… in realtà… vabbè, guardi, scusi, in effetti la cosa ci è un attimo sfuggita di mano, ma sto risistemando tutto, mi ci vogliono cinque minuti. Scusi.»

«*No problem*!» rispose lei con aria sorniona.

«E comunque il vestito non è mio!»

«Lo so, tesoro. Vuoi che non riconosca l'abito da sposa di mia nipote?» Mrs. Wood guardò la confusione attorno spaesata per un attimo, poi continuò. «Quindi l'hai trovato. Hai recuperato anche la storia?»

«Sì, all'incirca. Ho letto qualcosa e qualcos'altro mi ha raccontato Mr. Joe.»

Mrs. Wood alzò le sopracciglia allo stesso modo della mattina, in maniera divertita, più che sorpresa. «Joe? Hai capito quel chiacchierone!»

«Ma non ha detto niente di male, devo dire anzi che ha parlato tanto bene di sua nipote. E tra parentesi: il vestito è veramente bello!»

«*Isn't it?*»

«*Marvelous*!» si affrettò a dire lei, fin troppo zuccherosa. Il che era vero, ma in quel frangente e con la cucina disastrata, lo avrebbe detto anche della peggiore palla di tulle da cerimonia.

La donna sorrise e Nina proseguì a braccio, senza saper bene fin dove spingersi.

«Immagino quanto sarà stata bella in abito da sposa.» La guardò di sottecchi, per capire se fosse terreno pericoloso quello che stava pestando. Sembrava di no: Mrs. Wood restava con un'espressione vaga sul viso mentre l'aiutava a tirar su tovaglioli da terra e risistemare le vettovaglie sparpagliate ovunque. Stava ricordando.

«Lo era. Quando lo ha comprato, è tornata qui correndo e ha voluto indossarlo davanti a me. Non lo fanno quasi mai, eh, di fartelo portare a casa, prima di averlo sistemato nei dettagli. Ma lei è fatta così: non le si può dire di no quando le leggi in volto che quella è la sua scelta.»

Un attimo di silenzio e continuò.

«Sembrava fosse stato confezionato pensando a lei. Ma lo sappiamo, le cose non vanno sempre come devono. O forse vanno sempre come devono, ma non come ti aspetti.»

Triste storia, un matrimonio sfumato. Agli occhi di una zia così affettuosa, poi. Era la prima volta che Nina vedeva Mrs. Wood vulnerabile. Magari era dalla mattina, da quando si erano incontrate in negozio, che le era tornato tutto alla memoria e ripensava a quella storia lontana.

Aspettò qualche minuto per capire se volesse parlarne, ma la donna non sembrava intenzionata ad andare avanti, né Nina si aspettava che lo facesse.

Wilson, o Duncan, o comunque il gatto grigio, sazio della sua ciotola ritrovata si era acciambellato su uno sgabello e si crogiolava al suono dei discorsi sussurrati nel silenzio dell'albergo vuoto la domenica, incurante del significato che avessero tante parole.

Finché, senza preavviso, un bagliore del temporale che si stava scatenando fuori cadde troppo vicino, illuminando la

campagna fradicia e le case, ed esplose in un rumore gracchiante prima di buttare tutto attorno nell'oscurità di immagini confuse.

Silenzio.

Dal piano di sopra si sentì un urlo acuto e dei piedini veloci
corsero giù per le scale, agitati.

SCENA 13

Un tempo per ogni cosa

Ci fu un susseguirsi convulso di piedi e voci che si rincorrevano per le stanze dell'albergo e l'imbrunire si fece cupo, senza preavviso, soffocato com'era da nuvole nere e claustrofobiche, diluvio, nebbia. Lo scrosciare della pioggia mescolava i rumori e le grida del bambino si sovrapponevano a suoni irriconoscibili nella confusione generale. Tutt'intorno erano ombre che si accavallavano come spettri, senza forma, se non nei momenti in cui un nuovo fulmine cadeva a illuminare le stanze di un flash bianco e nero che sapeva di irreale.

Nina e Mrs. Wood inciampavano su mobili, cercando di seguire la voce di Colin, finché questa non scomparve completamente. Così, mentre la signora diceva qualcosa di poco chiaro, Nina era uscita sotto la pioggia per cercarlo. Se fosse scappato fuori, con quel temporale, qualsiasi cosa poteva andare storto: dallo stare sotto un albero che attraeva i fulmini al perdersi nel bosco, al cadere in qualche dirupo.

Fradicia e con la testa vuota, sul piazzale di fronte non vedeva traccia di lui, così corse al laghetto, il posto più ovvio dove cercare, ma a prima vista in quel caos d'acqua scaraventata dal cielo non era neppure là. Cercava di aguzzare la vista alla ricerca di un movimento di foglie che le desse un indizio, ma il vento e la pioggia nascondevano le tracce e giocavano brutti scherzi agli occhi. Lo stesso sembrava vicino al ruscello dove erano stati il giorno prima insieme a Monica e gli altri, nel giardinetto sul retro dell'albergo dove avevano acceso il fuoco, e ovunque attorno alle mura di mattoni del Broken Time Hotel, che adesso apparivano nere e indifferenti davanti alla sua paura. Ferme e austere a guardarla dall'alto.

Correva senza senso sull'erba intrisa d'acqua che appesantiva le gambe, e iniziava a sentire un freddo fisico penetrarle nelle ossa, che aggiungeva brividi ai brividi d'angoscia. Dove altro poteva scappare un bimbo spaventato? Che fosse corso in giro a cercare la mamma e il papà? Sapeva che erano lontani. Lo sapeva? Possibile che nella confusione del risveglio l'avesse dimenticato?

Non aveva più idea di cosa farsi venire in mente, se non allargare il cerchio della ricerca, senza realmente sapere verso quale direzione. Anche l'illuminazione nelle strade era saltata e allo stesso modo quella delle case che dovevano essere laggiù, da qualche parte: non si vedevano altro che forme indistinte, e lei continuava a urlare il nome di Colin senza trovare risposta, sotto lo scrosciare martellante di gocce affilate come aghi che le battevano sulle spalle e sui capelli. Incessanti, indifferenti.

Finché alcune finestre dell'albergo si definirono all'improvviso nelle loro forme geometriche, illuminate da una luce fioca che emanava dall'interno e che prima non c'era: qualcuno doveva aver acceso delle candele, o magari una lampada d'emergenza. Corse verso l'ingresso per entrare e chiedere di utilizzare la lampada e continuare le ricerche, ma appena girato l'angolo fu abbagliata dai due fari di un'auto che stava parcheggiando nel vialetto. Ne uscirono due persone, ma lei ne riconobbe solo una.

«Nina! Che fai qua fuori con questo tempaccio? Che succede?» gridò Luke, per farsi sentire oltre la pioggia. L'altra persona, una donna, la stava fissando senza parlare, con uno sguardo atterrito che probabilmente rifletteva il suo, se si fosse vista adesso allo specchio. Nina non riusciva a tirar fuori una sillaba per l'angoscia, neanche per chiedere aiuto: aveva la mente vuota e sottosopra.

All'improvviso, il portone dell'hotel dietro di lei si aprì cigolando e un'ombra minuscola e veloce volò in braccio alla donna, che era rimasta ancora con gli occhi sbarrati, e la strinse forte confondendo il suo piccolo corpo in una massa nera indistinta.

Allora capì. Si girò verso la porta dove due volti sorridevano alla luce di una lampada, un po' alla scena, un po' a lei, col sollievo di mostrarle che tutto era a posto. Colin non era mai uscito dall'albergo. Lei non riusciva ancora a muoversi da dove stava, ritta e malferma in piedi, con l'adrenalina che le defluiva lungo le gambe, facendole tremare. Mrs. Wood le stava facendo segno di entrare, dicendole qualcosa che non le arrivava all'orecchio, per stordimento e freddo.

La luce ritornò poco tempo dopo, conferendo agli ambienti un'aria di normalità ritrovata, come quando ci si risveglia da un brutto sogno.

Era andata così, se lo ripeteva mentre si guardava nello specchio del suo bagno in camera, avvolta in un accappatoio e con gli occhi ancora rossi di paura: Colin si era svegliato per il fulmine caduto vicino e non trovando nessuno, era corso piangendo al piano di sotto: a tentoni, a intuito, verso l'ultimo punto in cui ricordava di essere stato prima di addormentarsi, ossia la biblioteca. Mr. Joe era ancora sulla poltrona, svegliato anche lui dal rumore del temporale, ed era rimasto seduto e intontito un attimo, prima di capire cosa stesse succedendo. Ripresa pienamente coscienza, si era trovato abbracciato al bimbo.

E lei invece era corsa fuori senza pensare, senza una luce, senza un telefono, senza un motivo per scegliere una direzione o l'altra. A cercare un bambino che, se davvero fosse fuggito in quella tempesta, sprovveduta com'era, non avrebbe potuto ritrovare se non per un colpo di fortuna. Non meritato, peraltro!

E se l'avesse perso?

Le era stato affidato per poche ore e lei adesso poteva essere lì, a dover spiegare ai genitori che stava chiacchierando in cucina di un abito da sposa senza pensare a loro figlio, lasciato in una camera d'albergo sconosciuta durante un blackout. No, neanche: non l'avrebbero neanche fatta parlare, l'avrebbero insultata, aggredita, e il punto era che avrebbero avuto ragione.

Farsi coraggio, asciugarsi e vestirsi per scendere nella sala dov'erano tutti, le richiese una fatica immane.

Mrs. Wood aveva preparato un tè caldo e tirato fuori dal suo personale cappello magico dei cookie pronti a scaldare l'ambiente. Colin era stato rivestito, i capelli asciugati e tolte le scarpe bagnate, perché quei pochi metri che aveva fatto di corsa sotto la pioggia per riabbracciare la madre, erano bastati per infradiciarlo. Adesso girava attorno al tavolo in overdose d'adrenalina facendo ammattire il povero Duncan che, fregandosene della confusione, era rimasto immobile nella sua postazione fino a poco prima. *La sensibilità dei gatti durante un'emergenza è proverbiale.*

I genitori del bimbo parlavano con serenità assieme alla coppia di anziani, come se nulla fosse successo e lei, lì sulla porta, si sentiva fuori posto mentre portava la croce di un disastro scampato.

«Oh, sei scesa, finalmente!» Le sorrise Luke, un braccio attorno al collo della moglie. «Allora, dillo che hai perso dieci anni di vita, dopo questo spavento. Benvenuta nel mondo di un genitore» esclamò, ridendo come un ragazzino. Nina si strinse ancora di più fra le spalle, per la vergogna di come le avesse letto in viso il groviglio di nervi che aveva dentro.

«Scusatemi, io non so proprio…» S'interruppe al suono di una voce femminile e al rumore netto di una gomitata di rimprovero allo stomaco di lui.

«Ma lasciala in pace, poverina, non la vedi com'è?» Poi Karen, la mamma di Colin, si rivolse direttamente a lei. «Scusalo, è rimasto a un'età mentale di quindici anni, quando può sfogare le sue frustrazioni su qualcuno. Ti prego, siediti e stai tranquilla, non è successo niente. E in ogni caso molto meno di mille pasticci che ha combinato mio marito rischiando di perdersi il figlio in più di un'occasione» concluse la donna lanciando un'occhiataccia eloquente in direzione di Luke che, tazza di tè alla mano, si godeva l'unica volta in cui non era stato lui a far casino.

Nina si sedette a fianco a loro titubante.

«Io… ho perso la testa. Non ero con Colin quand'è saltata la corrente e lui si è spaventato. L'abbiamo sentito urlare e non capivamo dov'era, non sapevo davvero cosa fare.»

«Non potevi saperlo.» Luke le mise una mano leggera sulla spalla. «Colin ha paura dei fulmini, non sai quante volte è corso per casa urlando allo stesso modo e lo abbiamo ritrovato nell'armadio, a volte, o sotto il letto.» Rise. «In ogni caso non sarebbe mai uscito, appunto perché ha paura dei fulmini. Anzi, mi stupisce che sia corso per quei dieci metri verso di noi quando ci ha visti: è stata una grande prova di coraggio da parte sua!»

«*Daaaad*!» bofonchiò il bambino, alzando gli occhi al sentire parlare di lui in quel modo. E riprese a stropicciare il gatto, che ormai della sua pena si era fatto una ragione e subiva.

In effetti anche quel ragionamento filava: un bambino non esce nella bufera quando ha paura della bufera. Come aveva fatto a non pensarci? Non era riuscita a tenere la mente lucida quel tanto che bastava per capire quale fosse la cosa più logica. Si rendeva conto di quanto avesse perso il controllo della situazione. Aveva circa l'età della mamma di Colin, ma si sentiva ancora così immatura: non sarebbe sopravvissuta a un figlio. O meglio: il figlio non sarebbe sopravvissuto a lei! Che triste presa di coscienza.

Karen le sorrise con fare materno. «Mi spiace che ti sia spaventata tanto, ti posso capire. Con un bambino che non conosci bene, poi!» La guardò: era una ragazza giovane, tradita solo da quegli occhi stanchi, che mostravano più anni di quanto non avesse realmente. Aveva un aspetto deciso, che non le avrebbe dato al sentire i discorsi di Luke: se l'era sempre figurata silenziosa e debole, non con quel sorriso nonostante tutto. Che fosse stato Luke a proiettare, nei racconti, la sua angoscia per la perdita del bambino, tratteggiando una moglie più fragile di quanto in realtà non fosse. O forse quel viso gentile era la maschera necessaria di chi doveva mostrarsi al mondo e al figlio. Una reazione di facciata che richiedeva una forza ancora maggiore per il solo riuscire a simularla.

Anche Luke non era più come lo aveva conosciuto nei giorni scorsi: dava l'impressione di aver riacquistato sicurezza, di nuovo assieme al suo pezzo mancante, traendo da lei la forza per ritornare ad essere se stesso.

Era l'essere insieme che li aiutava, pensò Nina.

«*Sweetheart*, io ho cercato di avvisarti quando ti ho vista scappare fuori: ti ho anche inseguita per dirti che il bimbo era con Joe. Ma tu eri una furia, non mi sentivi.» Mrs. Wood intervenne dall'altra parte del tavolo, con tono colpevole a metà.

«Mi scusi, davvero non ho sentito. Ero nel panico.»

«*I know*. Ma è andato tutto bene. Stai tranquilla adesso.»

Mrs. Wood e Joe, l'una a fianco all'altro, sorridevano alla scenetta di lei accartocciata su se stessa per il rimorso. Ma erano sorrisi benevoli, e chissà che non si fossero ritrovati anche loro un tempo a vivere situazioni simili, chi come padre, chi come zia, e riuscissero a capirla per un certo sentimento di comunanza.

Era una bella atmosfera, quella che si era creata: fra tè e biscotti, e un gatto che ricompensava la paura del bimbo lasciandosi torturare in silenzio.

Si poteva rilassare, adesso.

Le sarebbe venuto da sprofondare sul tavolo e dormire per il calo di tensione, ma era bello anche stare così, fra amici, a ridere dei capelli bianchi che un metro e qualcosa di nanetto potevano procurare.

Quella sera, dopo tanto tempo, per la prima volta Nina sentì la mancanza di Dylan. Forse per lo spirito conviviale del momento, oppure per l'idea di coppia che emanavano i genitori di Colin, nel loro stare insieme senza guardarsi, loro che davano la sensazione di essere completi solo in due.

Forse era stato davvero un periodo strano quello passato, e di sicuro gran parte della colpa era stata sua nell'incaponirsi, per chissà quale ripicca poi, a non chiamarlo. Era stato un tiro alla fune silenzioso e snervante. Non ce n'era stata ragione: cosa stava facendo lei in quel posto, di nascosto da tutti? A quanti messaggi avrebbe potuto rispondere alzando la cornetta invece di digitare monosillabi? Sentì nostalgia di casa, in quel momento, e della vita di tutti i giorni.

«Anzi,» le si rivolse Karen distogliendola dai suoi pensieri, «devo ancora ringraziarti per esserti presa cura di Colin tutt'oggi. Non è stata una richiesta normale, quella di Luke, lo sappiamo tutti.» Strizzò gli occhi girandosi verso di lui, che dal canto suo continuava ad affogare il tempo nei biscotti, facendo finta di niente.

Nina capiva il significato del discorso. Karen aveva ragione: non era stato un atto normale lasciare il figlio a una tizia qualunque, incontrata pochi giorni prima in un albergo. Ma era stato un atto disperato il suo, doveva concederglielo, per il grande amore verso la moglie.

«Da quello che ho capito, aveva proprio bisogno di tornare da te» disse Nina, ancora una volta insicura nell'affrontare un argomento tanto delicato con un'estranea.

Karen lasciò andare di poco le spalle. Era chiaro che sapeva che i suoi due uomini, quello grande e quello più piccolo, avevano raccontato la sua storia privata a una sconosciuta. Ma per qualche motivo, sembrava andasse bene così. Lei stessa aveva imparato che era più facile sfogarsi con chi non conosci.

«Sì, ne avevamo bisogno entrambi» rispose. «Aveva ragione, avevamo bisogno di parlare e stare fra noi per capirci.»

Era un sollievo sentirlo: significava che qualcosa era andato a segno, quindi. Non tutto, chissà, ma qualcosa sì, visto che lei era lì.

«Io ho avuto bisogno di tempo» continuò, «e a un certo punto in quel tempo mi sono crogiolata come in un rifugio, per non vivere giornate che non riuscivo a sopportare. E mi ci sono ammalata, in quel rifugio.»

Luke si era messo a giocare con Colin per liberare il povero gatto dalla sua oppressione. Joe stava aiutando Mrs. Wood a risistemare alcuni piatti rimasti in giro, in qualcosa che aveva l'aria di una scusa da parte dei due, per allontanarsi da un chiacchiericcio privato che tale doveva rimanere. Nina si chiese solo allora, di sfuggita, se i due sapessero la storia della famiglia di Colin. Per la situazione che stavano vivendo, per l'ambiente particolare che era il Broken Time Hotel, non ci sarebbe stato niente di sbagliato. Anzi.

Karen proseguì. «Credo che esisteranno ancora giorni bui e ci saranno momenti in cui non me la sentirò di uscire allo scoperto nel mondo. Ma continuare a nascondersi non fa che peggiorare le cose e non è giusto nei confronti di Colin, soprattutto, ma nemmeno di Luke, che debba sostenere anche me, oltre al suo dolore. Ne ho approfittato fin troppo. Il tempo in queste occasioni ha una doppia faccia: più ti ci aggrappi, più ti si stringe addosso e ti soffoca, non ti permette di andare oltre. Non sarà il tempo che mi aiuterà a dimenticare perché è una cosa che mi porterò dentro per sempre. Che *ci* porteremo dentro per sempre: tutti e tre. Ma dobbiamo conviverci e basta. È successo e non ci possiamo fare niente. Non posso trascinare all'infinito un momento passato. Non voglio più nascondermi dietro al bisogno di tempo. Ne ho bisogno, sì, ma per riempirlo con la nostra vita. Non voglio più avvelenarlo, il nostro tempo.»

Nina sorrise e si ritrovò a pensare a quanto importante fosse stato il gesto di Luke, semplice, avventato e difficilissimo. Aveva dedicato quel poco tempo, pesato così tanto, solamente alla moglie, e alla fine ne era risultato il bene di tutti e tre loro. Per ripartire di nuovo, non come prima perché come prima non si poteva, ma insieme.

L'abbracciò.

Stavolta sì, non trovava motivo per non abbracciare di getto una sconosciuta.

SCENA 14

Storia di un luogo

Colin e famiglia ripartirono la mattina dopo, sul presto. A tutti gli effetti, qualsiasi cosa si fossero detti marito e moglie il giorno prima, avevano addosso l'energia tipica di un nuovo inizio, quando la voglia di riprendere in mano le redini della tua vita accompagna la spinta per correre più forte di prima. Sapeva di normalità ritrovata e di una tenacia tutta loro. Sarebbero rimaste delle ammaccature, era inevitabile, ma andava bene così.

Nina si svegliò tardi invece, con tutte le ossa rotte, neanche fosse reduce da un'influenza che l'avesse colpita di sorpresa. Si rigirò nel letto a occhi chiusi. Questa cosa che le giornate iniziavano con la testa confusa doveva finire!

Era una stanchezza buona la sua, però, risolutiva: Colin e i suoi avevano trovato una nuova stabilità ed era la nota più bella di quella vacanza atipica: invogliava anche lei a un nuovo inizio. Dopo i fatti della sera prima, aleggiava nell'aria un senso di energia frizzante e di voglia di fare, come accade alla fine dell'estate, quando settembre spazza via la calura e butta addosso a sorpresa una frenesia positiva, con tante idee per la testa da attuare.

Aprì gli occhi e si trovò davanti Duncan, che per lei rimaneva sempre un po' Wilson e la fissava, col solito fare indignato per non essersi accorta di lui, saldamente seduto ai piedi del letto.

«*Oh, my God*, sei la mia persecuzione! Adesso chiudo la gattaiola e ti cerchi il cibo da qualcun altro!»

Lui restò fermo sulle zampe, per niente impressionato. Era proprio ora di alzarsi.

Assolti i suoi compiti verso il gatto, aprì il frigo in cucina per frugare fra le provviste fatte il giorno prima: era troppo tardi per una vera e propria colazione e troppo presto per il pranzo; e Nina odiava saltare la colazione! Era un momento sacro della sua giornata e nessuno doveva frapporsi fra lei e la sua tazza di caffellatte, pena il malumore per tutto il giorno; ma oltre un certo orario le scattava automatico il diniego di poter chiamare qualsiasi cibaria *colazione* e quindi niente, doveva rinunciare e puntare su un più generico *spuntino*.

Uno yogurt, magari. O poteva buttarsi su quella splendida focaccia al rosmarino e pepe nero che si era riservata dal giorno prima per il pranzo: da qualche parte dovevano essere rimasti degli affettati, se Mr. Joe e Colin non se li erano finiti.

Più andava avanti e più la fame l'assaliva. Lavorò veloce con quel che c'era in frigorifero, e produsse una cosa meravigliosamente profumata, focaccia ripiena di formaggio e un prosciutto locale che non era niente male; anche se, certo, non era il Parma. E non si fece mancare un bicchierone di *pink lemonade*, buonissima e con tutta probabilità al novantacinque per centro zucchero, che non si era mai spiegata da cosa fosse resa *pink*. Tutto pronto! Qualcuno lo avrebbe chiamato *brunch*, lei lo chiamava *merenda prima di mezzogiorno ché col cavolo che salto il pranzo*. Per condire il tutto, mise su il bollitore dell'acqua per un sano infuso dimagrante: anche la coscienza andava nutrita.

Guardò il telefono per scaricare la posta: spam, un mare di offerte promozionali in vista di Halloween e un'email di Monica, che comunicava erano rientrati sani e salvi alla base e sbuffava che la sera prima aveva provato a chiamarla, ma lei non aveva risposto e questo non andava affatto bene. Chiedeva come se l'era cavata col bambino: Nina non si sarebbe mai sognata di raccontarle che se l'era perso! O meglio, che non se l'era proprio perso, ma che l'aveva pensato. Sarebbe diventato l'aneddoto preferito dell'amica per gli anni a venire e scartò la possibilità!

Nel post scriptum della mail un *visto si stampi* le indicava che poteva preparare il formato definitivo per la tipografia.

Scorse ancora i messaggi: una risposta a un suo curriculum vitae inserito in chissà quale sito di *recruitment* le chiedeva un appuntamento per la settimana a venire.

Per finire un buongiorno da parte di Dylan, dal tono telegrafico come uso nelle ultime settimane, che le accennava a una sorpresa, senza specificare altro.

Magari poteva chiamarlo, per sentirsi dopo tanto e raccontargli le cose successe mentre era via. Aveva voglia di sentirlo e ritornare alla vita di sempre, lui incluso. Qualsiasi cosa avesse avuto da fare in quel posto dimenticato da Dio e dal XXI secolo, non era più tempo per restare: aveva bisogno di rumore, negozi, corse fra gli scaffali di un supermercato e serate fuori, col suo fidanzato o con gli amici dimenticati in città.

La clausura era finita!

Si alzò, con in mano la tazza di infuso dimagrante e l'ultimo pezzo di focaccia, per tornare in camera e vestirsi come si confà a un giorno di rinascita.

Mrs. Wood, tanto per cambiare, non era al bancone. Con tutta probabilità era in negozio, quindi poteva prenderla come scusa per fare un ultimo giro a Charlottesville e andare a dirle di persona che era in partenza la sera stessa, e nel frattempo passare a prendere altro di quel buonissimo pane da riportarsi a casa: non sia mai che alla filiale Panera a Virginia Beach non lo facessero uguale. In quel posto fuori dal tempo valeva la pena tornarci anche solo per quello!

Anzi, poteva tornarci con Dylan: gli avrebbe raccontato tutto, che si era presa una vacanza dopo aver trovato il biglietto da visita mentre riordinava e che al Broken Time si era sentita bene; che potevano qualche volta prendersi un weekend tutto per loro lì, pranzare in qualche ristorantino nei dintorni e scherzare sul fatto che fossero venuti in precedenza, l'uno all'insaputa dell'altra, nello stesso posto. Ossia: quasi all'insaputa l'uno dell'altra. Cioè, lei all'insaputa di lui, una volta che aveva scoperto che lui ci era stato all'insaputa di lei.

Dettagli.

Si mise in macchina e ammirò il paesaggio verde sulle colline che dall'hotel degradavano dallo Shenandoah, stagliato alto dietro di lei. Che bello!

Ormai l'America era diventata un paesaggio familiare.

Quand'era successo? Quand'è che le strade erano diventate conosciute e amiche, smettendo di essere una sequela anonima di righe nere tra spazi verdi e prati coltivati, con le loro rare casette dai tetti grigi e i fienili rossi?

Allo stesso modo a Charlottesville: quand'era che Main street, in cui prima girava contando i passi fra incroci indistinti, era diventata quella strada che si sentiva addosso, così rassicurante e sua?

La testa è strana, pensava: *comanda la vista col filtro dell'abitudine.* Tanto che diventava difficile guardare adesso lo snodarsi dell'asfalto e vederlo com'era la prima volta in cui era stata lì. Se si concentrava, riusciva ancora a ritornare a quella sensazione, quando, da sconosciuta, aveva visto quegli stessi scorci, ancora alieni, di una consistenza nettamente diversa dal dopo.

E le capitava passando per le strade di pensare: *Ecco, quella era la casa con lo steccato rosso, dove ho chiesto indicazioni la sera in cui sono arrivata, ché sul navigatore questa zona non era proprio riportata e mi stavo perdendo. Era davvero così vicina?*

Sono fisicamente due paesaggi diversi, quello del prima e del dopo: si sovrappongono per volumi, ma non saranno mai uguali: è il paesaggio che cambia, e non torna indietro. Ci dev'essere qualche *neurone del nuovo* nella testa, si era convinta, che agisce prima che svanisca il filtro, cada la lastrina e il paesaggio diventi un altro. Quand'è il momento preciso in cui succede, non è dato sapere, ma succede. Sempre.

Era con questi pensieri in testa che Nina arrivò all'insegna dell'Old Times coi suoi pensieri, aprì la porta e si trovò sorpresa, o forse non troppo, di vedere Mr. Joe seduto al bancone.

«*Good morning, ma'am!*» disse lui col fare del venditore consumato che accoglie la cliente abituale. «Hai dormito bene stanotte? Lo avevi detto, eh, che eri venuta per riposare e stai mantenendo la parola, a quanto sembra.»

Sempre quel pizzico di sarcasmo in eccesso, vero, Mr. Joe?

«Sì, in effetti ho dormito fin troppo. Ma è il mio ultimo giorno, sa, e...»

«Il tuo ultimo giorno?» la interruppe lui sorpreso.

«Sì. È l'ora che rientri a casa: ho proprio voglia di tornare. Non credo di aver nient'altro da fare in questo posto.»

Il pensiero dell'uomo che la guardava sottolineando con un'alzata di sopracciglio quel *nient'altro* non aveva bisogno di essere espresso a parole. Ma se fosse, sarebbe stato tradotto più o meno: *perché, qualcosa seriamente lo hai fatto, a tuo avviso?* Ma cercò di sorvolare sulla cosa.

«Quindi» continuò, «sono venuta a chiedere a Mrs. Wood se posso lasciare la camera oggi stesso, anche senza preavviso. Pensavo di trovarla qui.»

«*No, she is not,*» rispose lui, «penso sia andata a fare alcune spese per l'albergo, qualche decorazione per Halloween credo di aver capito, non so; probabilmente è già di rientro, perché aveva dei nuovi arrivi oggi. Ma» concluse, «per lasciare la camera non penso proprio che le serva un preavviso. Vedrai che non farà problemi. *If you actually must go...*» finì la frase con tono interrogativo.

«Sì, se non ci sono problemi conto di andare via oggi. Perché la sento sorpreso?» azzardò lei, per arrivare diretta al punto, visto che tanto lui non avrebbe mollato fino all'ultimo.

«No, per carità, liberissima.»

«*Well, of course!*»

«È che mi sembra particolarmente strano.»

«Cosa è strano?»

«Che tu vada via senza aver trovato quel che cerchi. Non succede mai.»

«Be', magari l'ho trovato, no? E poi, dopo ieri sera, sento proprio una voglia forte di rientrare nel mio tran-tran di tutti i giorni, ho una nuova energia addosso. Credo sia questo che mi mancava: forse dovevo solo ritrovare la voglia di fare che mi era venuta a mancare negli ultimi tempi. *Don't you think?*»

«*Absolutely.* Se lo dici tu, sarà così.»

Mr. Joe rimuginò perplesso, mentre spostava oggetti a caso sul bancone, con falso interesse.

«E lei, invece?» si sentì in diritto di ribattere. «Adesso fa l'antiquario? Pensavo fosse impegnato col suo testamento, oltre, certo, che fare il nonno a tempo perso.»

«Ah, quel bimbetto mi mancherà!» L'anziano s'illuminò al pensiero del piccolo Colin. «Ma li ho visti sereni stamattina in partenza. Per un po' di tempo non avranno bisogno di venire all'albergo. *I mean, I hope so.*»

Ogni volta che parlava dell'albergo, Mr. Joe aveva quel modo di porsi, come se parlasse di un luogo curativo. E anche Nina, ogni volta che parlava con lui, finiva per farsi trasportare dalle sue vaghe allusioni paranormali, neanche fossero cosa da prendere in considerazione, Davvero quell'uomo aveva una pessima influenza su di lei.

«*Anyway, I am done*» aggiunse Mr. Joe.

«Cosa?»

«Il testamento, l'ho finito ormai. Devo solo sistemare qualcosa, ma il grosso è fatto. Sono soddisfatto del mio lavoro. Davvero soddisfatto.» Lo diceva gonfiando il petto, in un moto d'orgoglio.

«Be', sono contenta. Mi è sembrato un lavoro molto faticoso da portare a termine. Era così concentrato!»

«*Pretty much, young lady*! Ho dovuto far quadrare cavilli che neanche il miglior avvocato potrà più riuscire a sbrogliare!»

«Davvero?» Lo guardava, in quell'aria trionfale che Nina non gli aveva mai visto. Faceva tenerezza. Era il suo ultimo obbligo, a suo dire e anche a dire di Monica, e ne era venuto a capo contro ogni preoccupazione futura. Faceva bene ad esserne soddisfatto, e glielo disse.

«I miei complimenti, sul serio. Dev'essersi tolto un peso non da poco: può ben esserne fiero!»

«*Actually I am. Thank you.*» E aggiunse quel *grazie* con una nota più dolce nella voce, segno che le parlava per la prima volta da sua pari, e non come si parla a una ragazzina scombinata. Era un punto d'orgoglio anche per Nina, quell'inflessione.

In un lampo di coscienza, lei si rese conto che quella poteva essere l'ultima volta che vedeva Mr. Joe. E le dispiacque con una stretta allo stomaco che non si aspettava, per quella vecchia ciabatta conosciuta per caso in un ottobre particolare.

«La rivedo dopo in albergo? Prima di andare via, *I mean*» le uscì spontaneo chiedere, allo stesso modo in cui a lui fu chiaro che magari no, potevano non vedersi più e quello poteva diventare una sorta di piccolo addio fra estranei.

«*Maybe*» le disse rassicurante. «Ma se non dovesse essere, mi raccomando di far le cose per bene. Giovinetta come sei, puoi perderti per strada con un soffio di vento. E sarebbe un gran peccato.» Così dicendo, le allungò la mano significando che, per qualche motivo, l'idea era realmente di non rivederla.

Lei gli strinse la mano ancora robusta, nonostante l'età, e rugosa, sentendo un affetto antico passarle sottopelle in quel tocco di terminazioni nervose. Pensò per la prima volta che doveva essere stato un uomo forte da giovane, cosa che gli era rimasta appiccicata addosso ancora ora nel modo di fare, con quella padronanza che si percepiva avere nei confronti del mondo attorno.

E decise, della sua ultima frase, di conservare non il rimprovero, ma il complimento. Perché adesso era chiaro che quello sarebbe stato l'ultimo incontro fra loro. E la cosa le fece salire le lacrime agli occhi, senza aspettarsele.

Lasciò la mano veloce con un sorriso caldo e si voltò per non guardarlo più.

Ripercorse la strada del ritorno sottotono per quell'addio silenzioso e quando arrivò al Broken Time Hotel, passando nuovamente per campi arati, casette sparse e fienili rossi con mucche in abbiocco sui prati, le sembrò di aver dato l'addio non solo a Mr. Joe, ma anche a quei luoghi che per qualche giorno l'avevano cullata.

L'ingresso dell'hotel, col suo giardino curato, le statuine sempre diverse a seconda della stagione, il colore cangiante della facciata, che mutava al riverbero della luce: tutto l'accolse in uno stato di grazia.

Capiva perché Mr. Joe attribuiva al posto un significato magico: non fosse stato altro che per quella sensazione di accoglienza privata che davano i confini della valle coi loro alberi, i monti in lontananza e i colori caldi tipici dell'autunno. Tutto trasmetteva un senso di protezione a chi varcasse i suoi cancelli dai riccioli di ferro nero a disegnarne il nome, e ricevesse il benvenuto nell'atrio dai mobili sconclusionati e antichi. Era come un rientro a casa ogni volta. Il suo, nella fattispecie, era l'ultimo rientro prima di tornare al suo mondo quotidiano. E in un attimo le dispiacque, con la stessa stretta con cui le era dispiaciuto poco prima, all'Old Times, salutare Joe.

Che potesse rimanere ancora un giorno? pensava sulla panchina di fronte all'ingresso, per sentirsi addosso ancora il sole e i colori dell'albergo, prima di salire e preparare le valigie.

«Tanto lo so che sei tutto legno e fai solo finta di essere mattoni» disse a quell'edificio che la guardava con l'aria superiore di chi non deve spiegazioni. «Ma sei bello lo stesso. Chi ti ha fatto, ci ha messo il cuore.»

Poi un rumore, e da dietro la curva sbucò il pick-up di Mrs. Wood. Lei ne scese portandosi dietro buste ricolme di colori arancioni e neri, zucche, scheletri e teli di piccoli fantasmi stracciati.

«*Sweetheart*, che fai, prendi il sole?» le chiese allegra.

Nina sorrise e si alzò per aiutarla, e assieme entrarono a poggiare il tutto sul marmo rosa della cucina.

«Conto di andar via oggi, se non è un problema disdire così all'improvviso la camera» le disse dopo aver pesato le parole e prima ancora la sua volontà.

«*Are you leaving?*» Alzò le sopracciglia e le rughe, Mrs. Wood, in un'espressione sorpresa che ormai Nina riusciva a decriptare.

«*Yes*. Credo di avere varie cose da fare che mi aspettano a casa e voglio iniziare quanto prima.» Continuò, poi, più decisa: «È stato un bel soggiorno. Rilassante e utile, se mi sta spingendo a rimettermi in moto. Non so ancora bene verso cosa, ecco, ma l'energia c'è. È quella che mi mancava ultimamente.»

Lo disse come una giustificazione. Mr. Joe diceva che c'era un perché se era lì e lei stava fornendo il motivo per cui ora non le serviva più rimanere. Se ne convinceva man mano: era quella la spinta che cercava, a riprendere in mano la vita di ogni giorno, ma con più fermezza. Magari avrebbe risposto a qualche proposta di lavoro: era nello spirito giusto per buttarsi e non voleva perdere il momento.

Mrs. Wood le sorrise con un velo di tristezza che non le apparteneva affatto. Per come la conosceva, almeno. «Capisco. Certo, non ci sono problemi per la camera, te l'ho detto: non è un periodo affollato.»

«La ringrazio. Aveva ragione Mr. Joe, alla fine: ero qui per un motivo e probabilmente era questo.»

«Joe? Oh, be', ha sempre avuto idee strane per la testa quell'uomo.» Ridacchiava mentre tirava fuori le vettovaglie appena comprate, senza guardarla. «L'hai incontrato oggi?»

«Sì, all'Old Times.»

«È al negozio adesso?» Alzò lei la testa per guardarla.

«Sì, adesso. Ma come, non lo sapeva?»

«No, in realtà non dovrebbe neanche essere aperto il negozio oggi: lunedì mattina è giorno di chiusura.»

Nina restò perplessa. «Ma come ha fatto allora, ha le chiavi?»

«*Oh, sure*. Sai, torna utile averlo attorno. Ha le chiavi un po' di tutto, qua dentro. Che vuoi: un aiuto amico fa sempre piacere. Poi non è che sia un uomo con troppi impegni, no? Almeno si sente utile anche lui.»

«Be', sì.» Le sorrise Nina di rimando. «Testamento a parte.»

La signora si bloccò di nuovo. «Testamento? Sul serio Joe sta scrivendo il suo testamento?» Si alzò definitivamente da dentro al frigo, tenendosi la schiena con una mano e si diresse verso la prima sedia disponibile dove sedersi, ora con più attenzione al discorso. Sembrava sorpresa, ma a Nina sembrava più sorprendente che non lo sapesse.

«Sì, be'. Non lo ha visto sempre lì nel salottino a scrivere, con in mano fogli, documenti, mappe? Non so da quanto tempo stia qui, però è ben visibile nella sua postazione, non crede?»

La signora scrollò le spalle. «Oh, che vuoi che sia: mica posso star dietro a lui. È sempre da qualche parte a far qualcosa, di solito a leggere o a scrivere. Ci ho fatto il callo: fa parte dell'arredamento, per me. Però non immaginavo si trattasse di questo.» Volse lo sguardo alla finestra aperta sopra il lavabo, pensosa. La tempesta del giorno prima era solo un ricordo. La terra non era ancora riuscita ad assorbire tutta l'acqua e aveva lasciato ampie pozzanghere a favore degli animali del posto, col profumo d'erba che entrava dai vetri più forte del solito.

«Mi scusi, ma da quanto tempo è ospite qui Mr. Joe?» le venne in mente di chiedere: lui era stato molto vago a riguardo.

«Oh, *who really knows*. Da sempre. È una lunga storia, lascia stare.» Sventolò la mano per aria.

Una lunga storia. *Sarà anche un lungo conto a fine soggiorno*, pensò Nina, facendogli due conti in tasca.

«Ma la sua famiglia? Possibile che proprio nessuno si sia accorto che manca da casa, da quanto? Una vita, mi sta dicendo adesso?»

«Alla famiglia ci penso io.» Nina rimase interdetta. La donna continuò: «Lui va e viene: a volte sta mesi, a volte pochi giorni. Poi ritorna alla sua vita, che è quella di un pensionato che avrebbe bisogno di svago, non di riposo. *You know*. Così di tanto in tanto ricevo telefonate dai figli e parliamo un po' di lui. Loro sanno che questa è come casa sua, quindi non hanno bisogno di chiedergli di tornare. Anzi, è più in compagnia qui in albergo e ha più da fare di quanto non abbia a casa, da solo.»

Nina si sedette, decisa ad ascoltare la storia fino in fondo stavolta, perché ne valeva la pena e non sembrava un brutto ricordo da scansare, come quello del matrimonio saltato della nipote. «Lui mi ha detto che nessuno sapeva fosse qui.»

Mrs. Wood la guardò e capì che stavolta le toccava parlare. «Lo immagino. Joe è un vecchio brontolone: che nessuno sappia dove si trovi credo sia la sua ambizione segreta. Per poi accorgersi che si sta annoiando e cercare qualche bimbo che lo faccia svagare un po', *isn't it?*» Rise, ironica.

Sorrise anche Nina. Così fanno i brontoloni: sbraitano per nascondere quel che invece vogliono. O per accentuarlo. Come i bambini.

«D'altra parte,» continuò Mrs. Wood, «è diventato negli anni un tacito accordo: lui mi aiuta per quel che può, qui o in negozio, come hai visto anche tu stamattina, e io gli consento di rimanere per il tempo che gli serve. Te l'ho detto, fa parte dell'arredamento: se accetti l'albergo, accetti di avere Joe attorno.»

Era la prima volta che sentiva un discorso strambo come quello. Eppure, aveva un suo senso, visto che alla signora faceva effettivamente comodo un aiuto. Fosse stato anche solo per due occhi sempre fissi che controllavano l'entrata dal salottino a lato.

Ecco perché lui conosceva tanto della storia dell'hotel. Non aveva certo bisogno di leggere il *notebook*, uno così: lo avrebbe potuto scrivere di suo pugno con le mille storie cui avrà assistito negli anni in prima persona, fra quelle stanze. Magari da lì veniva la forza magica che attribuiva a quelle mura: sarebbe stato comprensibile, visto che per lui era una calamita, ogni volta che aveva voglia di tornare.

Ma non era solo quello: Mrs. Wood aveva altro da raccontare.

«È un rapporto strano, quello che lega Joe a questo posto, *you know*. Devi sapere che quando mio marito ha comprato l'albergo, ti ripeto, al tempo poco più di un rudere, a causa del caos nei confini che col tempo confondono le carte, non ci eravamo accorti che una parte della terra su cui sorgeva l'edificio era di un altro proprietario rispetto al venditore, ossia era di Joe. Sai, terre lasciate a sé stesse: nessuno lo sapeva, neanche chi aveva costruito in buona fede su un appezzamento che credeva gli appartenesse da generazioni. Così, quando saltò fuori la magagna, per non far andare tutto a monte mio marito si propose di comprare anche la terra di Joe. Lui abitava a

Richmond con la famiglia da una vita ormai ed Ethan, perché non rifiutasse, si presentò con un'offerta generosa.»

Nina iniziava a perdersi in un campo che non le apparteneva, quella delle eredità e delle proprietà terriere, ma seguiva il filo, compiaciuta che la signora le stesse raccontando la sua storia.

«Io non ero d'accordo, puoi immaginare: mi sembrava ci stessimo mettendo in un ginepraio senza uscita e si stava parlando di tutti i nostri risparmi, non di poco! Ma Ethan non ne voleva sapere. Ricordo si parlò a lungo a chi spettasse il diritto: una legge diceva che poteva essere Joe a reclamare la proprietà di tutto, costruzione inclusa, e in quel caso noi potevamo farci solo da parte e riparlarne a questioni chiarite. *What a terrible mess, sweetie*, non ti rendi conto!»

La donna si versò un po' d'acqua dalla brocca che campeggiava perenne sul tavolo della cucina e bevve.

«Però, dopo tante discussioni fra noi e il nostro venditore, saltò fuori che a Joe non interessava riscattare l'edificio, né voleva vendere la terra. Venne a casa nostra una sera e ci disse che, leggi o non leggi, lui voleva consentirci di acquistare e non avrebbe mai fatto valere i suoi diritti sulla sua porzione di terreno. Ma voleva mantenerne la proprietà. Senza avere niente da chiedere né in quel momento né in futuro. Solo il permesso di quando in quando, le volte in cui potesse e senza disturbare, di essere ospite da noi.»

«Un accordo privato? Ma il notaio non disse nulla?»

«Oh, al contrario, disse che era una cosa al limite, che un domani qualcuno avrebbe potuto rivendicare diritti vari. Ma alla fine, visto che i due gentiluomini erano d'accordo... Ovviamente io ero contraria, ma non me la sentivo di oppormi a mio marito. Firmarono una marea di carte, una sorta di concessione in cui Joe ci consentiva l'uso del terreno senza vendere effettivamente la proprietà.»

Nina ascoltava con mille dubbi per la testa.

«Non chiedermi di più, *sweetie*, non ci ho capito niente allora e non ci capirei niente adesso se qualcuno me lo spiegasse di nuovo. So solo che furono giorni di grande agitazione per me. Insomma: chi conosceva davvero quest'uomo? I vicini dicevano che era uno andato via tanto tempo prima, a Richmond per lavoro, e non sapevano dirci se fosse il tipo che un domani ci potesse giocare brutti scherzi oppure no. Ma mio marito volle fidarsi: parlarono a lungo prima di arrivare al dunque e alla fine lui decise di testa sua che era una persona che non ci si sarebbe mai rivoltata contro. E così è stato. Anzi, i primi tempi, durante la costruzione, Joe era spesso qui e dava anche una mano in tante cose: sai, Joe era architetto, parlavano la stessa lingua, si trovavano bene insieme.»

«*Yes, I know.*» Le venne da buttar fuori i suoi pensieri: «Scusi, sa, io di queste cose non capisco niente, ma credo, cioè, è possibile che ci siano diritti di proprietà che dopo un tot di anni possano decadere. Non so, forse sbaglio, ma ho sentito qualcosa di simile dal mio fidanzato: che a volte succede di perdere la proprietà per questo motivo e magari adesso il Mr. Joe non è più...» Ma dovette fermarsi davanti allo sguardo severo di Mrs. Wood.

«*Sweetheart*, che lo sia adesso, che lo fosse allora, non è questione di leggi: è un patto di fiducia fra uomini.»

Nina diventò viola. Doveva saperlo, che non era quello il luogo per parlare di leggi. Qui si parlava di patti fra gente per bene. Nient'altro.

«Mi scusi, ho pensato fuori dal contesto.» Piegò la testa contrita. Certo, però, che modi: stava cercando di aiutarla! Avevano mai pensato che potevano essere una bella coppia, lei e Mr. Joe? Tutti e due con quella abitudine da maestrina di bacchettare la gente.

Mrs. Wood sorrise e le diede un pizzicotto leggero sulla guancia.

E Nina sorrise di rimando. «La prego, continui.»

La donna si accomodò meglio sulla sedia, mentre tornava con la mente al passato. «Quando fu inaugurato l'albergo, i primi tempi Joe venne poche volte. Magari un giorno passava per salutare, oppure portava dei fiori, neanche fosse invitato a cena in casa d'altri, pensa. Si capiva che non era qui per rimarcare la proprietà, ecco, ma per il piacere di stare con noi, in un posto cui era affezionato. Finché poco alla volta iniziò a venire più spesso, sempre chiedendo prima se non desse disturbo, ogni volta. Così un giorno a sorpresa Ethan ed io lo abbiamo preso da parte all'arrivo e gli abbiamo presentato la sua camera personale e detto che quella sarebbe stata a disposizione solo per lui, in qualsiasi momento volesse.»

Sorrideva fra sé. «Ricordo ancora la sua faccia, l'avessi visto! Era talmente stupito quando abbiamo aperto la porta della sua nuova stanza, che sembrava pietrificato nel suo panciotto, tutto teso, immobile. Restò sull'uscio prima di affacciarsi nella camera, per minuti e minuti, tanto che noi non sapevamo come reagire: io avevo iniziato anche a pensare l'avesse presa, chissà per quel quale motivo, come un'offesa. Invece alla fine si tolse solo il cappello, se lo portò al petto e ci guardò con gli occhi lucidi, senza dire niente.»

Alzò la testa, che fino a quel momento era stata bassa a guardarsi le mani, e guardò Nina.

«È stato il più grande grazie che io abbia mai ricevuto.»

SCENA 15

Don Chisciotte

Dovevano per forza di cose essere entrati dei ladri, non c'era altra spiegazione. Sennò come facevano cinque valigie a essere sparse aperte per casa, tutto un monte di vestiti stropicciati sul letto, le cassettiere aperte e la cabina armadio stravolta? Chissà cosa stavano cercando quelli! D'altra parte, era evidente: anche il computer lasciato acceso era un indizio di gente entrata alla ricerca di dati. Un disastro!

Nina entrò in casa e le caddero le braccia. Non poteva essere stata lei a lasciare quel macello: una manica di ladri erano necessari alla sua autostima per accettare la visione apocalittica che aveva davanti. Si afflosciò sull'unica sedia non occupata da qualsiasi oggetto pensabile tra fogli, scatole, stoffa di ogni genere, e buttò in mezzo alla stanza la sesta valigia, la sua. Per completezza.

Come facevano gli altri esseri umani a partire per le vacanze e lasciare la casa immacolata? Come faceva lei invece a lasciarla come dopo un bombardamento?

Allungò un braccio. Il frigo era vuoto: giusto qualche uovo, un gallone di latte lasciato aperto, una vaschetta di bacon, si sperava non scaduto. Dalla porta finestra sul piccolo *backyard* uno scoiattolo che sfamava quotidianamente si era accorto del suo ritorno e la guardava da dietro i vetri, torvo per la fame patita a causa della sua assenza.

«Non è che per un paio di settimane il cibo non puoi cercartelo da solo, eh, cocco?» gli disse, mentre già aveva agguantato dal piano di lavoro un sacco di noccioline, che teneva a portata per lui.

Gli scoiattoli erano una delle cose più belle che aveva scoperto in America: a Virginia Beach ce n'erano a frotte. Erano meravigliosi, con quegli occhioni a palla e le loro grandi code morbide. Una volta capito, poi, che la nuova arrivata era propensa a sfamarli, una piccola ciurma aveva preso asilo nel suo giardino e l'aspettava col musetto appiccicato alla porta a vetri ogni santa mattina. Nina li adorava per questo, e loro sapevano di averla in pugno.

Rigirò lo sguardo verso la bolgia trovata in casa, mentre quello mangiava. Non le restava che rimboccarsi le maniche: si ripartiva da lì, da oggi. Avrebbe fatto brillare casa prima che rientrasse Dylan, quando non sapeva, e preparato una splendida accoglienza. Anzi, doveva chiamarlo, era da quella mattina che se lo ripeteva, ma non con quella confusione attorno, prima aveva bisogno di ritrovare il pavimento, anche solo per ristabilire un minimo di ordine mentale. *Si pensa meglio con un pavimento a vista.*

Passò davanti al telefono e vide lampeggiare la segreteria: quattro messaggi. Il primo era muto; il secondo un qualcosa biascicato di Monica, che poi il giorno stesso l'aveva richiamata sul cellulare. Il terzo era di sua madre: avviò la registrazione e la sua voce le arrivò così potente da spaventare gli oggetti attorno, che se avessero potuto si sarebbero rimessi in ordine da soli.

«Ciao Nina! Dove sei? È qualche giorno che non ti trovo in casa, perché non rispondi? Non mi dire che sei ancora in quel posto fuori dal mondo, vicino a *comesichiama*? Ma perché ci sei andata, con tutto quel silenzio, senza un'anima attorno: ma a che ti serve? È tutto a posto? Vuoi che venga io da te? Ci metto un attimo, sai, vado a Malpensa, prendo il primo aereo che trovo e domani sono lì, basta che me lo dici! Oppure vuoi venire tu da noi? Così passi qualche giorno col nonno, che è un po' che ti cerca, poverino, non se lo ricorda bene che sei in America, sai: non è proprio lucido ultimamente. Ogni volta chiede perché non torni indietro la domenica da Bologna, che chissà che brutti giri stai frequentando. Io glielo dico che sei in America, ma lui mi scaccia come se gli stessi raccontando delle panzane. È tanto che non torni, Nina, potresti venire. Prometti che ci pensi? Un bacione grande, tesoro. E mi raccomando, non bere quella brodaglia che chiamano cappuccino, che non lo so cosa ci mettono dentro, quelli. Non ti manca un buon caffè? E mangia come si deve!»

Il potere destabilizzante di una mamma italiana è micidiale: se fosse per lei, ogni settimana i figli dovrebbero rientrare a casa, ovunque siano, chiunque siano. Anche se… a volte il tarlo riesce a insinuarlo, quando punta sul nonno poco lucido o il profumo immaginato di un buon caffè.

Ascoltare quella voce era come coprire le distanze in un secondo. La casa gialla col giardino perennemente scombinato, la cucina odorosa, sempre, a ogni ora del giorno e della notte, Whisky, il suo grosso pastore maremmano che faceva le feste a chiunque, inconsapevole del terrore che incuteva con la sola mole da orso bianco. Certe voci hanno il potere di riportarti a casa, confortevoli, sempre uguali. Quella di sua mamma come quella di Sara, la sua ex coinquilina; o quella di Dylan, certo, come avrebbe potuto non essere così? Quella del nonno. Voci che ti abbracciano. E che se sono lontane, ti mandano in confusione. Anche se il motivo per cui sua mamma si ostinasse a lasciarle messaggi in segreteria invece di chiamarla sul cellulare, rimaneva oscuro.

L'ultima telefonata era di Sara. Appunto.

«Ciao Nina, sono Sara. Ho provato a chiamarti sul telefonino, ma non prende. Ma dove sei, ancora in quell'albergo? Mi hai mandato un solo messaggio appena arrivata e poi sei sparita nel nulla! Ma non dovevi stare solo una settimana? *Anyway*, riproverò più tardi. Volevo chiederti se ti va di bere qualcosa io e te, una sera di queste. Che dici? Quando torni, chiamami. *Kisses!*»

Il messaggio era di quella mattina, lesse: era ancora in tempo per richiamarla e organizzare per la sera stessa, aveva voglia di buttarsi in qualche locale chiassoso, dopo tanto silenzio. Le pulizie potevano aspettare. La richiamò al volo, mentre cercava con gli occhi nel disordine attorno se c'era qualcosa da mettersi in condizioni decenti per uscire. Un po' di *movida*, dopotutto, le avrebbe fatto bene!

Era una serata come non ne passava da tempo: un locale sulla spiaggia vista oceano, zeppo di addobbi a tema Halloween, con bevande nere e cubetti di ghiaccio rosso sangue, zucche intagliate di facce, cameriere con cappelli da strega e Michael Jackson in sottofondo che urlava la sua *Thriller*. Halloween era una cosa seria in America e non c'era momento migliore per lei per buttarsi in quella bolgia: dopo la pace del Broken Time, di nuovo gente, risate, chiacchiere.

Sara era rimasta ad abitare nel loro vecchio appartamento dopo che lei aveva lasciato la stanza per andare a stare con Dylan; e viveva ancora quel periodo della vita, senza pensieri o letti da rifare in due, che si aggrappa con tenacia all'adolescenza. Era uno stile di vita che le si addiceva: non riusciva ad immaginarla senza le sue serate brillanti, le telefonate lunghe ore, i pomeriggi di shopping folle.

«E ti ricordi quando ho dovuto cercare la tua sostituita e facevamo le selezioni? Quante ne sono passate. Non ne andava bene una: ce n'è di gente strana al mondo!»

«Be', poi c'era stata anche quella di ingegneria.» Nina reggeva il gioco dei ricordi. «La bionda.»

«Ma chi, quella stangona bellissima? Oddio, era troppo simpatica, davvero! Mi ha fatto spanciare dalle risate in quella mezz'ora, da morire! Troppo forte. Poi aveva quegli occhi, mamma mia, spettacolari. E doveva essere pure intelligente, mi sembra si stesse per laureare in anticipo. Voglio dire, troppo perfetta, non potevamo andare bene sotto lo stesso tetto!»

«Poverina!» Rise di pancia Nina, al pensiero.

Poco da fare: un'uscita in solitaria fra amiche di quando in quando è benefica per la salute mentale. Specialmente con una come Sara, che si portava dietro dai banchi di scuola e con cui condivideva il modo di concepire il mondo. Con cui era straniera nel nuovo mondo.

In quei pochi anni, Nina aveva imparato cosa volesse dire appartenere a una minoranza. Aveva imparato a sentirsi *europea*. Non semplicemente italiana, con quella fortissima identità nazionale lontana dalla francese, tedesca, o inglese: quante volte si era sentita così diversa anche da Dylan e dal suo stile tanto *british*. Eppure, anche in lui aveva ritrovato una nota sotterranea che li accomunava. Era una radice, scalfita negli arzigogoli di relazioni millenarie, che avevano intrecciato destini e confini. E l'aveva capito solo una volta arrivata in America, cosa significasse quell'essere europei, senza riuscire a spiegarlo a parole, ma forte della differenza con i nuovi amici americani. Perché non te ne accorgi dai film e dalle notizie in TV: te ne rendi conto solo vivendoci a fianco di come funzioni diversamente la loro testa dalla nostra.

È qualcosa che ha a che fare con la storia, nel senso più ampio del termine, quella che filtra sottopelle e neanche lo sai, e costruisce a mattoncini quella personalità da vecchio continente.

Quel che vedeva nel carattere americano, invece, era uno spirito totalmente diverso. Frizzante e rilassato, ma fermo, sicuro delle proprie convinzioni al punto da non porsi domande che non riportassero al concetto del *così si fa perché così si deve*. Non era il perfezionismo tedesco, non era la *grandeur* francese, non era minimamente la fantasia italiana. Era l'americanissima convinzione che il mondo seguisse regole precise e che loro, nella loro freschezza, potessero guardare al nocciolo, semplificato oltre il fumo degli eventi fino a definirsi chiaro, quasi ovvio. Perché il sogno di felicità doveva essere alla portata di tutti, senza complicazioni: solo il nocciolo, solo il pratico.

Era così diversa dalla nostra cultura dei perché.

E tutto questo le diventava più chiaro ogni volta che stava con Sara o qualcuno che in testa aveva le sue stesse rotelle. Con cui non doveva stare attenta, perché sapeva che ogni parola sarebbe stata recepita per quello che era, senza filtri culturali. Né più né meno.

Dopo il periodo al Broken Time poi, sapere di poter parlare liberamente era qualcosa di doppiamente rilassante. Le sembrava di essere rimasta in apnea fino a poco prima e di essere ora tornata nel mondo reale. Le faceva bene.

«Sai che mi ha chiamata tua mamma?» le disse Sara, sghignazzando sotto i baffi.

Nina la guardò, a bocca aperta. «Mia mamma! Quando? E per cosa?»

«Perché non ti trovava al telefono e si stava preoccupando.» Sara scoppiò in una grassa risata.

«Ma non ci posso credere! L'Ambasciata non l'ha chiamata, no? Siamo sicuri? Ma perché poi non mi cerca sul telefonino, invece di chiamare te o lasciarmi messaggi sul fisso!»

«Ma perché tu continui ancora ad avere un telefono fisso, scusa! E con la segreteria persino. A parte il fatto che questa volta ho provato a chiamarti anch'io e non so, dove eri finita, nel triangolo delle Bermude, che non avevi mai campo?»

«Hai ragione, era un posto un po' sperduto. Lo sai com'è la campagna americana, non c'è campo per miglia.»

«Lo so. L'ho immaginato.»

Si fermarono, mentre la cameriera passava a rabboccare i due bicchieri.

E sarà stato l'essere con Sara dopo tanto, aver avuto troppo tempo per pensare in un albergo silenzioso, oppure Dylan lontano, che non era con lei a stabilizzarla nei suoi momenti *blue;* ma finì che le uscirono discorsi nascosti chissà dove, che quella sera avevano bisogno di avere voce.

«Hai mai pensato di tornare?»

Sara alzò la testa dal bicchiere. «Tornare? In Italia? Non so, non credo, almeno non per ora. Siamo arrivate qui da poco e inizio ad ambientarmi solo adesso. Cioè, con la lingua, con gli usi. *You know.* E poi proprio ora che sono riuscita a prendere la patente? Scherziamo!»

Risero entrambe, al pensiero. Sara aveva dato l'esame per la patente americana tre volte, prima di passarlo. Era diventata la barzelletta a ogni cena di amici, italiani e non, perché l'esame della patente, almeno in Virginia, è a prova di scemo: un libretto di trenta pagine illustrazioni incluse, nessuna domanda sul motore, né sulle precedenze perché gli americani seguono la legge del chi-prima-arriva, nessuna precedenza a destra, nessuna domanda su chi passa prima all'incrocio fra la macchinina rossa, blu o gialla. Certo, c'erano alcune differenze di segnaletica e strane procedure da seguire in casi assurdi, come mettere sotto un cervo. Un cervo! Ammesso che *mettere sotto* si addicesse a qualcosa più alto di te. Oltretutto, dopo le risate che si erano fatte mentre studiavano, si erano pure dovute ricredere, perché sì: la possibilità di trovarsi un cervo in mezzo alla strada di notte a Virginia Beach c'era, e non era affatto bassa.

«Perché me lo chiedi adesso?» le domandò Sara. «Che è successo, qualcosa non va sul lavoro?»

«No, no, anzi: figurati, il capo vorrebbe che entrassi fissa in redazione, non più da esterna. Ma non credo sia la mia strada. Voglio sperimentare altro, non so ancora bene.» Ci pensò su un attimo. «E così, sai, sull'onda dell'emotività metti nel calderone anche quello di rientrare, le pensi tutte. Poi basta una telefonata dall'Italia e niente, ti scombussoli. Sono pensieri che vanno e vengono, lo sai.»

«Lo so, le telefonate fanno questo effetto. A volte manca.»

«Già. A volte.»

Si fermarono entrambe a guardare i bicchieri di liquido colorato pieni di ghiaccio. Perché mettono tanto ghiaccio nelle bibite? Gli americani amano il ghiaccio. Lo vendono al *grocery* il ghiaccio, lo producono in quantità, che neanche al Polo.

«E poi come faresti con Dylan?»

«Oh, certo, infatti anche quello è da considerare. Ma te l'ho detto, è solo un pensiero post-telefonata.»

«Sarebbe un problema.»

«Infatti. Lo so.»

Silenzio.

«Dovresti ricominciare tutto, trovare un nuovo impiego. Insomma, lo sai che in Italia è più difficile trovare un lavoro come diciamo noi. Qui basta poco alla fine, un po' d'impegno e di tempo e le opportunità sono infinite. Alla peggio ti tocca spostarti, ma qualcosa lo trovi.»

«Lo so, certo. Quello sì che sarebbe un problema grosso.»

Sara gesticolava, disegnando i suoi pensieri. «Insomma, ti ricordi Luisa? Ti ricordi di come è stata silurata appena saputo che era incinta? Non è accettabile, dai. E tutti gli altri? La fatica che hanno fatto, che stanno ancora facendo per trovare un posto dignitoso senza dover accettare paghe indegne e compromessi. Con una laurea in mano! È avvilente… Tanto sforzo, tanto studio per cosa?»

«Hai ragione, da questo punto di vista.»

Sara più di tutti poteva capire cosa le frullasse per la testa. La conosceva dalle superiori, anche se poi solo in tempi universitari e con le stesse idee di fuga verso grandi orizzonti avevano stretto un legame realmente forte.

«È che a volte sembra un mondo così diverso dal nostro.»

Lei alzò la testa e la guardò fissa. «Nina, non sembra: lo è. È tutto diverso qui, nel bene e nel male. Ma non era quello che cercavamo? Trovare un mondo che avesse un posto per noi, senza che dovessimo adeguarci?»

Ci pensò. «Non parlo del lavoro, su questo hai ragione tu, siamo lontani anni luce. Ma non ti viene da pensare a volte che non riuscirai mai ad appartenere davvero a questo mondo? Come se lo capissi solo in superficie, lo *percorressi* solo in superficie. Accolta bene ovunque, ma con una gentilezza che non riesci a tradurre. Alla fine, non hai l'idea che resterai sempre una cosa diversa da loro? Parlano tanto di *dreamers* e mi infastidisce dovermi identificare a questo modo. È vero che abbiamo un'altra testa, un'altra idea della vita. Non possiamo cambiarlo, quello.»

«Nina, sì: e io lo vedo solo come un vantaggio! Conservare la nostra testa, cambiare gli occhi con nuovi orizzonti. No? È un vantaggio, è una marcia in più per riuscire ad avere l'una e l'altra cosa. È un privilegio quello che stiamo vivendo, sfruttiamolo! Per tornare a casa c'è sempre tempo, ma… non ora. È ancora presto, abbiamo ancora troppe cose da scoprire qui.»

Lei ascoltava e annuiva. «Hai ragione, hai ragione. È che è un peccato, ci sarebbe così tanto da dire anche a casa nostra.»

«Perché sei lontana adesso e ricordi solo il bello. Pensa alla disorganizzazione, alla burocrazia per fare qualsiasi passo, anche nelle piccole cose. Quanto ci hai messo ad allacciare l'acqua nella casa nuova con Dylan? Due ore, tre? Da noi è tutto così aggrovigliato invece, che ti avvilisci prima di cominciare. Quante volte abbiamo rinunciato a un progetto per le troppe barriere? Stupide, inutili barriere?»

Il ghiaccio nel bicchiere iniziava a sciogliersi, mentre lei rigirava il vetro fra le dita. Attorno arrivavano frasi urlate in inglese, che stridevano adesso, con le loro chiacchiere da lingua in codice.

«Vero. Troppe volte.»

Sara le accarezzò un braccio. «Senti» le disse dopo una pausa. «Hai detto che vuoi guardarti attorno? Allora fallo. Qui, ora. Ma fallo sul serio, perché alla fine tu questo Paese non l'hai ancora scandagliato come si deve e ci sono ancora centinaia di sfaccettature che non conosci, lo sai. Voglio dire, sei arrivata qui e mentre studiavi hai trovato il tuo primo lavoro e a quello ti sei fermata. Forse per te andava bene all'inizio e adesso non più: si cresce! Magari devi solo impegnarti a cercare più seriamente quello per cui sei venuta, adesso che conosci il posto e sai come muoverti.»

Nina guardò l'oceano nero della notte dalle vetrate del locale. Sara aveva assolutamente ragione, si disse tra sé. Era quello che doveva fare e non poteva essere una voce al telefono a rivoluzionare tutto. Fino a poche ore prima si sentiva forte della voglia di buttarsi verso un nuovo inizio e adesso, che discorsi stava facendo? Voleva arrendersi per cosa, la mamma che diceva di tornare a casa? Sorrise all'amica.

«Ma quanto sei saggia? Sei cresciuta mille volte più tu da quando siamo sbarcate in America di quanto abbia fatto io. Mi devi fare da manager da adesso in avanti. Da motivatrice. Ti pago!»

«Ok, sarà fatto», rise Sara. «D'altra parte, a ognuna il suo: io ci ho guadagnato in saggezza, tu con l'inglesino. Non siamo messe male, no?»

La notte era bella fuori, chiassosa di stelle e gente sulla passeggiata, e con lo sciabordio dell'oceano che urlava.

Niente scuse: era il momento di ripartire!

Si svegliò la mattina dopo, alla luce appena accennata del giorno, come si fa quando si deve partire per un viaggio e non si riesce a dormire. In fibrillazione per i mille propositi sul suo futuro, voleva vivere i giorni a venire con leggerezza, mettere a posto casa e pensieri, uscire a fare shopping. Aveva grandi piani e più nessun dubbio.

Come, era da gestire.

Una pausa prima della partenza era quello che le serviva per prendere la rincorsa: lo faceva sempre prima di ogni inizio. Tempo fa aveva letto, vai a ricordare dove, la frase di uno scrittore: *'Come faccio a spiegare a mia moglie che quando guardo dalla finestra io sto lavorando?'* L'aveva sempre trovata terribilmente vera, quella necessità di raccogliersi prima di mettere su carta: per buttar fuori qualcosa di buono, fosse una decisione o un lavoro, bisognava concedersi momenti fermi. Leggersi dentro prima di prendere la rincorsa e partire. Le pulizie, in questo caso, aiutavano a pensare. Oltre essere necessarie.

Aveva provato a telefonare a Dylan, ma era irraggiungibile; così gli aveva scritto un messaggio cinguettante che visto da fuori, dopo il broncio mediatico degli ultimi tempi, la faceva sentire molto bipolare. Ma da qualche parte doveva pur riprendere le fila, no?

Good morning darling! Quando torni? Io sono qui a casa che ti aspetto, ho un sacco di cose da dirti e voglio sapere tutto di Londra. Non farti desiderare troppo, torna presto… XXX

Si mise al lavoro, di buona lena, con detersivi e scopettoni di ogni genere; e in un solo giorno di lavoro era tutto in ordine. Guardava l'appartamento soddisfatta; mai visto così! Sembrava pure più grande, col pavimento a vista. Seduta alla scrivania dello studio scrutò tutt'attorno: era raro si sedesse lì, non era il suo posto. Cambiare quella piccola abitudine le faceva vedere l'ambiente da un'altra prospettiva e da quell'angolo tutto sembrava diverso: la casa più ariosa, dinamica. Più bella. Come tutte le cose nuove quando le vedi la prima volta. E quell'angolo le dava occhi nuovi.

Allungò il braccio per prendere la borsetta buttata malamente sul letto e quella cadde, con un tonfo più duro del dovuto: da un comparto che non usava mai s'intravvedeva un libro. Aprì meglio la cerniera: era il libro che Colin aveva trovato nella valigia dell'abito da sposa. Probabilmente glielo aveva messo in borsa, per farselo leggere la sera. Ma nel pandemonio successo dopo, se n'era completamente dimenticata e se l'era portata fino a casa. *Accidenti!*

Lo prese in mano: *Don Chisciotte della Mancia*, di Miguel Cervantes. Aveva una bella copertina illustrata con un disegno pastoso, un cavaliere con la sua lancia, un mulino che sembrava troppo grande per essere solo un mulino, un cielo nero che lo sovrastava opprimente.

Non lo aveva mai letto nonostante la fama: era una sua mancanza. Rigirò il volume sul retro che riportava in sunto la storia che tutti conoscono. Il libro sembrava intonso, mai letto. Lo rigirò sul lato della copertina, la aprì e all'interno lesse una dedica.

Dopotutto, terrò il tuo per me, perdona l'egoismo.
Tu conserva il mio: sarà un piccolo pezzetto di questi giorni volati via. L.

La dedica era scritta in verde.

Nina si bloccò a guardare quelle frasi scritte in piccolo, le lettere arrotondate, brutalmente familiari. Provò un senso di spaesamento, in bilico fra una scoperta e la presa in giro. Non riusciva a staccare gli occhi da quella scritta e non capiva. Si sentiva come se avesse in mano il tassello di un puzzle che non sapeva esistesse. Eppure, erano parole che coincidevano con quanto aveva letto solo pochi giorni prima, in un posto lontano da casa. E adesso, adesso che era tornata alla vita di tutti i giorni, con pensieri da supermercato e biglietti dell'autobus, coi rumori della città tutt'attorno, adesso ripiombava indietro a quelle parole scritte in verde nelle memorie di un albergo.

Possibile fosse lo stesso libro scambiato di cui parlava Leah nei *notebook* del Broken Time? Certo, poteva essere un libro comprato su qualche bancarella dell'usato, con la dedica indirizzata a chissà chi, qualcuno che non l'aveva voluto e l'aveva dato via, no?

No. È proprio vero che la mente si appiglia a tutto quando ha bisogno di difese; e la sua difesa resse così poco, il tempo di sfogliare qualche pagina e fermarsi fra due che trattenevano un foglio di carta strappato. Scritto in verde. Ancora.

Dear Dylan,

Ti lascio questo libro e qualche parola perché tu le possa portare con te: non voglio scriverti dove chiunque possa leggere, lo capirai anche tu. Lo hai capito da tempo, anzi, per ogni volta in cui non mi hai risposto senza spiegarmi il motivo, che senza dirmelo già conoscevo. Per ogni volta in cui continuavo per ingenuità, senza capire cosa ti trattenesse.

È cambiato tutto negli ultimi giorni per me: vedo le cose più chiare e lo devo al tempo passato insieme a te, e insieme a quegli occhi che riuscivo ad afferrare solo per poco, e che non volevo guardare le volte in cui non volevo sapere. Sono cambiata io.

Sono stata invadente forse, ma per l'euforia di averti a fianco: mi hai aiutato a fare chiarezza, anche solo col tuo silenzio, tenendomi per mano nelle mie decisioni, aprendomi gli occhi; e adesso non posso più tornare quella che ero. Mi sono risvegliata da un torpore in cui sprecavo giorni senza vivere davvero.

Non riesco a pensare alla mia strada senza di te e la mia decisione è questa. Avevi ragione, non ha senso continuare così e quindi romperò col passato, lascerò indietro dubbi e incertezze, lascerò indietro la via più facile, perché quella importante la voglio costruire assieme a te.

Non abbiamo più bisogno di messaggi in verde: la prossima volta che ti vedrò sarà tutto diverso.

Lascio il vestito che abbiamo comprato insieme nella valigia: non mi serve più. Voglio iniziare tutto da capo. Vieni a cercarmi presto. Ti aspetto.

Leah

Lesse tre volte la stessa pagina, Nina, in cortocircuito, e fissava quell'inchiostro verde. Senza riuscire a focalizzare quello che stava succedendo, anzi quel che era successo non adesso ma chissà quanto tempo prima, e per quanto tempo. Andava avanti e indietro tra le righe. Si rifiutava di ricomporre i pezzi.

Aveva letto fino a poco prima stralci di vita che le appartenevano e non li aveva capiti.

Si alzò di scatto, con la sedia che traballò rotolando all'indietro. Mise il foglio scritto in verde nella borsa buttata sul tavolo e corse fuori, chiavi dell'auto in mano, la porta di casa sbattuta forte, dietro di lei.

SCENA 16

Smuovere il tempo

Era di nuovo lì, davanti all'ingresso del Broken Time.

Il cielo gonfio di nubi si frangeva sui mattoni bagnati dalla pioggia recente, oggi più pesanti di ieri. Il giardino non così ordinato come ricordava, le finestre opache del buio delle stanze vuote all'interno, le foglie morte ai piedi degli alberi attorno: tutto concorreva a infliggere al luogo l'aria spettrale di un gigante muto accasciato su se stesso.

Uscì dalla macchina affrontando rabbiosa l'edificio dal tetto grigio a spioventi e le sembianze cupe, totalmente diverso da quando l'aveva accolta in vacanza, senza più colori cangianti, senza più traccia di affetto da offrirle. Corse dentro, diretta alla biblioteca senza guardare altrove, il portone in ferro sbattuto contro il muro dietro di lei.

Mrs. Wood la vide e forse cercò di dire qualcosa, ma Nina non le prestava attenzione mentre si toglieva il cappotto e lo buttava sul tavolo scuro della stanza piena di libri, che la osservava tirare fuori tutti i *notebook* dell'albergo e ammassarli sparsi sul piano in legno. In fretta, a cercare il punto da cui aveva smesso di leggere la volta prima.

Per tutto il viaggio aveva continuato a darsi della stupida al pensiero che fino poco prima stava leggendo la storia di un abito da sposa, con un senso di colpa da comare fuori tempo massimo che s'impicciava degli affari altrui; e non sapeva invece che quella storia parlava di lei, o almeno *anche* di lei, prendendola in giro a sua insaputa. Si sentiva derubata di un pezzo di vita che le apparteneva senza che nessuno l'avesse avvisata e non sapeva bene cosa volesse trovare o cosa avrebbe preferito non trovare. Cercava l'inchiostro verde, oltre la pagina che annunciava il fidanzamento, dove si era fermata, ma non lo trovava. Sentiva la testa fredda, le mani nervose, le labbra che tremavano dalla rabbia, nonostante le ore di viaggio che non erano servite a placarla, ma al contrario, l'avevano fomentata di pensieri sovrapposti.

Mrs. Wood l'aveva seguita preoccupata in biblioteca e la guardava in silenzio, cercando da sola di ricomporre mentalmente quel che stava succedendo. Vedeva gettato sul tavolo il foglio con la lettera scritta in verde, che riconobbe nella scrittura della nipote; vedeva Nina con gli occhi che si muovevano a scatti fra le pagine, le mani che si attorcigliavano su sé stesse.

«Sei tu, quindi» disse alla fine sottovoce. «Sei tu. Mi dispiace, non lo avevo capito.»

Nina le si girò di scatto, con lo sguardo vitreo.

«Lei sapeva tutto! Quindi lei sapeva tutto!»

«No, no, *sweetheart,* purtroppo no. Avrei fatto qualcosa se avessi saputo, te lo avrei detto, credimi. Ma non sapevo fossi tu, come potevo? Sapevo che un giorno sarebbe arrivata quella persona, l'aspettavo con angoscia. Ma come potevo riconoscerti?»

Nina la fissava con lo sguardo cattivo, immobile, senza ascoltare. Riprese la sua ricerca rabbiosa. La donna la guardava ancora, con pena per se stessa o colpa, non si capiva. Uscì dalla stanza, diretta al bancone dove aprì un cassetto in basso. Ne tornò dopo pochi minuti, e trovò Nina nello stesso stato in cui l'aveva lasciata.

Le porse un fascio di fogli, da cui si intravvedevano delle righe scritte in verde.

«Quando è successo,» disse piano, «ho cercato di fare qualcosa, ma Leah era arrivata a un punto tale che aveva perso la testa: scriveva in quei fogli come se fossero il suo unico contatto con Dylan. Tutti in albergo si erano accorti che stava succedendo qualcosa e parlavano. Io ho cercato di riprenderla: lui era un cliente, era un uomo con una sua vita fuori da qui e lei una ragazzina, troppo entusiasta di tutto per vedere quel che aveva davanti agli occhi. Non riusciva a pesare le cose come avrebbe dovuto.»

Nina guardava lei e poi guardava i fogli che aveva in mano: aveva bisogno di averli, poco interessava quel le stava dicendo quella donna che adesso le suonava nemica.

«Sono arrivata a strappare dai *notebook* i messaggi che Leah scriveva e nasconderli. Tutti, a parte quello che hai in mano, a quanto pare.» Fissò la lettera. «E quando lei se n'è accorta si è infuriata, diceva che non avevo diritti sulla sua vita e che erano sue scelte. Ma era cieca, non voleva vedere. Arrivò a rompere il fidanzamento, nonostante fino poco prima sembrasse così euforica, e io fino quel momento credevo che lo fosse perché era impegnata nei preparativi. Invece la sua euforia dipendeva da altro.» Si fermò, sotto il peso dei ricordi. «Litigammo una sera, e non per il matrimonio, ma per come si stava comportando con chi non doveva, da irresponsabile. Così mi sembrava. E lei andò via.»

Nina ascoltava la storia, ma le parole non le entravano in testa: fissava i fogli, aveva bisogno di leggere, di sapere, di toccare con mano altro inchiostro verde, altre confessioni da un passato sconosciuto.

Mrs. Wood si zittì, al suo sguardo: era inutile continuare. Le passò i fogli che lei raccolse affamata, e la lasciò sola.

Doveva sapere, per capire. Passò il pomeriggio a fagocitare parole, leggere e rileggere quelle righe verdi che le facevano male agli occhi, perché le parlavano di una fetta di vita che non era sua, ma che condizionava da adesso in avanti ogni sua decisione e sentimento.

I fogli erano tutti scritti da Leah, nessuno da Dylan, l'interlocutore silenzioso di cui prima non aveva il nome.

Non era così che doveva andare.

Erano racconti entusiasti di pomeriggi passati insieme, pagine di parole sul futuro, senza che si capisse a quale futuro Leah si riferisse veramente. A quello col fidanzato? O a un possibile futuro con Dylan? Alla luce di quanto aveva appena scoperto, la parte mancante diventava chiara. Leah si era avvicinata a Dylan col suo fare da ragazzina felice del mondo e della vita. Lui, che a volte lì pernottava per questioni di lavoro, a quanto pare aveva iniziato a fermarsi con lei nelle sere di rientro in hotel per scambiare due parole, darle consigli su un esame universitario o in ultimo sui preparativi per il matrimonio.

Quando Leah era tornata un giorno con la grande notizia, lo aveva trascinato a far spese per le nozze, non avendo altra compagnia, pareva, che potesse portare con sé. Quindi quella che Nina pensava un'amica di confidenze e giri per negozi, adesso acquisiva l'identità del suo fidanzato, il quale passava il tempo con un'amabile ragazzina. Che non era lei.

Alex è quello che tutte le ragazze cercano e io l'ho trovato quand'eravamo poco più che bambini. È stata la mia fortuna, il mio tutto. Non ha neanche avuto bisogno di chiedermi di sposarlo, sapevamo entrambi che era già scritto. E adesso sono qui a preparare il mio giorno più bello, ma in questo posto sperduto, da sola... aiuto!

Se non ci fossi stato tu ad aiutarmi, quella sera sarei rientrata a casa con un abito da sposa rosso coi brillantini verdi, come minimo!

Sei il mio gufo saggio: se avessi una damigella d'onore, dovrei vestire te di tulle rosa. Staresti benissimo!

*

Che notte, ieri! Non te l'aspettavi di trovarti in cucina tre torte nuziali, vero? Ma non sapevo quale scegliere, cos'altro avrei potuto fare? Meno male che ci sei tu a guidarmi: io stavo per scegliere quella nera al cioccolato, ma avevi ragione, forse non era adatta.

Il fatto poi che ci siano cadute tutte addosso non era previsto... ma mi sono divertita da matti. Dobbiamo assolutamente rifarlo!

*

Ehi Dy, oggi ho visto un anello bellissimo in gioielleria! Ho davvero bisogno che tu mi accompagni e fai qualcosa tipo fingere di essere il mio fidanzato, così lo posso provare assieme a un altro paio. Sarà divertente!! Magari poi la prossima volta che viene Alex, se ci sei anche tu, fai cadere il discorso e lo convinci a scegliere l'anello che voglio... che dici? Non è una grande idea?

Si bloccò, con una sacca di nervoso in corpo. Rilesse: Dy. Che cavolo di nomignolo era, Dy?

La cosa le faceva fremere le mani al solo pensiero: punto numero uno: perché non si era portata la zia a far spese? Perché chiederlo a Dylan? Insomma, siamo seri: ti porti un uomo a far spese per un matrimonio? Uno che conosci a malapena poi, e che, *punto numero due, ragazzina dei miei stivali, era già il mio fidanzato a quel tempo!*

Era la bile che parlava. Le frasi in verde si riferivano grosso modo alla primavera del 2017, quali con la data, quali meno: poco importava, loro due stavano già insieme!

Varie pagine continuavano su toni simili: scherzosi, felici, fatti di goliardate fra ragazzi neanche avessero avuto sedici anni entrambi. Riconosceva in Dylan la persona che potesse corrispondere a quei momenti di gioco e le faceva male immaginarlo così spensierato con qualcuno che non era lei. Vista dall'esterno, se non fosse stata la sua vita sentimentale ad andare in frantumi, sarebbero stati dei quadretti deliziosi, uno spaccato della felicità fra due innamorati. O quasi, in effetti, visto che si parlava di un matrimonio con un altro, *accidenti!*

E lo era anche lui: a quel tempo non solo loro due stavano insieme, ma sarebbero andati a convivere di lì a breve.

Il tono di quei messaggi era ben diverso dalla lettera trovata nel Don Chisciotte: d'altra parte doveva essere stata scritta dopo, quella, visto che lì già aveva deciso di rompere il fidanzamento. Il che poteva solo significare che il peggio, fra i fogli appena scoperti, doveva ancora venire.

Era come assistere impotente al deragliamento di un treno e nonostante tutto continuare a guardare. Il treno su cui era lei!

Sono venuta a cercarti ieri sera e non c'eri: zia dice che sei andato via quando io ero fuori e non capisco perché non mi hai aspettato. Avevo bisogno di parlarti. Devo ritornare a casa oggi, non posso fare diversamente.

Lasciami il tuo cellulare, sarebbe tutto più facile.
*

Non posso credere che anche oggi sei andato via! Come faccio a contattarti? Non so come muovermi se non mi aiuti. Ho tanto da raccontarti, è un periodo difficile. Sarà il matrimonio che si avvicina, sarà l'agitazione, non lo so. Con Alex ieri abbiamo litigato, mi sta facendo storie che non capisco, che non aveva mai fatto. Non so cosa pensare. Ho bisogno di parlarti, non te ne puoi andare così. Lasciami il tuo numero, così da sentirci anche quando siamo lontani.

Dy, non fare lo scemo…

Le budella le si attorcigliavano ogni volta che lo chiamava Dy! Si costrinse a fare un respiro profondo e gettare via dalle mani quei fogli sporchi di verde. Era un'invasione di campo intollerabile, dare un diminutivo al fidanzato di un'altra! Non c'era qualche legge a riguardo? Avrebbe dovuto! Che rabbia doverlo leggere ogni volta!

Si alzò, fece il giro attorno alla stanza, guardò fuori quel cielo grigio che si scrollava di dosso una pioggerellina stanca di scendere.

Era il caso di continuare a leggere? E per cosa poi, oltre quello già letto? Come andava a finire era chiaro.

Cercava di ritornare con la memoria a quel tempo, in cui già loro due stavano insieme. Andando a ritroso ricordava vagamente un periodo in cui lui aveva delle filiali da visitare sparse tra Virginia e Kentucky e allora si assentava due tre giorni per volta. Lei non se ne era mai data pensiero perché aveva preso atto che questo fosse il suo lavoro. Lo era. Lo è! Se doveva iniziare a pensar male ogni volta che usciva di casa, era la fine: se non si fidava di lui, cosa stavano insieme a fare? Era stato normale fidarsi, allora come sempre. E quelle pagine adesso stravolgevano tutte le sue certezze.

Se l'avesse detto a Monica, poi! Altro che rapimento: qui la questione era all'opposto e si era pure dovuta sentire in colpa per non essere stata una brava fidanzatina, lei che non lo chiamava. Altroché, se il suo sesto senso aveva avuto ragione! In ritardo, magari. Oppure no? Possibile andasse avanti ancora adesso? No, quello no. Insomma, qualche campanello d'allarme a caso prima o poi avrebbe dovuto suonare, no?

Guardò i fogli gettati sul tavolo. Era venuta lì per quello, non poteva fermarsi ora. Tanto valeva sapere tutto.

Si risedette controvoglia, con un sospiro lungo e lamentoso.

È passato tanto tempo, Dy...

«Ma vaffanculo!»

Buttò di nuovo i fogli all'aria, si alzò, prese il cappotto e uscì dalla stanza. Aveva fatto il giro della cucina, dell'atrio vuoto, della saletta lettura, fino alla rampa di scale sul pianerottolo quando si ricordò che non aveva una camera prenotata. Quindi dove stava andando? Più nervosa di prima girò sui tacchi e tornò indietro, ributtando il cappotto sul tavolo. Che mal di testa tremendo!

È passato tanto tempo, Dy.

«Stronza!»

Ho fatto sbagli in passato e ora me ne devo assumere la responsabilità. Ho lasciato che la corrente mi portasse, vivevo giorno dopo giorno senza curarmi della direzione da prendere e intanto costruivo castelli di sabbia. Ma da adesso devo riprendere in mano le redini.

Non so come ho fatto finora a non vedere: Alex ed io abbiamo preso strade diverse ormai parecchio tempo fa e me ne rendo conto solo ora. So che sarà difficile affrontare tutto, ma se non lo faccio adesso, lo rimpiangerò per sempre. Lo devo ad Alex per primo: non è troppo tardi per ricominciare, per fortuna. Per lui e per me.

Ho bisogno che tu ci sia, Dy. Stammi accanto.
*

Ti aspetto come sempre al laghetto stasera. Ti aspetto da tanto e se stasera non verrai, ti aspetterò domani.
*

È stata una giornata importante. È stato importante averti con me: non avrei mai creduto di riuscire a farcela e invece da oggi inizia una nuova vita. È finita con una stretta al cuore per tante persone che ho deluso, ma inizia più bella di quanto potessi immaginare col sapore addosso del tuo bacio.

Era troppo! Gettò i fogli all'aria, nervosa: non voleva più toccarli. Mai più!

Doveva uccidere qualcuno o qualcosa, qualunque cosa!

Le facevano male gli occhi. Immaginare Dylan e Leah insieme le faceva fischiare le orecchie, innervosire i muscoli, ribollire il sangue. Vederlo scritto equivaleva a non potersi più girare dall'altra parte: qualsiasi cosa adesso fosse successo, si ripartiva da lì, da quel solo punto fermo. Un bacio.

C'erano coltelli in cucina? Le sembrava di ricordarne.

Ma si fermò, e scrollò le braccia, inerme. Si stava parlando di qualcosa successo due anni prima: era tanto tempo. Erano passati giorni, eventi, vita. Lei non era più la stessa di allora, lui neanche. Leah probabilmente era svanita chissà dove. E quindi, di fatto, cos'era tutta questa storia? Qualcosa di reale o piuttosto un vecchio ricordo sotterrato da qualche parte nel passato, come ne abbiamo tutti, coscienti oppure no?

Sentire il peso di tutto quel tempo che si era sedimentato sopra a cose avvenute a sua insaputa era ancora peggio, per la certezza di non poter più cambiare niente di quanto stato.

Era un'altra realtà.

Non era più lo stesso tempo.

SCENA 17
Dylan

Si risvegliò intontita, senza l'idea di quanto tempo fosse passato. Le sembrava di aver appena chiuso gli occhi, buttata sulla poltrona di velluto vicino alla finestra, per riposare la testa che anche adesso continuava a pulsare. Ma doveva essere passata almeno un'ora, due forse, perché il cielo fuori era scuro, il tramonto già passato da un pezzo. L'orologio alla parete diceva che erano le nove di sera. I fogli sparsi sul tavolo invece dicevano che no, non se l'era sognato: tutte le parole che ricordava erano ancora lì a sfidarla, indelebili.

Nel buio della stanza illuminata solo dalla lampada da tavolo, sembrava essere sola al mondo, sola in un tempo che non riusciva più a ricollocare con lucidità: fino poche ore prima stava assistendo a eventi successi due anni prima, ora era ritornata al suo, di tempo, ma con addosso una presa di coscienza a ritroso che doveva ancora metabolizzare. Le sembrava di essere in quelle stupide storie col bivio, dove prendi la strada A e ti ritrovi ad altri bivi, poi altri e altri ancora, e solo alcuni riportano a intersecarsi con la strada B. Se sbagli a svoltare, i due finali non si incontreranno mai, e sarai una persona A oppure una persona B senza focalizzare davvero quale sia stato l'attimo esatto, la singola decisione per cui è cambiato tutto. Peggio, senza sapere come saresti stata se avessi preso l'altra direzione, se migliore o peggiore di adesso.

Quel pomeriggio si era ritrovata in un paradosso, in cui i due tempi possibili si erano incrociati: aveva da un lato la certezza di quanto era accaduto, dall'altro la possibilità di quel che avrebbe potuto essere con un solo soffio di vento; se solo avesse saputo, se qualcosa fosse andato diversamente. La questione era che la sé stessa possibile, quella che poteva essere venuta a conoscenza di Leah al tempo, adesso stava influenzando la persona che era oggi, ignara di tutto, cambiando la prospettiva dei giorni passati da due anni a quella parte.

Una rivoluzione temporale.

Ma era uno stupido processo alle intenzioni: come avrebbe reagito prendendo altre strade? Avrebbe lasciato correre perché a quei tempi lei e Dylan erano a un diverso punto della loro storia?

Parlava da sola e del niente, ecco cosa: rischiava di sbagliare su qualsiasi conclusione, semplicemente a causa di quei due anni passati. Oltretutto, ormai non poteva più farci nulla, anche se doveva comunque prenderne atto, pur nell'inutilità del tutto.

Ironia della sorte, le venne in mente, il libro dove aveva trovato la lettera era profetico: stava davvero combattendo contro i mulini a vento.

Avvolta in pensieri che si mangiavano la coda, si accorse che da qualche parte proveniva un brusio. Si alzò per andare nell'atrio e lo trovò deserto, ma dal portone socchiuso entravano il vento e quel vociare sordo, insieme. Si avvicinò

Fuori, Mrs. Wood e Dylan parlavano fitti nel buio, alla pioggia appena smessa che addensava nuvole d'umidità nell'aria. Lei con un'espressione di rimprovero da mamma, lui coi capelli un po' a casaccio, come suo solito, il viso cortese, la postura curva verso la donna per sentire meglio il suo bisbiglìo o, forse, per rispetto.

Com'era strano rivederlo dopo settimane di assenza. Di più: in quel giorno com'era strano rivederlo dopo due anni di ricordi non suoi.

Alla luce che filtrava dal portone aperto, i due si accorsero di lei e si fermarono di colpo, a guardarla. La signora si volatilizzò in un attimo, testa china con aria di scuse, lei che non c'entrava niente alla fine, e rimase solo lui, in piedi, fermo a fissarla aspettando a parlare finché non fossero loro due soli.

Era un estraneo con gli stessi occhi scuri di sempre.

«Sono tornato a casa e non c'eri. Doveva essere una sorpresa e tu avevi detto che mi stavi aspettando così…» iniziò lui per spezzare il silenzio, più che per dire davvero qualcosa. «Ho pensato fossi fuori con le amiche o a fare spese e ho provato a chiamarti, dopo un po'. Ma non hai risposto. Poi sulla scrivania ho visto il libro e, ovvio, non doveva essere lì, sapevo di averlo lasciato al Broken Time, anni fa. Assieme alla lettera, che invece non c'era più.»

Era vero: aveva lasciato il telefono in macchina, prima, per la fretta di correre a cercare i *notebook*.

Lo guardava a distanza, nel buio. Era ancora in maniche di camicia, coi pantaloni grigi del completo. Aveva parcheggiato la macchina in malo modo, vicino alla sua. Quel tono di voce così reale, dopo le tante pagine irreali che aveva letto, e che le tornavano alla mente tutte insieme, adesso; e mai che ci fosse stata la sua voce, in quelle pagine, anche solo per immaginare il tono della risposta.

«Sono stata qui per molto tempo prima di trovare il libro» rispose lei, senza che la cosa avesse importanza. Per dovere di cronaca o per rimarcare una verità che stavolta lui non sapeva. Che inutile ripicca, si rese conto mentre la diceva.

«*Really?*»

«*Yes. I have found the business card.*»

«*Did you come here because of that?*»

«Sì.»

«Per il biglietto? Perché?»

Nina si spazientì. «Perché lo conservavi! Come, perché? Che domande!»

«Certo che lo conservavo, perché è l'unico modo per avere il numero! Non lo trovi online.»

«*I know.*»

Lui si fece più serio di quanto fosse all'inizio, l'aria da colpevole che si portava addosso adesso era più indagatrice.

«Hai fatto ricerche su un albergo perché hai visto il biglietto sulla mia scrivania. Con tutti gli alberghi in cui vado per lavoro.» Il tono era di chi cercava di dare un senso esatto alla situazione, senza inflessione di rimprovero né di difesa; quindi, lei non gli diede peso. Aveva parlato con lui troppe volte nella sua testa ultimamente, e adesso voleva sentire la sua voce. Lo incalzò perché proseguisse:

«Se lo conservavi, potevi portarmici, in due anni che l'hai avuto. Forse più?» gli disse, ma inaspettatamente lui sbottò a ridere, irritandola d'istinto.

«Portarti qui? E per cosa? Non sei stata qui abbastanza per capire che razza di albergo è questo? Non certo adatto ad un weekend romantico con la fidanzata.»

«Quindi cosa, un posto dove nascondersi con l'amante?» Nina alzò la voce senza più trattenersi.

Lui urlò. «Ma non dire stupidaggini!» E lei sobbalzò per la sorpresa al sentirlo gridare per la prima volta, forse, da quando lo conosceva. «Non mi conosci? Davvero dopo tanto non mi conosci? Non dire cose che non pensi, solo per rabbia» continuò lui adesso più calmo, ma ancora teso. «Capisco come puoi esserti sentita a leggere la lettera nel Don Chisciotte, credimi, lo capisco. Mi dispiace. Ma quello che hai letto, se hai letto le righe di Leah, è tutto quanto successo. Non di più.»

Si fermò, probabilmente per valutare quanto e cosa dire. E a soppesare l'espressione di lei che adesso conosceva la loro storia. Gli uscì un sospiro che sembrava un rimbrotto. Contro cosa, poi, se contro se stesso o chi altri, non era chiaro.

«Lei era una ragazzina. Troppo effervescente, che coinvolgeva chiunque col suo modo di fare. E io l'ho lasciata fare, da stupido, per noia in giorni in cui dopo gli appuntamenti di lavoro, rimanevo qui ad aspettare il giorno dopo e quello dopo ancora, in attesa di tornare a casa. E ho sbagliato, lo so: sono andato avanti a scherzare finché mi sono reso conto troppo tardi che lei invece non scherzava affatto. E ho capito. Le ho spiegato che era un errore e che non volevo farle credere, non so, che potesse esserci qualcosa più dell'amicizia che c'era fra noi. Sono stato superficiale, ecco. Ma Leah era un uragano e l'ho anche aiutata a scegliere l'abito da sposa, *I mean*: mi sembrava ovvio che mi considerassi solo un amico!»

Ancora irritata, ancora confusa e incredula, Nina dovette ricordare a se stessa: gli uomini proprio a certe cose non ci arrivano. Questione di comunicazione, come il gatto che scodinzola al cane per nervosismo e quello pensa che voglia giocare. Uno da Marte, l'altra da Venere. E dopo si raccolgono i cocci.

Certo non tutti: altri avrebbero cavalcato l'onda, una volta capito dove potevano andare a parare con una ragazzina, e se ne sarebbero infischiati di tutto; ma non Dylan, col suo carattere londinese e onesto, troppo serio in ogni occasione. E un po' tonto, a dirla tutta: se lo figurava neanche lo avesse avuto davanti, a cadere dalle nuvole una volta fatto due più due, in ritardo.

«Non ti sto dicendo che sono stato un santo. E non posso dirti che lei non mi piacesse...»

«Ah, sì? E vediamo cos'altro non puoi dirmi, adesso!» Eh no, quel che è troppo, è troppo! Ma lo faceva apposta? Quanto voleva tirare la corda?

«Nina, *please*...»

Lei si calmò, di poco. Molto poco. *«Go ahead.»*

«Sono stato stupido, sono stato ingenuo. Quando mi sono reso conto che le frasi in verde avevano un altro tono, quando ho iniziato a vedere gli sguardi di Mrs. Wood, sempre preoccupati se noi due eravamo insieme, ho iniziato a capire e ho cercato di cambiare i toni. Non mi facevo trovare più così spesso, ero distaccato, o almeno cercavo di esserlo. Dovevo parlarle chiaro da subito, lo so, ma speravo che comportandomi in questo modo, l'avrei ferita di meno.» Nina alzò gli occhi al cielo: *che tattica stupidamente maschile! Ma possibile che non lo capiscano?*

Lui non si accorse del gesto a causa del buio, o fece finta per non fomentare discussioni sterili, e andò avanti, dopo un piccolo tentennamento. Sempre a distanza, sempre al buio.

«*Anyway*, era evidente che ormai non riuscivo più a fermare gli eventi. Quando Leah mandò all'aria il fidanzamento, da un lato volevo dirle di non fare cose avventate; dall'altro capivo che non era per me che lo faceva. O almeno, forse per lei ero stato l'elemento scatenante, ma il fatto che non volesse più sposare Alex era reale. Ed era un passo essenziale per lei, non potevo voltarle le spalle proprio in quel momento in cui aveva bisogno di un supporto. Mi sentivo responsabile, dovevo starle vicino.» Parlava e dava l'impressione di scegliere bene le parole, e si fermava ogni volta che gli usciva un termine che potesse essere frainteso. Quel poco che rimaneva ancora, da fraintendere. Poi riprendeva.

«A un certo punto glielo dissi il più chiaro possibile, quel che pensavo. Che era la decisione giusta, ma che non era per me che doveva farlo, che non ci sarebbe stato niente fra noi. Ma lei sentiva solo quel che voleva sentire e il mio compito era barcamenarmi alla meno peggio nel casino che avevo messo su, per aiutarla ad attutire il colpo. Almeno, così pensavo.» Si fermò più a lungo. Guardò l'aria umida e si mosse piano, fino a sedersi su una delle panchine di fronte all'ingresso. «Certo, vista oggi, non so quanto ci sia riuscito. A non fare casino, dico.»

Faceva freddo lì fuori: lui in camicia e lei col cappotto rimasto sul tavolo della biblioteca. Ma il buio aiutava in quella situazione. Non vedersi aiutava a parlare.

Continuò. «A quel tempo noi stavamo insieme, non da molto, ma stavamo bene. Io stavo bene. Però sul lavoro per tante questioni è stato un periodo difficile. Dovevo fare scelte, dovevo mettere sulla bilancia cosa mi conveniva fare, o cosa non dovevo. Avevo bisogno di pensare e così, mentre sapevo di dover venire in questa zona per lavoro, mi è capitato di ritrovarmi fra le mani un biglietto da visita del Broken Time Hotel, che mi aveva consigliato un amico tempo prima, a una cena. Diceva che mi sarebbe tornato utile, se avessi avuto bisogno di staccare. Così ho fatto. Ho pensato fosse una buona idea. Tanto un albergo in zona mi serviva.» Il vento andava a piccole raffiche sui suoi capelli, che fra pioggia e confusione sembravano un nido incolto.

«E dalla prima volta che sono venuto, mi sono sentito in qualche modo più sereno. Senza motivo, ma più sereno. Così ho continuato a venire qui, anche le volte successive, per trovare riposo, risposte, non so, qualcosa. Poi si è complicato tutto quando ho conosciuto Leah e sicuramente ho sbagliato a continuare a venire. Ho sbagliato. Ma l'albergo, come lei, era una calamita e non riuscivo a farne a meno. Avevo bisogno di questo posto e non so dirti perché. *It was where I was meant to be.*»

Lo capiva. Era successa la stessa cosa a lei.

Lui la guardò fissa. La sagoma in lontananza, a braccia conserte e scura d'ombra della notte. «Per questo ti ho chiesto prima come mai fossi venuta qui, solo per aver trovato il biglietto da visita. Non ha senso, lo sai anche tu. Avevi bisogno di capire qualcosa, come ne ho avuto bisogno io al tempo. *Didn't you?*»

Nina non riusciva neanche più a usare la rabbia di prima per far valere ragioni che non capiva dove la stessero portando. Così, poco convinta, disse quel poco che aveva in tasca da spendersi.

«Se non fossi venuta qui, non avrei mai saputo di te e Leah. Questo almeno non me lo puoi rigirare contro.»

Lui sorrise appena, rendendosi conto con sollievo del tono di voce meno tagliente di prima.

«Non ci credi neanche tu, che il motivo sia quello.» Sbuffò.

«Forse no, ma è comunque così. È un dato di fatto scritto su tante pagine. Tante! Piene di verde! Non posso far finta di non vederlo, questo.» Voleva aggiungere che erano lì, ogni pagina come una coltellata. Ma non serviva. Lo sapeva anche lui.

«*I know and I'm sorry, trust me.* Davvero mi dispiace che tu l'abbia scoperto così. Sono stato un codardo a non parlartene, ma ero confuso. E avevo paura di confondere ancora di più te, che potevi pensare ci fosse molto più di quanto ti dicevo. Ho sbagliato. Per comodità e per vigliaccheria, lo ammetto.»

Nina lo guardava nel fondo del buio, e si rendeva conto che era sincero. E che forse lei non avrebbe mai saputo, o forse non avrebbe neanche mai chiesto cosa fosse realmente successo fra loro due. Ma il suo racconto le bastava per capire tutto quello che c'era d'importante da sapere. Il resto contava solo come particolare.

Non che fosse da considerare meno, però, il peso che lui aveva dato a una persona conosciuta anni prima. Era quello il punto di dolore che non passava.

«Hai detto che al tempo sei venuto qui perché dovevi cercare risposte, che eri confuso» gli disse, ribaltando la domanda che lui aveva fatto prima a lei.

«Sì. Tante cose insieme, un periodo denso, credo. Quelli che precedono l'allineamento di tutti i pianeti, *you know, something like that.*»

«E come si sono riallineati i pianeti, poi?»

Trattenne il sospiro un secondo, alzò gli occhi, cercando di vederla oltre il nero della notte. «Ti ho chiesto di andare a convivere. *You said yes.*»

A Nina scappò un ghigno, nonostante tutto. Per quanto inglese, doveva avere nelle vene qualche parentela con la *paraculaggine* italiana, pensò. Che fosse acuito dal freddo o no, la percorse un brivido di quelli che solo lui riusciva a trasmetterle quando meno se l'aspettava. Sempre. Accidenti!

A lui non sfuggì. «*Finally!*» le sorrise. «Mi stavi facendo preoccupare sul serio!»

Solo allora lei si mosse da dov'era e andò a sedersi vicino a lui, più sciolta, mentre il freddo le gelava le ossa e iniziava seriamente ad essere tempo di rientrare. Ma c'era un'ultima cosa che le premeva sullo stomaco. E il buio ancora una volta aiutava.

«È stato qualcosa che non mi aspettavo, lo immagini» disse. «Tutte quelle cose scritte, la lettera, il vestito. E io andavo avanti a leggere, ostinata, anche una volta capito che si parlava di te. *Specie* una volta capito che si parlava di te. E sapevo che mi faceva male, ma avevo bisogno di sapere cosa stava succedendo. Cosa era successo, se era finita.»

«*Definitely*! È una cosa di una vita fa!» interruppe lui, mani avanti; e allo stesso tempo si rese conto dall'espressione di lei di quanto avesse sbagliato. «*Sorry. Go ahead.*»

«Il fatto» riprese «è che stavo dalla sua parte. Mentre leggevo le pagine. Dalla parte di lei.»

Lo disse piano. Lui si fece serio, di nuovo.

«Leggevo e da un lato odiavo te, mentre dall'altro, da un certo punto in avanti, ho preso inconsciamente a mettermi nei panni di lei e me ne sono accorta solo dopo, con rabbia, che stavo dalla sua parte. Capivo quel che provava e sono arrivata a pensare - e non volevo, credimi - che fosse giusto vincesse lei. Che ne aveva bisogno e non aveva fatto alla fine niente di sbagliato. Forse, voglio dire, neanche sapeva che io esistessi e quindi che colpe aveva? Nessuna. Si era innamorata di te. E io leggevo e avevo paura, perché era giusto che fosse lei. Con te.»

Lo disse a fatica. Un po' per spiegare a se stessa quei pensieri che ancora non aveva messo in ordine, un po' per paura nel dire una cosa del genere ad alta voce, e proprio a lui. Dirgli che sperava che un'altra fosse al suo posto.

Lui ascoltava immobile, lo sguardo rivolto altrove.

«E il fatto che avrei potuto arrendermi con tanta facilità mi ha fatto paura, perché era assurdo stessi dalla parte di un'altra. Mi ha dato tanto da pensare e sono entrata in confusione.»

Silenzio.

Si sentivano solo le folate di vento che muovevano gli alberi attorno e le mani di lei che sfregavano la stoffa delle maniche per scaldarsi. Aveva freddo e non era necessariamente l'autunno.

Lui guardava avanti, verso una pozzanghera ai suoi piedi, con la faccia di chi riordina i pensieri, suoi e di lei, per capire dove stessero andando e da dove erano partiti, forse, per arrivare fin lì, di nuovo davanti a quell'albergo. Il Broken Time, Nina lo vedeva solo adesso, aveva voluto dire tanto anche per lui in un momento difficile; e di nuovo gli faceva da parete, in un'altra notte densa di decisioni prima che un nuovo sentiero si chiarisse davanti.

«Gliel'ho detto, di te. Dopo. Colpa mia anche questo. Non credevo servisse. Quando è servito era tardi, per tutto.»

Nina ascoltava, anche lei senza guardarlo, se non con l'occhio che cadeva di sfuggita sulle sue mani, quando si accartocciavano nervose fra di loro. In un altro momento ci sarebbero state così tante domande da fare su quella sola frase che aveva appena buttato fuori.

Ma sarebbe servito?

«Per quale motivo sei venuta qui? Non me lo hai detto. Non per il biglietto, lo sai anche tu. Per quale motivo sei rimasta all'hotel, una volta arrivata. Cosa cercavi?» Fu lui a rompere il silenzio, con quella domanda che aveva provato a farle già prima.

Era la domanda che tante volte si era posta anche lei. La risposta giusta era per forza di cose quella che le batteva in testa senza averla mai elaborata scientemente. O almeno sperava fosse quella, e gliela disse.

«Per capire perché il silenzio di casa, quando sei andato via, mi fosse così confortevole.»

Silenzio, ancora.

E poi vento, pozzanghere, freddo.

Era una frase terribile da dire ad alta voce, se ne rendeva conto. Ma forse, solo forse, era il motivo reale per cui era stata lì e in quella notte e su quella panchina umida, doveva venir fuori. Qualunque fosse il significato.

La voce di lui uscì da qualche parte nel buio, un tono più basso di prima.

«Lo hai capito?» Fissava il vuoto davanti.

Cosa avrebbe dovuto rispondere, se solo adesso aveva trovato la domanda? Niente.

Aveva ragione Joe.

«No, non ancora. Credo che tutta questa cosa di te e Leah mi abbia confusa su quanto stavo cercando. O in parte forse ha aggiunto elementi, particolari che mi hanno fatto ripartire da zero. Non so se sono arrivata a un punto. Non ancora.»

Non sapeva se fosse quello che voleva dirgli, o che aveva in testa. Ma era quello che era uscito. E ora aleggiava immobile nell'aria fra di loro, senza riuscire ad andarsene.

Lui alzò la testa: poteva solo accettare la risposta e portarla con sé.

«Ok. È giusto, capisco.»

«Non è, per ripicca o simile.»

«*I know.*»

Dylan si tirò in piedi e le tese la mano.

«È troppo freddo qui fuori. Vediamo se Mrs. Wood ha una camera libera per stanotte.»

«Mi stupirei del contrario!» Rise Nina nervosa, più per allentare la tensione che per volontà. Com'era arrivata a quell'inversione di ruoli, dacché avrebbe voluto mettergli le mani addosso a che adesso si sentiva lei la cattiva, non era chiaro. Non sapeva se fosse stato un passo avanti o indietro, quello che aveva fatto.

Ma era un passo.

«A ogni modo, non sono tornato per restare» disse lui, guardandola dall'alto verso la panchina in cui era. Lei prese la mano per alzarsi: che sfrigolio di nervi le dava adesso quel tocco che conosceva così bene.

«Tornavo a casa solo per vederti, anche se per poco. Devo ripartire domani sera: in azienda si sta parlando di un trasferimento e lo sto prendendo in seria considerazione.»

Gliene aveva già accennato prima di partire, anche se in maniera più vaga e lei l'aveva assunta come una possibilità remota, da prendere in considerazione forse più in avanti, se necessario. Aveva finito per non pensarci più, una volta che era partito, a meno di piccoli flash di memoria, perché, era ovvio, non pensarci era più facile. Ma adesso i toni erano decisamente diversi.

«Ero rientrato anche per parlartene, ma insomma, la sorpresa me l'hai fatta tu.» Sorrise amaro e Nina provò una stilettata al cuore. «Naturalmente mi sembra non sia proprio il momento adatto per discuterne. Quindi,» trasse le somme mentalmente con un sospiro, mentre camminavano piano verso l'albergo, «faremo così: io per adesso andrò a New York per un corso di formazione e poi decidere il da farsi coi capi. Il che significa, in effetti, che la sto valutando molto concretamente, devo essere sincero. E non voglio darti anche questo pensiero adesso, quindi farò i miei passi come credo siano giusti. *Sperando* che siano quelli giusti. Tu, intanto, cerca di chiarirti. Qualsiasi cosa ci sia da chiarire. *Take your time.*» Le aprì il portone d'ingresso, da cui fuoriuscivano luce e tepore, e aggiunse, guardandola negli occhi stavolta, al chiarore della lampada: «Ma cerca di non farmi aspettare troppo.»

La mattina dopo se ne andò prima che lei si svegliasse, lasciando il letto stropicciato al suo fianco, e lasciando lei come se avesse fatto un lungo sonno di storie lontane, che non le appartenevano se non fra la nebbia di ricordi non suoi.

Duncan era entrato dalla gattaiola, probabilmente solo quando sapeva avrebbe trovato lei da sola, e la guardava paziente.

Nina si girò dall'altra parte: era una giornata di sole autunnale e la luce fuori strideva con la sua testa annebbiata.

Non poteva essere un ritorno all'albergo, quello: non le serviva ancora tempo per attendere qualcosa da capire, non c'era niente da capire. Era il momento di sbrogliare quella situazione usandolo, il tempo, non aspettando che le passasse sopra di nuovo.

Muoversi: verso qualsiasi direzione la portasse fuori dall'*impasse* in cui si trovava, ma intanto muoversi.

SCENA 18

Ripartire

Passarono settimane, da quella notte.

Nina aveva preso a fare i suoi passi, senza sapere a cosa portassero, ma sapendoli necessari. Mischiare le carte e ripartire da zero per ricordarsi cosa volesse, perché era lì, oltreoceano, lontana da casa, con un lavoro addosso che le piaceva, ma non abbastanza da essere la motivazione per cui restare.

Rischiare. Senza sapere esattamente cosa, ma per trovare una risposta col solo fatto di muoversi, e non aspettare che il tempo le soffiasse via i giorni, uno dopo l'altro.

Ripensava a Joe, a volte: al suo essere legato all'hotel senza riuscire a muovere passi fuori da quello, per riprendere a vivere solo dopo essersi chiarito riguardo un futuro che non poteva gestire. Al contrario di lui, Nina si sentiva sicura, dopo quella notte, che la risposta fosse nel movimento, per l'ossigeno che le dava il solo muovere le mani; e nel frattempo avrebbe vissuto. E scelto. Sbagliare o no era indifferente: avrebbe significato crescere e questo bastava.

Un giorno era tornata ad Alexandria. Aveva parcheggiato nella piazzetta vicino al molo come sempre ed era entrata per il piccolo corso cittadino coi negozi incastonati negli edifici di mattoncini rossi, affacciati sulla gente, tutti assieme con le loro vetrine sporgenti esplose di cose piccole e colorate.

Come sempre, le sembrò un pezzo d'Europa fuori posto. Delizioso, accogliente. Antico.

Si fermò allo Starbucks abituale per ordinare il cappuccino di sempre. E come sempre si ricordò quant'era diverso da un *vero* cappuccino, come le diceva sua mamma ogni volta, e cercò di tornare con la mente a quando aveva iniziato ad abituarsi a quel sapore sempre uguale, ovunque andasse, che sapeva di piccola certezza quotidiana. Poco importava quando, perché quello oggi aveva il gusto di un rito di passaggio: l'ultima possibilità data per affetto a un luogo caro.

Ancora col bicchiere in mano entrò in ufficio dove non l'aspettavano, ma a nessuno sembrò strano fosse lì e la salutarono come d'abitudine. Tutti tranne Monica.

«Che ci fai tu qui? Non sapevo saresti venuta, avrei preparato i prossimi lavori per studiarli assieme, se me lo avessi detto!» Le andò incontro più stupita del dovuto, esagerata come suo solito.

«No, tranquilla, non sono qui per questo. Devo parlare col capo: oggi dovrebbe essere in ufficio, vero?» Parlava mentre si toglieva il cappotto per dare tempo all'amica troppo adrenalinica di farsi una ragione di quel piccolo fuori programma.

«Perché devi parlare col capo? Avevo capito che non ti interessava la sua proposta di lavoro: hai cambiato idea? Cosa c'è che non so?» Le si rizzò davanti impettita con fare caporalesco, per non farla passare.

Nina sorrise al pensiero che le sarebbe davvero mancato vederla tanto spesso, le dette un buffetto sulla guancia e se ne andò.

A metà corridoio, nel solito punto di ristoro, c'era il solito tavolo, stavolta con un'enorme scatola di cartone che esponeva cupcake disegnati con la glassa a piccoli fiocchi di neve e bastoncini di zucchero, regalo di chissà quale tipografia per l'avvicinarsi del Natale. Shannon, piattino alla mano, si avvicinava sorniona e la guardava con aria d'invito. In quel suo personale momento di rivoluzione era bello trovare piccoli punti fermi cui aggrapparsi. La ragazza le porse una forchetta e un sorriso.

Nina alzò la mano: «Semmai dopo, grazie.»

Ed entrò dal capo.

Mr. Baker, era una di quelle persone con cui al primo sguardo ti trovi in soggezione, al secondo anche, ma dal terzo è come sentirsi a casa. Nina era di fatto cresciuta con lui, e grazie a lui, professionalmente parlando: lo aveva conosciuto durante uno stage quando ancora studiava a Virginia Beach. A quei tempi, piena di troppe nozioni e nessuna esperienza, si sentiva goffa e fuori posto, ma Mr. Baker aveva visto qualcosa in lei, glielo ripeteva sempre: era certo che sarebbe stata un ottimo elemento da affiancare alla redazione. Si era occupato di tutto lui, del suo Visto e di tutti i documenti; le aveva dato quella fiducia che lei stessa non si concedeva. Ed era servita tutta, in un paese straniero, al suo primo impiego.

Per quanto tempo si era aggrappata con gratitudine a quell'uomo buono che aveva creduto in lei nonostante la poca esperienza, la lingua malferma, le incertezze. Troppo, ormai. Doveva tagliare quel cordone ombelicale, prima che una parte della sua mente le ricordasse quanto stava bene nella sua comfort zone là dentro, o chissà quanto altro tempo avrebbe passato ancora ferma, soddisfatta a metà.

Quando ne uscì mezz'ora dopo, Monica la stava aspettando fuori dalla porta, con un piattino e un cupcake che la forchetta di plastica stava martoriando nervosamente.

«Adesso mi spieghi cos'è questa pagliacciata! Te ne vuoi andare? È così, vero? E a me non ci pensi? Sono sicura che da qualche parte hai firmato un contratto per cui non puoi lasciarci così su due piedi, cosa credi! Io adesso come faccio, me lo spieghi?» Parlava distruggendo quel povero dolcetto neanche fosse lui la fonte dei suoi problemi.

«Non me ne vado, Monica, stai tranquilla. E non ti ha fatto niente di male quel cupcake, lascialo stare, dammi quel piatto.»

Monica restava sul chi vive, forchetta a mezz'aria. «Come, non te ne vai? No, il piatto è il mio, lascialo! Prenditene uno tuo, se vuoi! Spiegami: resti, allora?»

Nina la guardò con gratitudine.

«Ho bisogno di ossigeno, Monica. Devo guardarmi attorno, devo capire cosa posso fare davvero o se voglio rimanere e perché voglio rimanere. Continuerò a lavorare con voi, ma non allo stesso ritmo: mantengo per adesso i lavori più grossi e stai serena che non ti darò minimamente problemi. Ne ho parlato col capo, abbiamo un piano. È tutto sotto controllo. Ma...» continuò, «non può essere un impegno che mi occupi ventiquattr'ore su ventiquattro. Ho bisogno di cercare nuove strade prima di incancrenirmi qui dentro e non essere più in grado di assorbire altro che non sia quello che faccio da anni. E che, Monica, lo sai anche tu: è sempre uguale, mese dopo mese.»

Monica la fissava e sembrava capirla: chissà quante volte aveva pensato anche lei le stesse cose.

«Mi stai dicendo che vuoi una pausa di riflessione? È questo che vuoi?» Nina rise di cuore davanti alla sua faccia ansiosa.

«No, ti sto dicendo che ho già riflettuto abbastanza e non voglio perdere altro tempo e trovarmi a quarant'anni senza essere più in grado di reinventarmi.»

L'altra si zittì, cambiò espressione e abbassò le spalle tese.

«*I see*» le rispose imbronciata. «Non hai tutti i torti. Ma mi dispiace.»

«Anche a me, sapessi quanto! Ma non sono più io, lo vedi. Sono appassita dentro e non ho il coraggio di sperimentare. Non va bene così, Monica: se ho paura di sapere quello che posso o non posso fare, come potrò crescere? Vivrei pensando che sono solo questo. O che sono molto di più, ma non ho avuto la forza di provare.» Guardava l'amica e sapeva di parlare la stessa lingua. «Non voglio avere dubbi del genere. Devo rischiare! Ho fatto il giro del mondo non per rimanere ferma. E invece lo sono, ferma, da troppo: adesso è il momento di muovermi.»

Era chiaro che entrambe sapevano di cosa stavano parlando. Una perché lo stava vivendo in quel momento, l'altra perché forse l'aveva vissuto in passato, o magari anche adesso ogni tanto le balenava in testa la possibilità di stravolgere tutto. Ma aveva anche una vita diversa, Monica: aveva messo su famiglia molto giovane, come Nina altre volte aveva visto succedere lì in America. Famiglie allegre, rette da un lavoro trovato al volo appena finiti gli studi. Erano esigenze diverse a cui doveva fare capo e non la biasimava: aveva responsabilità che lei per ora poteva permettersi di non avere.

Proprio per questo il tempo era quello giusto: sarebbe stato un errore aspettare quando non avesse più potuto muoversi liberamente.

«E quindi è un arrivederci, questo? Non te ne vai del tutto?» le chiese Monica, senza altro fra le mani per convincerla.

«Ti starò attorno il più possibile, più di quanto tu voglia! Ti autorizzo a chiamarmi ogni ora del giorno e della notte per qualsiasi dubbio inutile su qualsiasi cosa!»

Alzò le spalle. «Bella forza: quello già lo faccio.»

«Quindi vedi che non cambierà niente?»

Si diressero verso la porta camminando piano. Nina riuscì a sfilarle lentamente dalle mani il piattino col cadavere del cupcake rimasto agonizzante nella sua carta rosa e a buttarlo in un cestino che le passava a fianco.

Si fermarono sulla porta.

«Pensi che andrai lontano?»

«Non lo so. Penso che per adesso risponderò a qualche annuncio e cercherò di capire cosa voglio fare da grande. Credo sarebbe già un passo avanti per sapere come muovermi. I lavori con voi serviranno per mantenermi i primi tempi, per le spese, sai. E poi vedremo. Non voglio pormi limiti, per adesso.»

«E Dylan?» le chiese senza ironia, anzi attenta a che non fosse terreno pericoloso.

E Dylan? Ripeté nella sua mente Nina.

Dylan era a New York per il suo corso di formazione. Lo sentiva la sera, parlavano della giornata senza aggiungere tasselli significativi al loro mosaico di coppia e non scombinare un equilibrio precario, prima che fosse maturata una risposta risolutiva. Quel senso di indipendenza egoista di cui era pervasa nell'ultimo periodo la rendeva elettrica da un lato, ma capiva che non poteva prescindere dal pensare a quel che avrebbe voluto per loro, oltre che per se stessa. Se un *noi* era ancora una priorità o se stava prendendo un'altra direzione, in un processo lungo da quando il silenzio attorno le aveva fatto scoprire altri bisogni, o almeno il dubbio di averne.

Al solo pensarlo andava nel panico. Ma era cosciente, come altre volte in passato, di essere a un bivio nelle sue scelte; e se avesse preso un sentiero troppo lontano da quello abituale, da chi era stata fino ieri, non era detto che le loro vite avrebbe avuto modo o bisogno o voglia di incrociarsi di nuovo. Era qualcosa che faceva paura, ma che doveva prendere in considerazione nel ventaglio di possibilità, se voleva provare a se stessa chi era e cosa poteva diventare.

Aveva iniziato, subito dopo il suo rientro dal Broken Time Hotel, un periodo di studio attivo. Si era iscritta a vari portali di annunci di lavoro e risistemato un curriculum vitae che era fermo ai giorni dell'università. Anche la foto era rimasta a quei tempi: capelli corti e spettinati da ragazzina, viso pimpante puntellato di lentiggini e un maglione azzurro sgargiante che si intuiva dal colletto alto di lana. Erano i primi tempi della sua vita in America, quando era piena di entusiasmo e grilli per la testa, di amore per un mondo nuovo e curiosità per ogni cosa le si parasse davanti. Quello scatto risaliva ai primi giorni oltreoceano, un pomeriggio in cui lei e Sara erano rimaste in camera a farsi foto fra loro, per cercarne una da allegare alle proposte di lavoro.

Le risate e il chiasso che riempivano la stanza erano bolle di sapone luminose e senza peso. Era una vita portata avanti a piccoli passi che si arroccavano fieri sull'orgoglio di una scelta importante, quella di partire da un piccolo paese per studiare all'estero. E a valutare dagli avvenimenti successivi, poteva dire in tutta sincerità di essere cresciuta da allora, per esperienza, conoscenza e non solo.

L'incontro con Dylan, poi, aveva rivoluzionato tutto.

Tornava con la memoria a quella sera di primavera sull'*oceanfront*, lungo una spiaggia immensa incorniciata di alberghi imponenti, così americani. Lei e Sara guardavano la statua del Nettuno lungo il muretto che separava la strada dalla sabbia e leggevano il nome dello scultore, stupite di scoprirlo italiano, sparando battute mal riuscite sul genio del Bel Paese. Avevano riso e urlato, fra il vento caldo e i poliziotti a cavallo sulla passeggiata, e lui si era girato, abbandonando il suo gruppo di amici. Sorridendo con quegli occhi scuri aveva detto qualcosa nel suo inglese così *british* e anomalo in quel posto, fra tutte quelle bocche americane dalle vocali aperte. Una presa in giro, un fiume di parole e alla fine il riconoscersi lontani da casa entrambi, in un paese straniero. Da lì, per gioco, era iniziato tutto. Sera dopo sera.

Erano andati a convivere dopo qualche mese, con quell'ebrezza che ammanta di meraviglia anche un tappeto dozzinale del Walmart, solo perché era da scegliere per la casa da condividere. C'erano state rincorse fra il lavoro e gli orari da conciliare, viaggi e ritorni, ogni volta come non si vedessero da secoli. Tornava a casa di fretta ogni volta, Nina, per preparare un'accoglienza speciale: il suo piatto preferito, delle lenzuola nuove, un film insieme. Con l'entusiasmo delle nuove esperienze e delle emozioni ancora più nuove.

In tre anni sembrava cambiato il mondo.

Era cambiata lei, o forse no, al contrario: aveva smesso di cambiare, per ricordarselo all'improvviso solo ora, che la vita è cambiamento. Si era risvegliata con un odore di muffa che non le apparteneva, e non era certo colpa di Dylan. Era lei che si era dimenticata di evolvere. Si era concentrata sui giorni tutti uguali e fino a un certo punto le era andata bene così. Poi qualcosa, qualsiasi fosse stata, l'aveva strattonata, ricordandole che il mondo gira per tutti e lei doveva adeguarsi, se non voleva restare indietro.

Così, il pomeriggio dopo la visita alla redazione di Alexandria, sola in casa andò all'armadio e tirò fuori una camicia chiara e la giaccia blu del suo tailleur preferito: l'aveva mai messo da quando era sbarcata in America? Be', era arrivato il momento per una sana, italica riscossa del ben vestire: a volte è l'abito che ricorda al monaco chi è. Non era più tempo di foto fatte in camera con l'amica: ora ci voleva una foto della nuova sé, e richiedeva il fotografo migliore che potesse permettersi.

Uscì.

Rientrò dopo un paio d'ore con il suo nuovo viso stampato fra le mani e con il file salvato in una chiavetta usb, per allegarla la sera stessa al curriculum, anzi al *résumé* come dicevano lì, che avrebbe spedito a ogni agenzia le prospettasse una nuova vita.

Rispose a chi le aveva scritto in passato, disponibile a un colloquio. Rispose anche ad annunci che riguardavano ambiti professionali che non aveva mai considerato, campi sconosciuti come la moda, il design d'interni, i tessuti artistici. Scoprì che ciò che l'attirava istintivamente riguardava il mondo dell'arte in senso stretto, che da tanto tempo non bazzicava: studi pittorici, case d'aste, fascicolisti. La colpì soprattutto l'annuncio di un gallerista che stava sperimentando mostre multimediali, anche se non era certo preparata per un impiego del genere. Ma si parlava di formazione in loco e quale migliore opportunità di crescita?

Quando si presentò al colloquio, in uno studio dal soffitto alto, con un soppalco a vista sull'ampia parete di vetro che affacciava in strada, era talmente elettrizzata da sentirsi l'ospite di un *vernissage,* più che la candidata di una selezione per un posto di lavoro. Le venne da chiedersi come avesse potuto dimenticare il fascino dell'arte pittorica, che adorava, e il profumo degli olii e dell'acrilico che emanava l'ambiente attorno. Si sentiva bene solo ad aver messo piede in quel posto, come se fosse rinata all'istante. Non importava altro in quel momento che non l'averci provato: era quella la via giusta, qualunque fosse stato l'esito del colloquio. Era la via giusta!

«Questo è il mio curriculum, questa la mia formazione. Non ho la minima esperienza di quello che fate qui: ho lavorato per anni solo sul cartaceo, niente di così vivo come il vostro ambito. Ma è strabiliante, tutto è strabiliante qui dentro! E la sola idea di poter imparare a fare qualcosa di simile mi fa sentire sicura nel promettere che, se vorrete darmene l'occasione, assorbirò il possibile, imparerò al meglio. Non perché è un lavoro, ma perché è un *bel* lavoro! E mi piacerebbe sul serio farne parte.»

L'uomo dall'altra parte della scrivania, vestito di un bel completo chiaro e camicia blu, non aveva niente a che vedere con Mr. Baker: era giovane, forse neanche arrivava alla quarantina, e la guardava con gli occhi attenti di chi ha il compito di pesare una persona in pochi minuti e non vuole sbagliare.

«Non sei americana, dall'accento. Di dove sei?»

«*I'm from Italy.*»

«*Are you?* E come mai sei qui negli States?»

«Per imparare tutto quel che posso e rubarvi ogni segreto.» Sorrise. Sorrise anche lui, le mani intrecciate davanti a sé.

«*I see. Good plan!* Ma per adesso, se dovessi venire a lavorare da noi, sarò io a rubare i tuoi segreti. E le conoscenze d'arte europea, per quanto potrai portarne alla galleria. Uno scambio di visioni è sempre proficuo. *Don't you think?*»

Quella sera Nina tornò a casa percorrendo in auto strade che vedeva di nuovo come la prima volta. Era bella, la sua città americana, con tutte le casette dalla facciata in legno a listoni orizzontali e il porticato con le sedie blu, dove sventolava l'onnipresente bandiera a stelle e strisce; il giardino verdissimo tagliato settimanalmente da uomini a cavallo di strani macchinari, con cappellino da baseball calzato in testa; gli immancabili pick-up sul vialetto, enormi e dalle ruote esagerate, mai parcheggiate dentro al garage, che serviva come *refugium peccatorum* per tutto il resto.

Era tutto molto famiglia Bradford!

All'ingresso del quartiere, qualcuno aveva riversato casa nel giardino frontale: l'annuncio *garage sale*, scritto in rosso su una scatola di cartone, invitava a dare un'occhiata. Giochi di bambini, utensili da cucina, mobili, qualche vestito. Era un piccolo mercatino delle pulci improvvisato: in passato si era intrufolata anche lei volentieri a eventi simili, alla ricerca di qualche imperdibile tesoro indigeno.

Una vicina la stava salutando sulla soglia di casa, coi capelli biondi al vento, la T-shirt giallo fluo e un cagnolino scodinzolante a seguito. Le si sarebbero dati vent'anni, non fosse che l'ultima volta che si erano parlate, le aveva detto che la figlia si era appena diplomata. Quindi no: non poteva avere vent'anni. Ne vedeva un sacco, di donne così: giovanissime con al seguito tre o quattro figli dalla testa bionda, che veniva da chiedersi come fossero riuscite a farli e, soprattutto, quando.

Anche le case davano la stessa sensazione, colorate e pacifiche con le loro persiane finte, la cassetta postale, rossa tipica o dalle forme più disparate: un pesce, una barca, un microonde rotto riadattato all'uso. Alla casa della vicina nello specifico mancava giusto lo steccato bianco e non ci sarebbe stato da stupiti a vederla dipingere da Tom Sawyer in persona.

C'era una serenità esteriore in quel luogo che riportava alla mente l'articolo della Dichiarazione d'Indipendenza, quello che parla del diritto alla felicità. Se non altro, sembrava ci provassero, ad essere felici: giravi fra quei quartieri ed era un'iniezione di tranquillante per gli occhi. C'era da sentirsi bene anche solo guardandoli vivere, nel loro personale coloratissimo villaggio dei Puffi.

Di sicuro le grandi metropoli non davano la stessa sensazione, tutt'altro. Per questo Nina aveva sempre ritenuto un vantaggio essere sbarcata a Virginia Beach, in un paesino da mezzo milione di persone stretto tra spiaggia e verde. Attiva il giusto, sonnacchiosa il giusto.

Era una vita in infradito mentale, se lo ripeteva sempre. E poco contava che le cronache riportassero a tutt'altra realtà, e agli scheletri nell'armadio che di quando in quando quelli tiravano fuori, quanto bastava per scatenare qualcosa che aveva l'aria di rabbia sepolta a forza, per spolverarli e poi richiuderli dentro, in attesa di momenti migliori per pensarci. È normale, si diceva: ogni società ha i suoi dietro le quinte e li scopri solo standoci in mezzo. Chiunque guardi da fuori e veda un Paese perfetto, ovunque nel mondo, si illude soltanto.

Ma andava bene così.

Per quel giorno a lei bastava guardare la superficie di quella società lucente, per farsela piacere.

La direzione della galleria la richiamò la sera stessa e lei iniziò il giorno dopo. Era uno stage di prova, ma era anche la formazione in un campo di cui sapeva troppo poco per non uscire ogni sera da lavoro con la testa rimbombante di novità. Era quello che cercava: ossigeno.

E poi, poche sere dopo, successe che rientrò a casa, come al solito vestita dell'ampio sorriso che non riusciva più a togliersi di dosso. Era tardo pomeriggio e dalla porta sul retro occhieggiava il solito scoiattolo, oltre a uno dei due conigli che bazzicavano il giardino. In più, per qualche notte, aveva ospitato anche un orsetto lavatore, che veniva a rovistare nella ciotola lasciata a terra: insomma, pensava, non fosse andato bene il nuovo lavoro, poteva sempre aprire un rifugio per animali.

«Avete ragione, sono in ritardo. La pappa arriva subito!»

Prese il sacco del cibo e fece per uscire, quando si accorse del luccichio rosso sulla segreteria telefonica: un nuovo messaggio. Che fosse sua mamma con un altro attacco di *figlite*? Ma più importante: perché continuava a tenere una segreteria? Seriamente, perché?

Azionò il pulsante col gomito mentre apriva la finestra sul *backyard*. Dei rumori in sottofondo, poi il messaggio partì, incerto. E lei si dovette fermare, al timbro di una voce che non era quella che si aspettava di sentire.

SCENA 19
La busta gialla

Joe Lawrence, ottantasette anni, era morto pochi giorni prima nel letto della sua camera privata al Broken Time Hotel, a causa di un tumore che gli stava succhiando energia giorno dopo giorno, senza possibilità di essere operato. A quell'età, era più rischioso un intervento della malattia stessa, avevano detto i dottori ai figli nel corridoio d'ospedale, tempo prima, credendo che lui non stesse sentendo, mentre si rivestiva lento nella piccola stanza dall'odore acre di medicinali e il lettino freddo d'alluminio.

Lo aveva trovato Mrs. Wood quando la ragazza delle pulizie aveva insistito a dirle che la porta era chiusa a chiave e nessuno aveva visto l'uomo dalla sera prima. Era andata a bussare e subito aperto col passe-partout, perché non era tipo, Joe, da andarsene senza salutare.

E lo aveva trovato lì, in una posa innaturale quel tanto che bastava da indurla a controllare quello che non poteva essere solo un sonno profondo.

Mrs. Wood era seduta al tavolo della grande cucina dell'albergo, qualche giorno dopo, quando vide Nina entrare e l'accolse a braccia aperte, con quell'affetto sincero di chi condivide un dolore.

«Nina, *sweetie*! Scusami se non ti ho chiamato il giorno stesso e ti ho fatta venire solo ora. Non ho avuto tempo di pensare.»

Nina l'abbraccio e sorrise triste. «Mrs. Wood, non lo dica nemmeno, posso solo immaginare la confusione di quel momento. Anzi, grazie per aver pensato anche a me: avrà già dovuto occuparsi di avvisare la famiglia e tutto il resto, immagino.»

«Sì, è stato un momento convulso.» Abbassò gli occhi tristi e si sedette.

Con Joe se ne andava un altro pezzo di fondamenta di quel luogo e la poverina rimaneva di nuovo sola, per la seconda volta sola. Non importava non fosse un marito: il Broken Time aveva avuto tre colonne portanti alla sua nascita, e adesso ne rimaneva una sola.

Sono quelle occasioni, odiose, in cui qualsiasi cosa si dica o si faccia, risulta insufficiente. Eppure, non ci si può esimere dal dire qualcosa.

«Per quanto lo conoscessi poco, era un uomo speciale» le disse, e la signora annuì. «Era un po' il mago di quest'albergo, gli era legato in maniera viscerale. Me ne ha sempre parlato come un luogo dagli strani poteri, che aiuta le persone a trovare risposte. Be', le poche volte in cui gli andava di chiacchierare.»

Rise.

«Oh, figurati! Joe ha sempre avuto una grande fantasia ed era bravo a usare le parole: riusciva ad affabulare ogni cosa. Magari avesse avuto ragione. Se fossero dei semplici muri a dare aiuto, non avrei un tale dolore addosso.» Sospirò stanca. «Però, sì, aveva un legame forte con questo posto, ancora prima che noi costruissimo l'albergo. Per questo forse, me ne sono convinta col tempo, non ha voluto venderci la terra: la sentiva sua, come gli appartenesse dentro. Era il suo santuario e aveva bisogno di tornarci, quando poteva.»

Era plausibile, quella visione del legame di Joe con l'hotel: si sente spesso parlare di luoghi che emanano una sorta di energia, che sia per il paesaggio che l'avvolge, per il silenzio o chissà per che altro. Si capiva il perché lui lo sentisse a suo modo magico. Lo era. E anche perché si fosse adoperato tanto per aiutare i proprietari nei loro compiti.

«Secondo lei, quindi, poteva essere già il luogo ad avere qualcosa di speciale in sé, prima ancora dell'albergo? Voglio dire, quella forza di cui parlava lui.»

«Oh, *sweetheart*», rise piano la donna, «quello in cui credo io è la capacità di ascoltarsi. Che questo luogo ti dia un guscio dove riparare per farlo con calma è indubbio, ma non credo certo abbia poteri magici! Sei tu che devi riuscire a trovare le tue risposte, a modellare il tempo e usarlo. Perché il tempo, bambina, è la sola cosa che abbiamo ed è una bestia da maneggiare con cura. Se non lo usi tu a tuo modo, sarà lui a portarti via i giorni.»

Parlava cadenzando le parole e intanto le accarezzava le unghie sovrappensiero, come faceva sua nonna, in un ricordo antico che stringeva un nodo alla gola.

«Non credere che il tempo curi come dicono, non è vero, ne so qualcosa: il tempo ti plasma mentre non lo vedi, e metterlo in pausa vuol solo dire ritrovarsi in mano quel niente che ne hai fatto, assieme a quello che lui, nel frattempo, ha voluto fare di te. Perché mentre tu ti fermi a guardare, lui no, va avanti a fare il suo lavoro. Ricordalo, bambina.»

Si somigliavano più di quanto la signora non volesse ammettere, quei due, le venne da pensare, ricordando il discorso di Mr. Joe l'ultima volta all'Old Times; ma non era una cosa da dirle ora che il tempo, per lui di vivere e per lei di riconoscerlo simile, era passato.

Erano entrambe assorte nei loro pensieri, quando Mrs. Wood riprese: «Se un pregio quest'hotel ce l'ha, è quello di tenerti lontano da tutto, per permetterti di concentrarti e trovare ciò che cerchi. Questo glielo riconosco, l'ho visto negli occhi di tanti che sono andati via. Anche nei tuoi, sai? Anche quando non volevi. Ma è così: lui fa la sua parte, ti tiene al sicuro. Il resto sta a te.»

Nina si guardò attorno: il posto come sempre era deserto, anzi più del solito in quel frangente, ed era ovvio perché dubitava che Mrs. Wood avesse accettato clienti durante i giorni del lutto. I mobili al buio dell'atrio erano sempre lì, come la prima volta, ad ascoltare i discorsi di nascosto. Era tutto immobile e vuoto, ancora più adesso, senza la perenne presenza del vecchio nel salottino.

Seguiva il suo sguardo anche Mrs. Wood.

«Quello che mi dispiace è di non aver capito che lui sapesse già di star male, quand'è tornato l'ultima volta. Il fatto che stesse scrivendo il testamento doveva farmi capire qualcosa: sapevo che un testamento lo aveva già pronto da tempo e il fatto che adesso andava a rimaneggiarlo... dovevo capire.»

«Crede lo sapesse? Non immaginavo avesse un testamento precedente.»

«Sì, lo aveva. Tanto tempo fa, quando c'era ancora mio marito e passavamo le giornate insieme all'hotel, c'erano stati discorsi: Joe aveva detto che alla sua morte, la parte di terreno che gli apparteneva sarebbe stata nostra, a completare finalmente il Broken Time Hotel, finché questo fosse esistito.»

Nina capiva adesso: ecco perché la signora era rimasta sorpresa, per non dire preoccupata, quando aveva saputo che Mr. Joe stava rimettendo mano alle carte. Probabilmente temeva che avesse cambiato idea e creato dei problemi nella successione del terreno, magari lasciandolo a un parente, chi lo sa. Glielo chiese.

«E la promessa è stata mantenuta?»

Lei si trattenne in un respiro. «No.»

Nina restò a bocca aperta. «Veramente, no? Mr. Joe si è rimangiato la parola?»

«Non esattamente. In realtà ci ha tirato un ultimo scherzetto dei suoi, con quel modo di fare che aveva lui di voler gestire la vita degli altri come pensava fosse giusto: di testa sua, senza consultarli.»

Nina fece una smorfia, ricordando che glielo aveva detto anche lei che non era una grande idea, prendere decisioni senza consultare gli altri. E infatti, ecco!

La donna la guardò. «Ha lasciato il terreno a Leah.»

Oh. A questo non aveva pensato.

«Evidentemente» continuò Mrs. Wood, «quando è successo tutto quel pandemonio, anni fa e lui ha visto me e Leah litigare, deve aver pensato fosse suo compito far qualcosa per riavvicinarci. O costringerci a farlo, insomma. E ha studiato questo modo: donando il terreno a lei, adesso Leah è comproprietaria anche dell'albergo. Non che non lo sarebbe stata in futuro, intendiamoci. Ma così facendo, nella sua testa bacata, ha messo le cose a posto, prima che fosse troppo tardi.»

Piccolo vecchio delinquente dalla testa pelata, pensò con una punta d'affetto.

«So cosa stai pensando, Nina, e l'ho pensato anch'io.»

«E come farete, adesso? Voglio dire, sua nipote come l'ha presa?»

«Be', capirai: già è rimasta sorpresa quando è stata chiamata dal curatore testamentario ad ascoltare le sue volontà. Sentire l'idea che quel vecchio brontolone aveva in mente per lei l'ha lasciata a bocca aperta. Per fortuna gli atri famigliari non hanno avuto niente da ridire. Sembrava sapessero. Probabilmente sapevano. Se lo conoscevo appena un po', sarà stata l'unica cosa di cui Joe si era premurato di avvisarli. E in ogni caso a nessuno interessava questo pezzo di terra, lontana dai loro affari.»

Nascondeva un sorriso Mrs. Wood, mentre parlava e si guardava attorno. Cercava di addomesticarlo, ma le si riconosceva intatto un luccichio negli occhi, in mezzo al viso stanco. Di sollievo, o di felicità. Il tiro mancino dell'amico Joe sembrava non le fosse poi così dispiaciuto, e si capiva che non era andato male neanche il seguito.

«E quindi?»

«E quindi ne stiamo ancora parlando. Ma anche Leah, sai, era molto legata a Joe e ha accettato il gesto come un regalo, passata la sorpresa. Com'è, in effetti: un regalo per lei e per me.» Lo diceva compiaciuta. In quei giorni neri sembrava essere davvero l'unica nota positiva.

«Come ci organizzeremo, non lo sappiamo ancora,» continuò, «Leah ha un impiego a Charlottesville, sai. Si è laureata da poco e ha iniziato a lavorare in uno studio commerciale, e sembra le piaccia molto. Certo io per prima non voglio che abbandoni una tale prospettiva, in nessun modo! Deve seguire ciò che ritiene meglio per sé, senza condizioni. Però se non altro abbiamo parlato, e a lungo, cosa che non succedeva da tanto tempo. Fosse solo per questo devo ringraziare Joe. Sembra che ci sia riuscito, dopotutto, a farci riavvicinare.»

Adesso il sorriso non era più nascosto, nonostante la tristezza nell'aver perso un caro amico. Poi sembrò ricordarsi qualcosa di colpo, in imbarazzo.

«Io non volevo, ecco, parlarti tanto di lei, scusa. Spero non ti abbia dato fastidio dopo quel che è successo. Insomma, dopo quel trambusto di anni fa, dopo quel che hai letto nel *notebook*. Sono così dispiaciuta, *I apologize*.»

«Oh, Mrs. Wood, *no problem*, è acqua passata ormai. Con Dylan ci siamo chiariti» le disse sorridendo, nonostante fosse una mezza bugia, perché quel chiarimento aleggiava ancora in sospeso. Ma non era adesso l'occasione per discuterne, quindi cercò di mostrarsi più convinta di quanto non fosse.

Mrs. Wood la guardò sorridente. Che ci avesse creduto o no, non era questione che voleva affrontare. Troppe cose gravavano attorno a lei, quella sera.

«Comunque, ti ho chiamata anche per un altro motivo.»

La donna si alzò per prendere qualcosa da una mensola della cucina. La guardò e gliela tese: una busta gialla, il suo nome scritto sopra.

«Assieme ai suoi fogli, sulla scrivania della camera privata, c'era questa lettera. Indirizzata a te. Te l'avrei spedita, se al telefono mi avessi detto che non potevi venire. Ma sei qui e preferisco dartela a mano.»

Nina la prese, sorpresa. Una lettera per lei da parte di Joe.

«Dovevi averlo colpito tanto, per avere l'onore di ricevere una lettera da quel brontolone» le disse, davanti alla sua espressione sorpresa.

«Adesso ti lascio, mi scuserai. Sono stati giorni pesanti e ho davvero bisogno di dormire. Le chiavi della tua camera sono sul bancone: riposa anche tu, se riesci, e rimani quanto vuoi. È stata una giornata lunga per tutti.»

Annuì, mentre Mrs. Wood usciva dalla cucina. Poi le passò un lampo nella mente: «E Wilson? Cioè, Duncan?», alzò gli occhi dalla busta, una domanda buttata fuori, quando non c'entrava niente.

«In giro, credo. È da quando è successo, di Joe insomma, che non lo vedo. Avrà bisogno di star da solo anche lui: sai come fanno i gatti, troppa pesantezza nell'aria non gli si addice.»

Prima di ripartire la mattina dopo, Nina passò dal piccolo cimitero in cui era sepolto Mr. Joe, anche quello come il Broken Time Hotel sperso nel niente nella vallata, come piaceva a lui, fra gli alberi che si erano svestiti del giallo e del rosso per farne un tappeto colorato ai loro piedi. Non riusciva a focalizzare i giorni. Era stato un periodo talmente fuori dal tempo quello che l'aveva trovata in questa parte di mondo dimenticata da tutto, che le sembrava una dimensione a parte, lontana secoli. Nina pensò che si sarebbe trovato bene lì Joe, nella sua terra, fra i boschi.

Si fermò prima di avvicinarsi alla piccola tomba in sasso grigio colorata dai fiori del recente funerale, perché da lontano vide una figura femminile, accucciata davanti alla lapide, che parlava sottovoce. Non c'era bisogno di immaginarne il viso per capire che era Leah. Chissà quanto avevano da dirsi quei due, dopo tanto tempo. I giorni condivisi, le chiacchierate lente sulla panchina davanti all'albergo, di tanto in tanto una bacchettata per qualcosa che lui disapprovava, sicuramente. Se lo figurava in testa, chiaro come se fosse stata presente alla scena.

Non era il momento per andare a parlarle: avevano cose più importanti da dirsi, quei due. Né era necessario doversi presentare perché sarebbe stato inutile e stupido rivangare momenti lontani. Ognuno commette errori: basta trovare poi il modo per rimettersi in pari con la coscienza. E Leah, per la serenità che trasmetteva, lì a parlare sulla tomba di Joe fra boschi e foglie che le appartenevano nonostante tutto, sembrava averlo trovato, il modo, dopo aver mandato all'aria il

suo mondo, essere inciampata, e aver ricostruito una strada
tutta sua per andare oltre.

Era come essere in biblioteca a leggere le pagine dei *note-book*, da sola al buio, e ancora immedesimarsi in una ragazza mai conosciuta benché, senza che lo sapesse, fosse stata parte della sua vita.

E si sentì, a dispetto di tutto, dalla sua parte, ancora. Stavolta senza rabbia.

Se ne andò in silenzio per non farsi sentire, mentre da dietro la spalla di Leah si alzava circospetto un muso grigio dagli occhi gialli, richiamato dal rumore tenue dei suoi passi.

Ogni tassello era al suo posto.

A Nina

Non chiedermi quando ho conosciuto mia moglie. Poteva essere primavera oppure mattina oppure durante il traffico isterico nell'ora di punta in un crocevia affollato: non lo so. Non sono mai stato bravo con le date e per mia fortuna, a lei non importava.

So solo che il cielo quel giorno era di un blu denso da sembrare dovesse cascarmi addosso troppo pesante; che la gente attorno ha smesso di muoversi all'improvviso, di parlare; che lei aveva un ricamo color rame su una manica grigia e un polsino di bottoni perlati, e io ho notato quello prima di vedere la sua mano bianca che mi stava porgendo quel giorno... che cosa? Non ricordo. Non ha mai avuto importanza cosa: poteva essere il foglio di un appunto che mi era appena caduta, una ventiquattrore lasciata a terra vicino alla panchina prima di andarmene, o un giornale che stavo leggendo per ammazzare la noia di un'attesa.

Non è mai importato il cosa.

So solo che ho visto quella mano bianca e dopo lei, che aveva occhi troppo neri per lasciarli andare e un sorriso già visto in sogno. Da quel momento il tempo è diventato fluido, ha smesso di esistere perché non mi è più servito misurarlo: ero arrivato a casa.

Non chiedermi quanti anni siamo stati assieme perché noi siamo nati assieme e solo per un soffio di fortuna ci siamo incrociati; e so che avrebbe potuto non succedere mai ed è stato un pensiero, questo, che mi ha fatto spesso perdere l'equilibrio. Ma è successo, per fortuna.

Da allora abbiamo ripreso il filo di quanto sapevamo era stato preparato per noi. Era così che doveva essere: silenzioso, senza domande.

Quando stai bene, ti dimentichi le domande. E so che è pericoloso, perché potresti dimenticare anche quanto quello stato di grazia sia semplicemente il luogo perfetto per te e che, perso quello, riprenderesti a farti domande, a perderti tu stesso.

Ogni singola sera in cui sono rientrato a casa, dismettevo i panni del mio mondo fuori, del lavoro, dei miei fogli e dei calcoli, e mi sedevo accanto a lei, che mi raccontava la sua giornata. Che, non so come, era sempre bellissima ai miei occhi, qualcosa di lontano e poetico. Ma nonostante questo, ti dico, non domandarmi cosa mi dicesse, perché non te lo saprei dire. Non ascoltavo le parole, non mi è mai interessato davvero: erano particolari di una voce che mi suonava all'orecchio come la vera ragione per cui io ero lì.

Solo la voce, non le parole, volevo.

L'ho lasciata andare una domenica mattina, col cielo ancora nero della notte, prima che si alzasse il sole, quando già sapevo che dal mio fianco, senza chiedermi il permesso, era andata via.

L'ha fatto in silenzio, come tutto di lei significava silenzio. E da allora il tempo ha ripreso a scorrere, i rumori ad ammassarsi, io a girare senza senso; finché non ce l'ho più fatta ad ascoltare parole invece della sua voce e mi sono allontanato per cercare di nuovo il nostro silenzio, che mi era necessario per vivere.

Eppure, non sono più riuscito a trovarlo, dopo di lei.

Eravamo vissuti lontano, nella città dove l'ho portata per il mio lavoro, ma le volte in cui pensavamo al nostro futuro, tornavamo all'idea di questa terra dove ora sorge il Broken Time Hotel, per rimanere assieme nel silenzio della valle, solo io e lei, i figli già grandi che non avevano più bisogno di noi. Costruire ancora la nostra casa insieme e io ancora tornare la sera per ascoltare la sua voce e non le parole. Quelle non mi interessavano davvero.

Ma il tempo ci ha fregato. Lo fa sempre, per ripicca.

E io sono rimasto qui dov'è l'unica cosa di lei che ancora mi rimane, perché qui lei non è mai stata e io resto solo con la sua assenza, così reale, che mi chiama ogni volta che cerco di vivere e non riesco. E ritorno all'unico posto in cui ho un motivo d'essere.

Spero di morire dormendo, come lei, perché sarà come averlo fatto insieme e sarà tutto come prima, ancora.

Ti scrivo questo, Nina, per spiegarti che il tuo tempo non è quello che rincorri, ma quel che non ascolti: e il più sincero che potrai trovare è dove non avrai bisogno di farti domande per ritrovare la tua dimensione, fluida e silenziosa, che sarà esattamente quella che deve.

Ti racconto questo adesso, a pochi giorni dalla tua partenza dopo quella mattina all'Old Times, perché sarei contrariato a saperti spersa in cose senza valore. E con quella testa mezza storta che ti ritrovi, potrebbe succedere e sarebbe un peccato, come già ti ho detto.

Ti ho vista, tu che hai attraversato l'oceano per seguire la tua strada, costringerti in piccolezze senza significato. Ti chiedo di non guardarle, quelle piccolezze, perché non sono che particolari che distraggono dall'essenza.

Trova il tuo posto nel mondo: che sia un luogo caro e conosciuto, o un movimento di mani che ti è proprio, oppure, se vuoi, una persona, purché non sia per dipendenza.

Trovalo e allora non ti perderai più, perché sarai finalmente arrivata a casa.

Torna quando vuoi al Broken Time se ne sentirai la voglia, ma solo per nostalgia, non per bisogno poiché quel che ti doveva lasciare, già l'ha fatto.

Torna invece a salutare Duncan di tanto in tanto, perché so che ne sarà felice anche senza dartelo a vedere, come tutti i gatti fanno, e non solo loro. E non credere per questo che sia una felicità minore: non farti confondere dal rumore. Non è il cosa che conta.

Sii felice.

Joe

Nina rimase col foglio in grembo e la busta gialla, seduta al sole tenue di dicembre su una panchina di fronte al Broken Time Hotel.

Alla fine, aveva fregato tutti, Mr. Joe: lo era davvero, un poeta triste di lettere d'amore.

SCENA 20
New York

«Siamo quasi arrivati. *Again. Oh my God, I really can't do it*! Io non scendo. Sto qui e non scendo!»

Anche a star zitta non ce la poteva fare, la tizia a fianco. Come poteva un naso ficcato dentro un libro non essere un segnale lampante che non voleva essere disturbata? Una maglietta, si doveva stampare: *Do not disturb*! Guardati un film, gioca ad *Angry Birds*, dormi! Niente: quella continuava.

«Non ne posso più di essere continuamente in viaggio. Pensa che ho appena comprato casa e sono di nuovo qui, sul sedile di un aereo a vagare in lungo e in largo per i cinquanta Stati. Come sempre! Non trovo neppure il tempo per prendermi un pomeriggio libero e andare a comprare un paio di mobili. Un divano, un tavolo da pranzo: ho comprato casa per lasciarla vuota. Con quello che è mi costata! Non è vita questa, non la sopporto più. Che stanchezza!»

Si zittì per un attimo, aprì la borsa: «Brownie?»

«*No, thanks.*»

E la tizia si voltò a guardarla: «Ah, ma non sei americana.»

«Ma l'hai capito dal *thanks*?» Questa cosa che con una sillaba il mondo capiva che era straniera iniziava a darle fastidio dopo tre anni, in cui evidentemente non era riuscita a tirar fuori una pronuncia dignitosa a sufficienza da confondersi con gli indigeni.

Nina guardò con un sorriso stizzito la donna fianco a lei. Era ben vestita: indossava un tailleur grigio su un top rosa Barbie, aveva i capelli biondi e lunghi e le unghie disegnate. Lei non aveva bisogno di dichiarare la propria nazionalità, era chiaro che fosse americana, ce l'aveva stampato in fronte: made in USA, età indefinita fra i venti e i sessanta, la classica eterna ragazza che ha sbrigato le pratiche familiari in fretta e subito e si è ripresa la sua vita in mano.

«*I'm sorry*, non volevo essere scortese. Hai un accento carino, invece, l'ho chiesto per curiosità.»

Nina abbassò il pelo da gatta isterica. La tensione, forse. Era stata sgarbata.

«Scusa tu per la risposta. Sì, sono italiana. È che sono un po' nervosa, *maybe*. Ho reagito male, non volevo.»

«*Don't worry, I totally understand. So, from Italy: cool*! Devo andarci prima o poi. Be', se non mi venisse male al pensiero di prendere un altro volo, *I mean*. Viaggio sempre per lavoro e sono davvero al limite. Forse è arrivato il momento di un po' di stabilità. Ho bisogno di fermarmi.»

«Vita frenetica, eh?»

Sventolò una mano. «*You have no idea*! Sono settimane che non riesco a dormire. A volte vorrei solo nascondermi. Mondo, fermati, voglio scendere! Sto perdendo troppe cose a rincorrere questo lavoro. Me ne pentirò!» E si sgonfiò un poco, facendo un sospiro. «Anche se magari è solo stanchezza, *I don't know*: non posso arrendermi così, dopo anni di sacrifici. Non so, magari davvero mi serve una vacanza.»

Nina la guardò per soppesarla meglio, nei suoi capelli ben pettinati, tailleur, borsetta in pelle: probabilmente aveva più anni di quanto desse a vedere, dietro quella facciata professionale da donna in carriera. A parte il rosa Barbie: il rosa Barbie dovrebbe essere bandito dopo i trenta. O dopo i dieci.

La studiava mentre stava farfugliando qualcosa fra sé e sé e le fece tenerezza: chiacchiera incessante a parte, aveva il viso segnato dalla stanchezza di notti insonni e preoccupazioni. A qualsiasi età esistono bivi con cui confrontarsi e quella donna forse si trovava a uno di questi.

Allora le venne da pensare che fosse il momento giusto. Frugò lei a sua volta nella borsa e tirò fuori un biglietto da visita color avorio con le scritte blu e il dise*gno naïf di* una casetta. Glielo porse.

«*What is this?*»

«Un hotel. Un hotel tranquillo. Se hai bisogno di staccare, prova ad andarci qualche giorno. Vedrai, non può farti che bene. Ti chiarirai le idee.»

La donna la guardò scettica e poi guardò il biglietto: la voce nella sua testa era visibile da fuori, mentre squadrava quel cartoncino, troppo poco professionale per i suoi standard.

«*Thank you. I don't know,* forse mi basta solo una buona dormita. Un altro viaggio adesso, *I mean*, non so se ne ho la forza.» Ridacchiò in imbarazzo.

«*Trust me*. Prenditi qualche giorno e vai, è un posto speciale. Ti farà bene, ti chiarirà le idee. È quello di cui hai bisogno.»

La donna la guardò storta, l'espressione pentita di aver parlato a ruota libera con una sconosciuta che adesso si stava allargando troppo, impicciandosi dei fatti suoi. Le elargì un sorriso forzato, mentre occhieggiava scettica il bigliettino.

«Dì a Mrs. Wood che ti manda Nina: ti tratterà bene» la rassicurò. «*Oh! Do you like cats?*»

Ed eccoci, era arrivata. L'aereo da Norfolk aveva impiegato poco più di un'ora ad arrivare a destinazione. Sbarcata all'aeroporto, sulla navetta per arrivare all'uscita vedeva in lontananza lo skyline di New York, bella anche così piccola e lontana da non sembrare neanche lei, *the Big Apple,* contro il cielo blu e gelido del suo inverno.

Nina si rese conto ancora una volta di quante facce avesse quell'immenso Paese. L'America non è una cosa unica, sono cinquanta Stati, ognuno con una personalità definita, regole e leggi, modi di vivere diversi fra loro e tutti insieme inesorabilmente diversi dal suo. Inutile pensare di conoscerli: ogni città che aveva visitato l'aveva lasciata con un senso d'incompleto, come ogni volta dovesse ripartire daccapo a cercare di capirne l'essenza.

New York City, poi, era lontanissima dalla sua Virginia Beach, così tranquilla, seduta su se stessa a guardare l'oceano, fatta di strade grandi, sì, ma non troppo, e grattacieli inframezzati da casette colorate. Quella era la città che oggi chiamava casa ed era stato facile ambientarsi. New York invece era un altro pianeta, che faceva sentire chiunque arrivasse una formica fra giganti, coi suoi palazzi imponenti e così austeri da sentirsi inadeguati anche solo a guardarla.

Si sarebbe potuta abituare a uno stile di vita così caotico?

Quand'era partita dall'Italia anni prima, era quella l'America che immaginava: quella confusa e disordinata delle metropoli e dei grattacieli, che uno pensa di conoscere per come l'ha vista in tv, e sembra uguale a casa, solo più grande, più veloce. E invece no, era un Occidente diverso quello che le si era parato davanti: nuove leggi, nuove usanze, nuova mentalità.

Soprattutto nuova mentalità.

Due modi diversi d'intendere la vita, al punto da fraintendere ogni parola. Aveva scoperto, e non lo sapeva, che gli italiani erano conosciuti come ottimi mediatori per carattere: ac-
corciare le distanze con l'altro, avvicinare gli intenti, evitare
i conflitti era un'attitudine inconscia.

Scoprire invece che l'americano non patteggia, non si
guarda attorno, ma tira dritto sempre e comunque, era stata
una cosa difficile da digerire, all'inizio e aveva dovuto sbat-
terci contro tante volte prima di arrendersi e accettare la dura
realtà: quella non era casa sua, poteva scegliere fra adattarsi
oppure vivere male. Gli americani hanno le loro *check list* da
seguire, e cascasse il mondo non esiste che non lo facciano al
meglio. Ma non avanzano mai di una virgola di più, né in un
modo diverso dal previsto.

Accettare questa rigidità, o perlomeno adeguarsi, era stata
una sfida. Ma nella verde Virginia Beach, dove chiunque in-
contri ti sorride cortese, era più semplice, in un gioco reci-
proco di tolleranza. A New York invece sembrava diverso:
già da fuori per strada tutto aveva l'aria inaccessibile: le persone in perenne fretta, con le loro cose da fare e il telefono
all'orecchio e le strade come un grosso groviglio, contorto e
perennemente affollato.

L'unica nota che ingentiliva la metropoli in quel momento
era l'attesa del Natale, con gli addobbi e le luci che sbucavano
ovunque da ogni angolo. Chissà perché, pensò fosse qualcosa
di rassicurante sapere che ovunque, a Virginia Beach, come a
Roma, come a New York, il Natale arrivasse per tutti. In tanto
turbinio, c'era un punto fermo, almeno.

Guardava fuori dal finestrino del taxi e aveva un rincor-
rersi di pensieri in testa Nina, mentre percorreva le strade di
edifici indistinti e non aveva ancora ben chiaro quale sarebbe
stato il suo futuro, da oggi in avanti. C'era una selva di

variabili che le si agitavano davanti, troppo confuse per riuscire a considerarle tutte a mente lucida.

Ma era il momento, andava fatto adesso. Quello era l'ultimo passo che le mancava da fare.

Scese davanti a un hotel del tutto diverso rispetto al Broken Time, altissimo, grigio.

Non era stata accolta al suo ingresso, ma non perché non ci fosse nessuno al bancone, anzi: tre ragazze in divisa blu e fiocchetto stavano studiando a occhi bassi il check-in di altrettanti ospiti in entrata, così nessuno aveva badato a lei.

Tentennò un attimo, poi con un'alzata di spalle salì in ascensore: se non ci stavano attente loro che non ti entrasse uno sconosciuto in albergo, non era lei a doversene occupare. Quarto piano. Arrivò alla porta numero quattrocentoventisette. La camera di Dylan.

Bussò: nessuno rispose. Anche la seconda volta, silenzio.

Restò indecisa per poco, poi tirò fuori il telefonino a cercare la foto della tessera che fungeva da chiave alla stanza, con scritta la combinazione per aprire. Era un'abitudine che lui aveva da sempre, quella di mandarle codici, per ritrovare facilmente numeri, prenotazioni o documenti.

Aprì piano la porta e lo chiamò per scrupolo prima di entrare, nel caso stesse dormendo. Ma non solo lì non c'era: Nina restò sbigottita al constatare che anche nelle stanze d'albergo potevano entrare i ladri e mettere tutto sottosopra! Davanti a lei si parava un accampamento post-bellico senza una sola cosa al proprio posto. Fogli, vestiti all'aria, bicchieri di caffè vuoti lasciati ad asciugare. Un disastro! O forse, semplicemente, lei e Dylan si somigliavano più di quanto immaginasse.

Guardò l'orologio: le 3pm. In effetti era ancora presto perché lui fosse di rientro dall'ufficio, non ci aveva pensato. Uscì di fretta, mentre con una mano digitava veloce un messaggio.

Ti aspetto appena puoi a Bow Bridge.

Uscì di corsa dall'albergo in cui nessuno si era accorto di lei e volò sul primo taxi che si trovò davanti.

Non era mai stata effettivamente a Bow Bridge, dentro Central Park, ma si ricordava gliene avesse parlato lui una volta, mentre guardavano un film. Le aveva detto che era un posto con un'atmosfera suggestiva. Così, non avendo altri punti di riferimento in quella città sconosciuta, era stato il primo posto che le era venuto in mente per darsi un appuntamento. D'altra parte, dirgli *ci vediamo in centro* avrebbe avuto poco senso.

Il taxi impiegò più di mezz'ora ad arrivare a destinazione e lei si trovò di nuovo, com'era stato con Colin per le vie di Charlottesville, a farsi due conti in tasca: sarebbe sopravvissuta ai costi esorbitanti di quella città? Doveva trovarsi un lavoro serio, se voleva avere qualche speranza di sopravvivere lì in mezzo.

In compenso il Parco era spettacolare, proprio come si vedeva nei film. Imponente e così strano, coi suoi alberi che ancora non cedevano la chioma del *foliage* autunnale all'inverno, interrotti alle spalle da palazzi sontuosi e da cupole, che quasi si era dimenticata fossero lì, oltre la tua testa. E poi bambini in bicicletta, runner, famigliole col passeggino, scoiattoli obesi: tutto era al pari della bellezza raccontata da *Autumn in New York* o *Colazione da Tiffany*. Forse di più. Mozzafiato anche nella sua stagione di mezzo, ora che il freddo non lo mostrava più in tutto il suo tripudio di piante come se l'era figurato lei, né era ancora caduta la neve a dare quel senso d'irreale al paesaggio bianco fra i grattacieli. E poi era enorme! Il taxi lo aveva costeggiato per un'infinità di isolati prima di fermarsi a uno dei mille cancelli, e chissà se davvero fosse quello giusto per arrivare al ponte dove doveva andare.

Certo, vista da lì New York era bella, niente da dire. Forse avrebbe potuto viverci, nonostante tutto. Con un buono stipendio.

Chissà se riusciva a ritrovare anche la pista di pattinaggio di *Serendipity* o di *Limitless*. E il Central Perk di *Friends*? Esisteva?

«Nina!» Una voce conosciuta alle spalle. Si girò: Dylan!

Senza preavviso, prima ancora di essere arrivata a Bow Bridge, si era materializzato davanti a lei, con la faccia preoccupata, il cappotto messo a casaccio, il fumo del freddo che gli usciva dalla bocca.

«Dylan! Cosa ci fai qui?» Domanda stupida, ok, ma sincera, dato che per una frazione di secondo aveva stentato a riconoscerlo, lì fuori contesto, in un posto che non era il suo.

Lui la guardò stralunato. «*Beg pardon?* Mi hai mandato un messaggio tu, di venire appena possibile, ecco cosa ci faccio!»

Ok, aveva ragione. «Ma non pensavo arrivassi così presto, io sono arrivata solo adesso!»

«La nostra sede è a cinque minuti a piedi da qui. È quasi mezz'ora che ti aspetto al Bridge e mi sono preoccupato, non vedendoti. Ti ho anche chiamata, ma come al solito non rispondi!»

Giusto, il telefonino. È che in borsa non si sente.

«Non lo sapevo. Io al contrario sono scesa ora dal taxi e stavo andando a Bow...» disse indicando con la mano.

«...che è dall'altra parte.» Le spostò il braccio lui in senso opposto.

Restò interdetta per un attimo, a sentirgli addosso un tono già troppo newyorkese per i suoi gusti. O magari immaginandolo, chissà. La passeggiata l'aveva deconcentrata dal *mood* in cui si era calata prima e che le era necessario per affrontarlo nel modo giusto. Doveva resettarsi, ritrovare lo spirito con cui era sbarcata dall'aereo. Non era lì per farsi distrarre.

«Nina, a parte tutto, cosa ci fai a...», ma lei lo interruppe.

«*Stop it*! Adesso zitto, non parlare!»

«*Oh, thank you!*» Corrucciò lui lo sguardo.

«*You're welcome.*» Sorrise lei, realizzando di aver usato un tono non troppo gentile, senza motivo. «Scusami. È che devo essere concentrata su cosa voglio dirti. All'albergo lo ero e poi...»

«Sei stata al mio albergo?»

«Sì. Ah, guarda che ti sono entrati i ladri.»

«*What? What are you talking about?*»

Lei gli fece cenno di tacere col dito.

«Lascia stare. Mi devi far parlare ora.» Si doveva concentrare sul discorso che si era ripetuta mille volte durante il viaggio.

Dylan allora alzò le mani in segno di resa e si appoggiò a un albero che aveva a portata di schiena. La panchina poco distante non era stata presa in considerazione: tirava brutta aria. Aspettò che lei prendesse un lungo respiro.

«Un vecchio saggio mi ha detto che sono una testa mezza storta.»

«Quale vecchio saggio?»

Lei si bloccò stizzita: «Perché, ne conosci tanti di saggi che hanno quest'idea di me?»

«*Go on.*» Alzò le mani. *Zitto doveva stare!*

«Dunque: ultimamente mi sono presa tempo, troppo forse, mi rendo conto, per capire come volevo portare avanti la mia vita. Ma mi sentivo ammuffita e avevo bisogno di capire cosa volessi davvero. Dovevo concentrarmi su me stessa per cercare la mia strada, dopo tanto che la davo per scontata e vivevo delle nostre giornate, tutte uguali.»

«Non credevo ti pesassero tanto, potevi d...» ma dovette bloccarsi all'indice perentorio del silenzio e ammutolì. «*Go on*» ripeté.

Lei riprese, con uno scatto nervoso delle dita.

«Capiscimi, non era per noi, era per me: dovevo ritrovare *me* in quel mare di fogli tutti uguali, mese dopo mese, che mi stavano attorno da troppi anni. E poi la storia con Leah: a maggior ragione mi ha spronato a pensare cosa fossi io, da sola, se non ci fossi stato tu: quali passi avrei fatto diversamente? In concreto, dico. Così, mi sono buttata alla ricerca della mia strada. Per me sola. Ho quasi lasciato l'editore di Alexandria, *you know*? Ho anche trovato un altro lavoro. Bello, che mi piace tanto. Mi fa sentire a uno step superiore della mia vita lavorativa.»

Col sopracciglio alzato che gli scappava a sottolineare alcune parole, Dylan la ascoltava appoggiato all'albero, il cappotto che un poco si piegava al vento. Per qualche motivo, certi discorsi vengono meglio ascoltati in piedi. Si era pronti ad andarsene a una parola di troppo, senza l'ingombro di una seduta da cui alzarsi. Rimaneva chiuso in un'espressione ferma, ora più di prima non tradiva emozioni: quella che gli era passata davanti era una lunga sfilza di *io-me-mio* di cui lui non sembrava risentire, almeno all'apparenza.

Non c'era bisogno di troppa psicologia per capire un atteggiamento del genere e d'altra parte, pensava Nina, era più di un mese che si sentivano unicamente per telefono, senza mai toccare gli argomenti che avevano affrontato l'ultima volta che si erano incontrati, al Broken Time. L'unico concetto che le risuonava in testa, ben chiaro, era la volontà di

lui, occhi negli occhi, di prendere le sue decisioni autonomamente riguardo il suo futuro lavorativo. Era scontato che in
quel periodo entrambi si fossero preparati a ogni scenario possibile e avessero fatto i conti su cosa fosse meglio. Ognuno
per sé.

Lo guardò ancora, prima di andare avanti. Aveva dimenticato quanto potesse essere severo quello sguardo dagli occhi
scuri, quando non era dalla sua parte. Non era mai un bene,
non averlo dalla sua parte.

Proseguì.

«Quel vecchio saggio, ecco, mi ha ricordato anche che
posso percorrere la mia strada ovunque, se davvero so cosa
voglio, senza trovare scuse. E che non per questo devo sacrificare chi ho d'importante. Chi amo. Chi rappresenta casa,
ovunque io sia.» Alzò gli occhi appena: nessuna reazione visibile. Lui era lì, mani in tasca ad aspettare che finisse, costretto al silenzio. Continuò. «Probabilmente mi sono persa
nella mia stessa ostinazione, cercando risposte negli altri,
quando invece dovevano venire solo da me, certe risposte.
Ero delusa da quanto poco avessi fatto e cercavo colpe al di
fuori di me.»

Girò gli occhi attorno per aiutare il respiro a uscire più
calmo e scacciare un'ansia che cominciava a salire. Una con-
grega d'anatre poco lontano stava attraversando la stradina in
pietra, col piumaggio elegante e quell'aria da briganti che
hanno sempre loro quando decidono di attraversare, e se ne
fregano che tu abbia due o più ruote: passano loro, punto.

Riepilogò i pensieri e proseguì il suo monologo. «Mi
rendo conto che sono stati mesi strani, gli ultimi, e non so
come la pensi tu, però ecco: se, come mi sembra di aver capito, hai deciso di trasferirti a New York e ancora sei d'accordo che possa esistere un *noi*, io sono pronta da adesso a

seguirti. E a cambiare città. Ma non per dipendenza o per nascondermi ancora: perché adesso so che ovunque sarò, potrò realizzare a mio modo quel che voglio essere e costruirmi la vita come desidero sia. Perché ne ho la forza.»

Si fermò.

Se ne rendeva conto solo adesso, mentre i pensieri prendevano forma di suono, di quanto quelle parole fossero reali. Aveva dovuto mettersi in discussione per ritrovare un equilibrio. E non importava se nel frattempo era incappata in righe d'inchiostro che le avevano mostrato scheletri di un passato che non conosceva. Importava il presente. E adesso che aveva ritrovato un *sé*, doveva recuperare il *noi*.

Riprese fiato.

«Posso essere tutto. Ma da nessuna parte sarei completa se non con te.»

Dylan cambiò equilibrio sui due piedi, senza guardarla, e si grattò i capelli dietro la nuca con una mano: brutto segno, voleva dire che era in imbarazzo o senza una risposta fra le mani. Ma Nina non aveva altre pezze da mettere: quello era quanto si era preparata dal giorno in cui aveva lasciato il Broken Time Hotel per l'ultima volta.

Cercò da qualche parte se aveva altro da dire, per smuoverlo. Lo stomaco ribolliva.

«Mi dispiace di aver dubitato di noi: era un momento difficile e dovevo superarlo da sola, e chissà da quanto tempo avrei dovuto, prima che me ne accorgessi. E poi tu sei partito, eri lontano, e io sono entrata in confusione dentro quella casa vuota. Poi il biglietto d'albergo, la lettera in verde e tutto il resto. Ed è stato peggio. Sai com'è, a volte bisogna buttare a soqquadro tutto per rimettere in ordine. Varrà anche per il cervello, si vede.» Rise nervosa. «*That's it*. Basta, non so che altro dire. Questo è quanto.»

Ancora silenzio. Dylan guardava da lato, lei non gli vedeva gli occhi, ma li immaginava cupi. Erano ancora in piedi uno davanti all'altra.

E pensò, allora, che le possibilità fossero le seguenti: *uno*, che lui avesse già abbandonato l'idea della loro storia dalla notte al Broken Time - ed era comprensibile -; *due*, che fosse arrabbiato per la poca considerazione che gli aveva riservato e per il suo atteggiamento egoista; *tre*, che avesse già un'altra e stop, avendo considerato la loro storia cosa morta e sepolta. D'altra parte, non gli sarebbe stato difficile sostituirla: più lo guardava, e più se lo ricordava, come riusciva a far venir le gambe molli con uno sguardo.

«Tanto per cominciare,» interruppe lui i suoi pensieri, con tono deciso, «ci saranno altri periodi in cui starò via da casa per tanto tempo. È il mio lavoro: non cambierà. Non puoi entrare in crisi ogni volta che ti lascio da sola per una settimana.»

«Be', ma non è andata proprio così...» Ma si interruppe: stavolta era quello di lui, il dito del silenzio alzato per zittirla. Lo accettò senza discutere. Fosse stato solo per il fatto che non aveva detto come prima cosa *guarda che sei arrivata mentre stavo per uscire a cena con una, quindi adesso che hai parlato, fammi il piacere e smamma*. Era un'altra delle possibilità.

Lui continuò: «Ammetto che in parte è stata colpa mia. Sono stato io a farti mettere in discussione. Non dovevo dirti prima di partire che avrei cercato di inserirti nell'ufficio grafico dell'azienda. Me ne sono reso conto subito dopo averlo detto e non so perché non l'ho chiarito ma, *of course*, tu non hai bisogno di qualcuno che ti butti lì un lavoro qualsiasi. È che l'ho vista come la via più facile per sistemare le cose, magari solo all'inizio, mentre detta come l'ho detta io poteva sembrare una prova di sfiducia nelle tue capacità. Cosa che, credimi, non era in nessun modo.»

«*Thank you*.» Un altro punto positivo. Anche se a dirla tutta, conoscendolo, questa era solo la sua innata correttezza. Gli apparteneva per carattere.

«E poi io non ti ho mai detto che il trasferimento sarebbe stato a New York.»

«No?»

Scosse la testa, quasi divertito. «*Absolutely*. A New York abbiamo gli uffici centrali, lo sai, e in questo caso era la sede anche del corso. Per questo sono qui.»

«Oh. Non avevo capito. E quindi dove... ho capito che hai già accettato il trasferimento. È così?»

«*Yes. Already signed up*.»

«*Ok. Of course*.» Questo invece non era positivo. Una decisione tanto importante presa totalmente da solo. Ma doveva accettarlo, lui l'aveva avvisata, era lei che era andata avanti da sola senza considerarlo: cosa pretendeva adesso?

«Te lo avevo detto che avrei dovuto prendere la decisione a breve» le disse, davanti a un'espressione che nascondeva male lo stomaco in subbuglio. «Non potevo aspettare ancora. Avrei perso un treno importante e sarebbe stato un peccato. E anche tu avevi le tue decisioni da prendere e non volevo interferire. Ho dovuto far da solo.»

Infieriva, era il suo turno. Occhio per occhio. Toccava a lui rimarcare adesso, dopo la sua sfilza di *io-me-mio*, che esisteva anche un *lui-me-mio*.

«Certo. È vero.» Inghiottì e rispose infine. Doveva concederglielo. «E dove *andrai*?»

La volle specificare bene, quella seconda persona singolare, perché ancora lui non le aveva fatto capire se i suoi piani comprendessero anche lei, in futuro. Quantomeno lo voleva sentire dalla sua voce.

«*Andremo*. Se vuoi.» Nina si illuminò di sollievo: se voleva? Gli si sarebbe buttata al collo! Ma doveva contenersi per ora, doveva lasciarlo finire; mentre a lui scappava un ghigno di candido sadismo a vederla così sulle spine.

E continuò, con tono pacato e quella sua inflessione inglese. Ma quant'era bello il suo accento? «Capisco però che adesso hai appena iniziato un nuovo lavoro. Bello, che ti piace tanto. Che ti fa sentire uno step più avanti. Come fai con quello?»

Nina alzò di fretta le mani per bloccarlo. «Il nuovo lavoro mi ha solo dato lo sprone per buttarmi: ora so che posso farcela, non importa dove. Avevo bisogno di un *la* per uscire allo scoperto. Mi basta una telefonata per avvisare e andarmene. Te l'ho detto: nessun posto sarà un problema se siamo insieme, posso ricostruire tutto. Fosse anche in Canada o nel Gran Canyon!» Non stava nella pelle ormai, un formicolio di sollievo le scorreva lungo le braccia.

Lui inclinò la testa, strizzò un occhio. «No, non è proprio nel Grand Canyon. Pensa più a est.»

«Più a est?»

Un riso soffocato e poi: «*Rome...*»

Rimase a bocca aperta. Sotto shock.

Era questa la sorpresa a cui aveva accennato, quando erano ancora al Broken Time? Davvero, in Italia? Davvero tornava a casa? Un momento; ma lei voleva davvero tornare indietro e abbandonare l'America dove aveva ancora tanto da scoprire? Ora che si sentiva pronta a mettersi in gioco?

Guardò Dylan, non sapeva cosa dire. Lui si sgonfiò di poco e diventò serio. «Non è per sempre, te lo dico subito.» Sospirò. «*Actually*, non credo che per noi sia ancora il tempo per tornare a casa. La tua in questo caso, ma che è vicino anche a casa mia, *you know*. È un ritorno anche per me. È l'Europa.»

Non c'era bisogno che spiegasse: è l'Europa. Era casa loro, la loro pelle. Lui proseguì dopo un istante, pesando l'espressione di lei per essere certo che avesse assorbito il colpo:

«Penso che abbiamo ancora tante cose da fare qui, tutti e due, e che non sia il momento di fermarsi. Ma magari tornare indietro, per poco, può essere un modo per confrontare quel che sappiamo oggi di questo posto col nostro vecchio mondo. *I mean,* per capire perché siamo partiti. Perché stiamo tornando. E se vorremmo, per ritornare poi, più consapevoli magari, senza che somigli a una fuga da ragazzini verso il sogno americano, come abbiamo fatto la prima volta, ognuno per sé. Troppo d'impulso.» Dylan parlava e la guardava cercando di cogliere nei suoi occhi una risposta. Infine: «*And you? What do you think?*»

Lei era attonita. Per quali strade non sapeva, ma erano arrivati allo stesso punto d'arrivo. O forse lei era più trasparente di quanto pensasse e in qualche modo i suoi pensieri, anche poco chiari, anche non così consapevoli, erano strisciati fuori dalle sue reazioni prima che ne prendesse atto lei stessa. E lui, nel frattempo, aveva agito da solo e colto un'occasione arrivata nel momento giusto.

«*Think about it.* Può essere una ripartenza, dopo un periodo strano. Anche per noi due», rimarcò lui. E il senso era chiaro.

Lo guardava negli occhi e le scappava da ridere. L'euforia che le gonfiava in corpo stava rispondendo al posto suo, senza dare tempo al cervello di arrivare alle stesse conclusioni dell'istinto.

E gli si tuffò addosso. Non riusciva a parlare. Anche lui aprì braccia e sorriso: niente più sguardi torvi, niente facce da decifrare.

«*So? Do you agree*? Non sapevo cosa fare, *I mean*, rivoluzionare di nuovo tutto per un sentore... Magari non volevi, così presto» le disse, in uno sguardo luminoso, che non doveva più trattenersi. «È che ultimamente avevi una certa nostalgia di casa, mi sembrava, così quando mi hanno proposto la sede in Italia, ho pensato fosse la cosa giusta da fare. Fa piacere anche a me, cosa credi?»

Nina annegava in un guazzabuglio di emozioni che le esplodevano ovunque, lungo le terminazioni nervose.

«E quando...» ma si fermò, immersa in quegli occhi bruni, e New York scomparve. Erano così belli anche prima, quando ridevano?

«*In spring*. Abbiamo tempo. Ho contrattato per due anni e dopo decideremo il da farsi, se tornare o fermarci.»

Decideremo. Mai verbo al plurale suonò tanto bene, pensava mentre Central Park attorno a loro risuonava di voci e colori e foglie.

Aveva dovuto fermarsi per ripartire, capire sé stessa e riscoprire lui, di nuovo avvolta nell'odore della sua pelle, che sapeva di muschio e di *casa*, e in quella cadenza british che le sembrava di non sentire da secoli. E pensò allora che per poco aveva rischiato di non capire quanto quell'abbraccio fosse l'unico posto al mondo dove volesse essere.

«Decideremo. Sì.» Lo baciò, e le sembrò ancora, dopo mille altre, la prima volta.

ILARIA SIMONINI

Nasce a La Spezia nel 1974 e qui vive fino al conseguimento della Maturità Classica. Eppure, i banchi di scuola tappezzati di disegni raccontano di altre passioni, oltre la letteratura, a tal punto che si convince a deviare il percorso di studi per dedicarsi all'Arte.

Si trasferisce quindi a Bologna dove si laurea al DAMS in Arti Visive e da subito inizia le prime collaborazioni come illustratrice. Lavora per lungo tempo in veste di grafica presso editori fra Milano e Roma, oltre che per Agenzie di Comunicazione; e mentre passa le giornate in mezzo a slogan pubblicitari e articoli, ritorna all'idea della scrittura come possibilità di una nuova comunicazione.

Ma i tempi non erano ancora maturi e negli anni seguenti, col marito e i due figli, gira l'Italia fra Venezia, Roma e ancora La Spezia, fino a trasferirsi per quattro anni negli Stati Uniti, in Virginia.

Qui, man mano che scopre un mondo nuovo, sente la necessità di lasciare la matita e impugnare la penna. Apre dapprima un blog sulle avventure quotidiane di una famiglia italiana in USA, ma non basta a raccontare i tanti stimoli attorno e nasce *Broken Time Hotel*.

Il romanzo ha come filo conduttore il tempo, che comanda le stanze di un albergo atipico e culla nel silenzio i suoi avventori, ognuno alla ricerca della risoluzione a un proprio impasse. Tutto si svolge sullo sfondo di un'America tratteggiata in piccole istantanee.

SOMMARIO